5/27/14

36.5도

36.5도

김정현 장편소설

역사와사람

당신 몸이 내 곁에 계시니 안정감을 줍니다
함께하는 한 잃어버릴 시간은 없습니다
살아 있는 기쁨, 처음의 깨우침
당신이 주신 이 따뜻한
애무 한 벌
－신현림, 〈애무 한 벌〉 가운데

내 땅을 떠나 중국에 머문 지 꽤 오래입니다. 가끔 서울에 들리기도 합니다만 차분하게 지내지 못하고 서둘다가 다시 돌아가고는 하죠. 챙겨온 자료를 정리하고 다시 역사 흔적을 찾는 여행을 생각할 때쯤이면 뒤늦게 사람들이 생각납니다. 낯선 오지에서 밤하늘의 초롱초롱한 별을 보노라면 더욱 그렇고요. 그야말로 외로움이 가슴에 사무친다는 유행가 가사가 실감납니다.

어디를 가든 쓰는 말과 생김새가 다를 뿐 다 사람인데 사람 냄새를 못 느끼는 건 내 사람이 아니기 때문일까요? 친구라는, 까맣게 잊고 살았던 우정이라는 단어가 새록새록 생각납니다. 하마 세상을 버린 친구가 못됐다는 생각까지 들고요. 뒤늦게 초등학교 동창 체육대회에 얼굴을 비친 것도 나이 탓만은 아니었을 겁니다.

문득 누군가와 차 한잔 나누고 싶은데, 괜찮은 가든 바에서 맥주잔을 주고받고 싶은데 연락할 사람이 없습니다. 비가 온다고 빗속을 걸어가 나 추워, 할 사람은 더더욱 없고요. 다 팽개쳐버리고 당장이라도 돌아가고 싶습니다. 그런데 미처 끝내지 못한 일이 산더미니 심란할 뿐이죠.

내가 쓴 이 책을 읽으며 혼자서 히히, 하하거리거나 실실 웃으며 36.5도, 사람의 체온을 느껴 달래볼 요량입니다. 쓰다 보니 사랑이 우정과 다르지 않다는 것을 알게 됐습니다. 그래도 우정이라는 단어는 지켜가고 싶습니다. 오늘 저녁, 쓸쓸하다 싶으면 사랑과 우정을 함께 만나 실실 웃어보는 건 어떨까요?

혹 들리는 걸음이 있으면 괜찮은 가든 바로 찾아와. 우연히 만나면 맥주나 한잔 하자, 친구야!

벌써 시작되는 무더위 속에서
김정현

1

눈이 맑은 여자였다. 수정을 닮은 보석처럼 영롱하지는 않았어도 높은 산자락 어디에서 만나는 잔잔한 호수처럼 고요하게 맑았다. 웃어도 울어도, 속삭여도 소리쳐도 그 맑은 빛은 변함이 없었다. 간혹 그렇지 않은 날이 있기는 했다. 저녁 식탁 포도주로 시작한 술자리가 위스키로 이어진 다음 날 아침이 그랬다. 알코올 기운이 채 가시지 않은 벌건 눈동자에 가는 실핏줄까지 드리워진 날이었다. 하지만 그런 날은 오후가 될 때까지 침대에서 내내 눈을 감고 있었다, 세미나 같은 꽤 중요한 일이 있어도.

아주 심한 곱슬머리였다. 언젠가 그 머리카락을 보며 '푸들을 닮았다'고 했더니 '푸들 예쁘잖아' 대꾸하며 웃었다. 손이 많이 가는 머리였다. 스트레이트퍼머를 한 뒤에도 머리를 감고나면 꼭 롤러로 말아줘야 했다.

한국을 떠나 런던에서 생활한 지 일 년쯤 되던 무렵이었다. 그동안 마음에 맞는 미용실을 찾아 여기저기를 다니더니 끝내 찾지 못한 모양이었다. 다듬고 온 머리를 거울에 담아 한참 들여다보더니 그 맑은 눈동자에 어울리지 않게 한숨까지 내쉬며 '나 머리 깎을래' 했다. 남자는 대수롭지 않게 '그렇게 해' 대답했다. 그리고 이틀인가 지난 후에, 그녀는 면도칼로 민 듯 반짝거리는 민머리로 들어와 '그래도 머리가 작아서 괜찮지?' 하며 싱겁게 웃었다. 놀란 남자는 벌어진 입을 다물지 못하는데 거울 앞의 여자는 무엇인가 뒤적거리더니 빨간 립스틱을 찾아 입술에 진하게 바르고선 '그래, 이거야!' 소리치며 깔깔거렸다.

남자의 아내 이야기다. 그 뒤 그녀는 줄곧 민머리에 빨간 립스틱 입술로 런던과 영국과 유럽을 즐겁게 나다녔다.

"승객 여러분, 잠시 후 우리 비행기는 대한민국 인천공항에 착륙하겠습니다. 현지 도착시간은 오후 네시 이십분으로……"

승무원의 안내방송에 김인하는 손목시계를 들여다보는 시늉을 했지만 시간은 눈에 들어오지 않았다. 새삼스레 시간을 알아야 할 필요도 없었지만 배 아래쪽부터 묵직하게 치밀어 올라오는 무엇에 가슴이 먹먹했다. 어디로 가야 하나?

고향에는 어머니가 있었고 서울 근교 일산에는 장인과 장모가 살고 있었다. 고향으로 향하자면 너무 늦은 시간에 도착하게 될 것이고, 일산으로 가자니 면도도 하지 않은 꺼칠한 몰골이 마음에 걸렸다. 아니, 그렇게 핑계를 삼았다.

김인하는 의자 밑에 넣어둔 작은 가방을 꺼내 오래된 수첩을 찾아 펼쳤다. …… 최수혁…… 황대식…….

2

"최수혁 부회장님 계신가요?"

"실례지만 어디시죠?"

"김인하라고, 친굽니다."

"아, 그러세요? 지금 자리에 안 계신데 연락처를 말씀해주시면 들어오시는 대로 전해드리겠습니다."

"예…… 제가 영국에서 지금 막 들어와 연락처가 아직 없습니다. 몇 시쯤 전화하면 통화가 가능할까요?"

"글쎄요, 오늘은 들어오지 않을 수도 있으니 내일이라도 연락처를 알려주시면 저희가 연결해드리겠습니다."

상냥하고 친절한 말투였지만 의례적이고 냉정했다. 그럴 것이다. 세계적으로도 손꼽히는 그룹 계열사 부회장이니 예정된 일정을 소화하기에도 팍팍할 것이다. 게다가 불쑥 걸려오는 전화 중에는 터무니없는 항의나 요구로 시간을 허비하게 하거나 답변이 난처한 경우도 적지 않을 테니 어쩔 수 없는 노릇이었다.

"알겠습니다. 제가 휴대전화로 연락하겠다고 전해주세요."

수혁의 휴대전화 번호는 대식이 알고 있을 것이었다. 인하는 다시 동전을 집어넣고 대식의 전화번호를 눌렀다.

"예, 황궁입니다."

"황대식씨 계십니까?"

"어디시죠?"

"김인하라고 친굽니다."

"잠시만요……."

김인하는 혼자 웃음을 지었다. '상하이'에서 '북경', 다시 '만리장성'을 거쳐 '천안문', 그리고 '황궁'까지. 중국 음식점을 운영하는 대식의 가게 상호는 가게 규모가 커질 때마다 나름대로 상향조정해온 셈인데 마침내 '황궁'에 이르렀으니 슬며시 기대가 일기도 했다.

"누구라꼬? 인하?"

아직 수화기를 건네받기도 전인 듯싶은데 벌써 걸쭉한 목소리가 왕왕거리며 울려왔다. 김인하의 입가로 편안한 미소가 번졌다.

"인하라꼬? 영국 사는 내 친구 인하 맞나?"

반가워 어쩔 줄 모르는 기색인데 옆에서 지켜보고 있을 직원들을 의식한 과장도 조금은 섞여 있을 것이다.

"그래. 영국, 그것도 런던 사는 김인하 맞다. 니는 촌놈 대식이 맞나?"

인하가 영국으로 간 뒤 대식은 여러 차례 찾아보겠다고 했었지만 말뿐이었다. 중국을 몇 차례 여행했다는 이야기는 들었지만 오고가는 데만 이삼일이 걸리는 유럽은 일상에 쫓기는 삶에서는 무리였을 것이다. 그래서인지 대식에게 유럽과 영국, 그중에서도 런던은 로망으로 남아 있었다.

"야, 임마! 맞다, 내 대식이 맞다. 그런데 런던 사는 박사 친구가 우짠 일이고? 아니, 거기 지금 몇 시고? 새벽 아이가? 와, 무슨 일 있나? 마누라랑 싸웠나? 니 마누라한테 두들겨 맞았제? 히히……"

저 혼자 질문과 대답을 쏟아 붓고 히히거리는 대식 때문에 인하도 한바탕 유쾌한 웃음을 터트렸다.

"하하하. 여기 오후 다섯시다."

"임마, 서울이 오후 다섯시다. 니 술 취했나?"

"술은 무슨 술. 여기 오후 다섯시 맞다."

"뭐라꼬? 야, 니 어디고?"

"인천 공항."

"야, 자슥아, 니 서울 왔나? 우짠 일이고? 아이다, 니 거 쪼매만 있거라. 내 금방 차 갖고 날아갈게!"

"됐다. 니가 날아오는 거보다 내가 버스 타고 가는 게 빠를 것 같다."

"그건 그렇네. 그런데 도착하자마자 공항에서 내같이 별 볼일 없는 놈을 다 찾고. 와, 내 졸지에 출세해뿟네!"

"갈 데가 없어서 그런다. 하룻밤 재워주기는 할 거냐?"

"하룻밤? 자슥아, 아예 죽을 때까지 눌러살아삐라!"

"그런데 너 이제 다 온 것 같은데, 황궁은 어디에 있는 거야?"

"다 오다니, 그게 무슨 말이고?"

"내가 마지막으로 본 게 만리장성이었는데, 그새 천안문 거쳐서 황궁까지 왔으니 이제 다 온 거 아니야?"

"아. 임마, 아직 하나 더 남았다."

"아직도 남았어? 다음은 뭔데?"

"황제, 중국말로 황디라 카더라. 내 다음번에는 경복궁이 한눈에 보이는 데다가 황디라고 열 끼다. 히히히……"

유쾌했다. 잠시나마 다른 건 아무것도 생각나지 않을 만큼 편안했다. 친구였다.

"누구?"

"영국에서 온 김인하씨라고 하셨습니다."

최수혁이 말이 없자 인터폰 너머의 여비서도 잠시 조심스레 침묵을 지켰다.

인하가 영국에 가 있는 동안 수혁도 여러 차례 런던으로 출장을 갔었지만 얼굴을 마주한 적은 없었다.

"막 귀국해서 연락처가 없다고 내일……"

긴장한 기색의 여비서의 말을 수혁이 잘랐다.

"알았어요."

"다시 연락 주시면 바꿔……"

"그럴 일 없을 거요."

수혁은 곧바로 인터폰을 껐다. 여비서는 자신의 판단이 잘못된 것이 아니었나 하고 걱정을 하겠지만 탓할 마음은 없었다. 그러나 멀리 영국에서 온 친구라면 그처럼 일상적으로 처리하기보다는 먼저 물어보는 것도 괜찮았을 텐데 하는 생각은 들었다.

사실 언제나 시간이 없었던 것은 아니었다. 아무리 일정이 빠듯해도 아침을 함께할 시간 정도는 낼 수 있었다. 그도 아니면 저녁 식사는 몰라도 조금 늦은 시간에 만나 술잔을 기울이는 것도 충분히 가능했다. 그런데도 수혁은 서너 차례 출장에 한번 정도, 그것도 대게 귀국길 공항으로 향하는 자동차 안에서 그냥 돌아가게 되어 아쉽다는 입에 발린 인사로 때운 것이 전부였다. 우정에 앞서 친구로서 도리가 아니었다.

우정? 인하에게? 수혁은 새삼스러웠다. 누구에게든 친구라는 말은 무심히 할 수 있으나 우정이라면…….

어렵던 시절이었다. 그때 인하의 아버지는 '태양연탄'이라는 상호로 Y읍에서 큰 연탄공장을 운영했고, 수혁의 아버지는 그 공장에서 연탄을 배달하는 화물차 운전수였다. 인하가 고향인 Y읍을 떠난 것은 초등학교를 졸업하던 해였다. 형편이 괜찮은 몇몇 아이들도 서울이나 대구의 중학교로 진학하며 고향을 떠나기는 했지만 인하는 사정이 달랐다.

인하 아버지는 인하가 초등학교 6학년이던 해 봄, 세상을 버렸다. 암이었다. 큰자식이 겨우 열세 살이었으니 여자 몸으로 혼자 연탄

공장을 운영한다는 게 엄두가 나지 않았을 그 어머니는 공장을 처분해 아이들을 데리고 서울로 이사했다. 그들이 서울로 떠나던 날은 수혁과 인하의 초등학교 졸업식 날이었다.

수혁은 아직도 기억이 생생했다. 승용차가 교문 앞에서 기다리고 있는 바쁜 상황에서도 인하 어머니는 수혁과 어머니를 챙겨 꽃다발과 만년필이 든 선물상자를 안겨주고 기념사진을 함께 찍었다. 그때 찍은 사진 두 장. 두 어머니와 두 아들이 함께한 사진과 졸업하는 두 아들만 찍은 사진은 얼마 뒤 서울 주소가 적힌 우편물로 배달되어 왔었다. 수혁의 어머니는 그 사진을 받아들고 눈물까지 찔끔거렸다.

인하의 어머니는 참으로 다감했다. 공장 직원은 수십 명이었지만 소도시였으니 사는 곳은 모두 거기서 거기였다. 장터에만 나가도 부인네와 자식들을 마주치게 마련이었고, 그때마다 인하 어머니는 콩나물 한 줌이라도 나눠서 장바구니에 담아주던 분이었다. 특히 수혁이 인하와 동창이고 공부도 비슷하게 앞서간다는 사실을 알고부터는 수혁 모자에게 더욱 각별했다. 졸업식에서 수혁을 챙긴 것도 그런 인연 때문이었을 것이다. 하지만 수혁은 그런 배려가 고맙기만 한 것은 아니었다. 특히 자기 어머니가 인하 어머니 앞에서 허리를 굽힐 때 더욱 그랬다.

수혁이 인하를 다시 만난 것은 수혁이 서울의 고등학교에 진학한 뒤였다.

이름은 거창하게 '황궁'이었지만 대식의 가게는 삼청동의 오래된 이층집을 개수한, 별반 크지 않은 규모였다. 그래도 아담한 목조건물은 외관부터 내부까지 제법 공들여 치장해 '황궁'에는 못 미쳐도 정겨운 담소를 나눌 수 있는 별궁은 될 법했다. 종업원들도 검정색 하의에 흰색 블라우스나 와이셔츠 차림으로 단정했다. 재미있는 것은 검정색 정장에 나비넥타이까지 갖춘 대식의 행색이었다. 고급 식당에서 흔히 볼 수 있는 차림이었지만 180센티미터가 넘는 큰 키에 이제는 뱃살까지 제법 불거진 대식의 덩치에는 그 복색이 어쩐지 생경해 보였다.

"너 멋있어졌다."

"응, 이거?"

대식은 윗도리 옷깃을 들썩이며 대수롭지 않다는 듯 대꾸했다. 꽤 익숙해진 모양이다.

"난 처음 보잖아."

"그래? 꽤 오래됐는데?"

"벌써 칠년 됐다. 만리장성에서 널 본 게 마지막이었어. 그때는 청바지에 티셔츠 차림이었잖아."

"만리장성? 진짜 글네, 히히. 그란데 사실 나도 이놈의 옷만 입으면 몸뚱이가 뻣뻣하게 굳는다."

"왜, 잘 어울리는데? 괜찮아. 아니, 멋있어."

입에 발린 소리는 아니었다. 대식과 비슷한 풍채의 유럽 식당 매니저들을 생각하면 희멀건 대식도 제법 볼품이 있었다.

"멋은 개코나. 사실 장위동 만리장성 때가 좋았다 아이가. 그때 거기서 자장면 짬뽕 배달로 돈 좀 벌어가 이태원으로 옮겨 천안문 열었는데, 자장면 한 그릇 먹으면서도 분위기를 따지는 기라. 환장하겠대. 그런데 우짜겠노, 손님이 왕인데. 인테리어 다시 하고, 일하는 얼라들 나비넥타이 매라 캤는데 내만 셔츠바람일 수는 없잖아. 히히, 그란데 그 분위기라 카는 게 묘한 기라. 손님들이 좋아하고 자주 찾아오니까 나도 덩달아 좋아지는 기라. 그렇지만 아직도 이놈의 나비넥타이는 영……. 아무튼 오늘은 우리 둘이 죽기 살기로 한번 마셔보자. 마누라도 니를 보면 내 코가 비뚤어져도 잔소리 안 할 기다, 히히."

대식은 기회를 잡았다는 듯 나비넥타이를 풀어 윗도리 주머니 속에 구겨 넣었다.

그 시절 Y읍에서도 중국 음식점은 대부분 화교들 몫이었다. 그런데도 대식의 부모님은 어디에서 요리를 배운 것인지 중국집을 했고, 자장면 맛은 화교들 식당에 뒤지지 않을 만큼 괜찮았다. 매일 기름진 음식을 만드는데다 대식은 식욕이 대단했고 그랬던 만큼 덩치도 컸다. 당연히 싸움질에서는 요즈음 말로 '짱'을 먹었고 따르는 또래들도 많았다. 하지만 대식은 싸움질과 상관없는 인하와 수혁을 좋아했다. 빤한 이야기지만 제 부족한 공부를 조금 더 잘한다는 까닭이었을 것이다. 그런 대식이 고등학교 때 서울로 올라왔다.

인하는 서울로 올라온 뒤 Y읍은 거의 잊고 지냈다. 아직 어린 나이였으니 고향에 대한 그리움이 절실하지도 않았지만 무엇보다 공부에 푹 빠져 지낸 까닭이었다. 그런데 어떻게 수소문했는지 대식이 인하 학교로 찾아왔다. 반가웠다. 게다가 그때 이미 지금의 큰 키에 탄탄한 근육까지 지녀서 인하는 대식이 든든하기까지 했다. 그리고 대식이 수혁과 함께 자취를 한다는 것도 알게 되었다.

그즈음 수혁의 아버지는 교통사고로 사람을 죽여 교도소에 다녀온 뒤 술에 빠진 폐인이 되어 있었다. 여차하면 수혁까지 고등학교를 포기하고 일자리를 찾아나서야 할 처지였다. 그때 대식의 아버지가 나섰다. 아들놈 공부 한번 제대로 시켜보고 싶은 욕심에 수혁을 대식과 짝지어 서울로 보내기로 한 것이었다.

"니, 수혁이는 몇 번 만났제?"

인하는 벌써 취기가 오르는데 대식은 말짱한 눈빛으로 물었다.

"아니, 한번도."

"뭐라카노? 수혁이 글마 영국 출장도 여러 번 갔을 긴데?"

"응, 통화만 했어. 그런 대기업 중역들, 미리 일정 잡아 나오는 거니까 시간 낸다는 게 만만치 않아."

"암만 그래도. 하, 그 자슥 싸가지 없네. 손 한번 봐주까?"

"에라, 친해도 네 놈들이 더 친하면서."

"히히, 농담이다. 글마 인제 워낙 커뿌갔고 손도 못 봐준다. 근데 글마 참말로 무심하네."

"그 사정 내가 뻔히 아는데 무슨. 그래도 너흰 자주 만나지?"

"뭐 두어 달에 한번? 자슥이 그래도 날 챙겨준다고 단체 회식은 꼭 우리 집으로 온다 아이가."

"그럼 됐네. 잘 지내지?"

"연락 한번 해보까?"

대식은 벌써 전화기를 꺼내 번호를 누르고 있었다.

"뭐하게, 늦은 시간에……."

"기다려봐."

이미 한국의 위상은, 더구나 한국정보와 같은 세계적 기업의 일거수일투족은 유럽과 영국에서도 관심의 대상이다. 그러니 그런 기업의 부회장급 중역의 현지 출장은 만나는 사람은 물론이고 움직이는 동선까지 관련 업체와 기관에서 실시간으로 파악한다. 인하의 연구소에도 그 정보는 고스란히 전해져왔고 수혁의 일정도 모르지 않았다. 수혁도 그런 인하의 여건을 모르지 않을 테니 전화로 안부를 묻는 형식은 그야말로 형식일 것이었다. 그래도 인하는 수혁의 마음을 이해했다.

"아, 보소. 내 황대식인데, 부회장 통화되겠소? 꼭 해야 되는데……. 바꿔 준단다. 수행비서다."

대식은 제 비서라도 되는 양 어깨를 으쓱거렸다.

"어, 최부회장. 바쁘제? 어디고?"

대식의 말투가 싹싹했다. 칠년 전만 해도 걸쭉한 육두문자가 먼저 불거지는 말투의 대식이었다. 세월과 나이 때문이기도 하겠지만 아무리 친구 사이라고 해도 직위를 고려하지 않을 수 없는 듯했다.

"어? 니 우에 알았노? 여 내하고 같이 있다. …… 그래. 그란데 니는 못 오나? …… 그래, 할 수 없지. 기다려라. 자, 니 바꿔달란다."

인하는 대식이 내미는 휴대전화를 받았다.

"응, 인하다."

"오늘 왔다면서?"

"그래."

"얼마나 있을 거야?"

"아직……."

일정이 확실하지 않은 듯한 인하의 대답에 수혁은 잠시 침묵했다.

"잠시 휴가 냈어."

"숙소는?"

"여기 근처 레지던스를 예약했어."

수혁은 다시 말을 멈췄다. 레지던스라는 말에 짧지 않은 기간임을
알아챈 것이다. 그러나 이내 다른 내색 없이 말을 이었다.

"거기 알아. 전화가 있어야겠구나?"

"뭐, 급하지 않으니까 내일이라도 천천히……."

"몇 호야?"

"아직 체크인 안 해서 몰라. 공항에서 곧바로 여기 왔어."

"내일 아침 같이 할까?"

"아니야, 나 지금 소주 마시고 있어. 시차도 있고, 일찍 못 일어날
것 같아."

"그래, 그럼 오전에 전화기는 보내줄게. 프런트에서 찾아."

"아니, 그럴 거 없어."

"내가 답답해. 저녁에 한잔하는 건 어때?"

"글쎄, 아직……."

"그래, 전화로 연락할게."

"그러던지."

"과음하지 마라. 너, 대식이 상대 아니다."

"후후, 알지."

"끊는다."

주위의 소음은 행사장이라는 것을 알려주고 있었다. 이 시간까지 행사장에서 피곤을 감추고 있을 수혁의 모습이 그려졌다.

"인하 니 휴가가?"

대식이 뒤늦게 눈을 동그랗게 떴다.

"응."

"그런데 가경씨는?"

"으응, 학교."

"아, 그래도 같이 왔으면 좋았을 긴데."

인하는 애매한 웃음을 지었다.

"그라고 니 여 앞에 레지던스 예약했다고?"

"응."

"치아라. 우리 집에 있거라. 작은 방도 한 개 비어 있다만, 머슴아 군대 가서 큰 방도 하나 있다."

"아니야, 거기가 편해."

"자슥이……."

더 권하지는 않았지만 대식은 서운한 기색이었다. 인하는 얼른 화제를 돌렸다.

"이제 네 집사람은 가게 안 나와?"

"드레스 입을 몸매가 되야제."

"뭐? 허허……."

"그래도 수혁이는 지금도 니 어무이 생각하고 있다."

"그래?"

"당연히 그래야제. 그때 어무이 아니었으면 지 우짤뻔 했노."

수혁이네는 아버지가 술에 빠져버린 뒤 어머니가 작은 식당을 열어 생계를 꾸려갔었다. 그러나 Y읍 같은 작은 도시에서는 직장 생활을 하는 사람들도 특별한 일이 없으면 잠깐 집에 들러 점심을 해결했으니 식당이라야 대부분 저녁 술장사였다. 더구나 식탁 서너 개놓고 하는 작은 식당은 출입하는 사람들 대부분이 노동판을 전전하는 이들로 입이 걸고 행동도 거칠었다.

결국 수혁이 서울로 오고 채 석 달이 못 되어 사단이 벌어졌다. 어느 날 밤늦게 식당에 들렀던 수혁의 아버지가 사내들 곁에 앉아 시시덕거리는 아내를 보고 눈이 뒤집힌 것이다. 깨진 술병에 사내 둘이 큰 상처를 입었고 식당은 고스란히 불에 타버리고 말았다. 수혁 아버지는 또 교도소로 갔고 어머니는 다시 뭔가를 해야 했지만 밑천은커녕 불에 타버린 셋집 배상금부터 물어줘야 할 처지였다. 좁은 시골바닥에서 소문은 추문이 되었고, 돈을 빌려주려는 사람은 아무도 없었다.

무엇보다 중학교와 초등학교에 다니는 동생들이 문제였다. 수혁은 어쩔 수 없이 학교를 그만두고 공장에라도 들어갈 생각을 하던 참이었다. 그때 사정을 전해들은 인하 어머니가 살 길을 열어줬다. 여자 몸으로 식당이니 뭐니 하면서 오해를 사느니, 그 노력이면 농사로도 살 만할 것이라고 다독이며 먼 친척에게 맡겨두었던 논밭과 과수원 농사 자금까지 내놓았다. 그런 덕택에 수혁의 어머니도 처음인 농사에 엄두를 낼 수 있었다.

"수혁이 부모님은 잘 계시지?"

"그럼, 아주 유세가 대단하다 카더라. 얼마 전에도 아부지 타고댕기는 차 오래 되가 창피하다고 어무이가 하도 그캐사 새 차로 쫙 뽑아줬다 아이가."

대식은 밉살스럽다는 듯 입을 삐죽거렸다.

"허허, 좋은 일이네. 참, 너희 부모님은?"

"으메 기죽어지 뭐. 생각해봐라. 자장면집 하던 양반들이 감히 한국정보 부회장 부모님들 얼굴이나 바로 볼 수 있겠나!"

"후후, 그래도 두 분에게는 너가 잘 할 텐데 뭘 그래."

"자장면집은 마찬가지 아이가! 그라이 내는 수혁이에 비하면 새발에 피지."

"벌써 술 취했어? 왜 그렇게 삐딱해?"

"히히, 삐딱하게 들렸나? 아이다, 수혁이 너무 잘나가 내 심술 한 번 부려본 기다. 우리 아부지 어무이도 나름대로 잘 나간다. 주량으로 하면 수혁이 아부지는 우리 아부지한테 쩝도 안 된다 아이가!"

"원, 미친놈……."

"그란데 니는 진짜 글로벌한 놈이 우에 중국 음식에 소주를 찾노? 이제 중국 술 하자. 내 가짜가 하도 많다 캐가 지난번 중국 갔을 때 진짜배기 백주 몇 병 사다 논 거 있다."

"나중에 하자. 소주가 그리웠어. 중국 술은 영국에서도 가끔 마셨거든."

"그래봐야 그거 다 가짜였을 기다, 히히……."

밤이 깊어가고 있었다. 모처럼 나른하게 취하는 기분이 인하에게는 위로가 되었다.

3

숙취**보다**는 시차 때문인 듯했다. 술을 꽤 마셨는데도 밤새 깊은 잠에 들지 못하고 뒤척였다. 두꺼운 커튼을 쳐둔 덕에 빛은 들어오지 않았지만 도로의 자동차 소음은 이미 날이 밝고도 한참 지났다는 것을 알려주었다. 일어나야겠다고 생각은 하지만 머리가 지끈거렸다. 인하는 그대로 침대에 누운 채 생각을 정리했다.

별달리 할 일이 없으니 빈둥거릴 일뿐이었다. 어머니에게 불쑥 내려가기는 조심스러웠다. 아직 어머니는 아무것도 모르고 있다. 일단 처가에는 들러야 할 것 같았다. 피하고 싶지만 도리가 아닐 것이다. 어떻게 얼굴을 마주해야 하나 마음이 무거웠다.

전화벨이 울렸다. 인하는 어둠 속에서 더듬거려 수화기를 찾아 들었다.

"예."

"일어났나?"

대식이었다.

"응, 이제 막 눈 떴어."

"배도 안 고프나? 벌써 열두시다."

"그래? 일어나야지."

"퍼뜩 씻고 가게로 오이라. 속풀이할 국 끓이고 있다."

"아니야, 나 갈 데가 있어."

"뭐? 야, 그래도 밥은 먹고 움직여라."

"응, 처가에 갈 거야. 거기서 먹어야지."

"아, 그럼 뭐……. 아무튼 갔다 오면 전화해라."

"그래, 고마워."

말을 해놓고 보니 처가에 가면 밥 한 끼는 먹고 나와야 할 것 같았다. 두 분을 모시고 밖으로 나와 자신이 대접할 수도 있지만 아무래도 장모님은 그렇게 하지 않을 것이다. 서둘러 지하철을 타면 늦은 점심을 함께 할 수 있을 것 같았다. 인하는 얼른 전등을 켜고 수첩을 꺼내 처가 전화번호를 찾았다.

"손님, 여기 한국정보에서 전해드리라는 물품이 있습니다."

열쇠를 건네받은 프런트 직원이 상냥한 미소를 지으며 말했다.

"고맙습니다."

건네준 상자 안에 들어 있는 것은 역시 휴대전화기와 여분의 배터리, 충전기였다. 인하는 충전기와 배터리는 프런트에 맡기고 전화기 뚜껑을 열었다. 전원은 켜져 있었고 부재중 전화가 한 통 찍혀 있었다. 수혁일 것이다. 발신 단추를 눌렀다.

"예, 최수혁 부회장님 전화입니다."

"김인하라고 합니다."

"예, 잠시만요."

사내는 망설이는 기색 없이 전화를 바꾸었다.

"이제 일어난 거야?"

"응, 시차 적응이 쉽지 않네."

"나이는 못 속여."

"그러게, 허허."

"오번을 길게 누르면 기사가 받을 거야. 전화번호 입력해뒀어."

"기사라니?"

"차 필요할 것 같아서."

"그럴 거 없어. 나 휴가야. 갈 데도 별로 없고."

"휴가니까 차가 더 필요하지. 혼자서 대중교통으로 여행하는 거, 나이 들어서 불편해."

"여행은 무슨. 괜찮아."

"너 움직이는 거 알리는 거 아니야. 렌터카야, 신경 쓰지 말고 써."

"아니……."

"타기 싫으면 그냥 대기시키면 돼. 자정까지 대기하도록 해뒀어. 그리고 저녁에 시간 어때?"

일방적이기는 했지만 마음을 써주는 것이었고 이미 더 이야기하지 말자는 소리기도 했다.

"나는 괜찮지만 너 무리할 거 없어, 천천히 봐."

"그럼 저녁 약속이 있으니까 여덟 시 반에 보는 걸로 해. 대식이 같이 나와도 괜찮아. 장소는 기사가 알고 있어. 레지던스에서 십 분쯤 걸릴 거야."

"……"

"이따가 봐."

수혁은 먼저 전화를 끊었다. 인하가 그냥 받아들이는 게 수혁이 편할 것이다.

인하는 휴대전화 오번 단추를 길게 눌렀다.

"아이고, 어서 오시게, 이 사람아."

기다리고 있던 장모는 들어서는 인하의 손목을 움켜잡으며 눈물부터 글썽거렸다.

"얼굴이 좀 상해 보이십니다."

"왔나? 어서 들어오게."

기척을 듣고 나온 장인의 낯빛도 어두웠다.

"예, 아버님."

"어서 점심부터 들어야지. 시간이 벌써 두 시가 넘었는데 얼마나 시장할까."

장모는 눈자위를 훔치며 등을 돌려 주방으로 걸음을 서둘렀다.

"어제 온 건가?"

"예."

"잠은 어디서 자고?"

"시내 레지던스를 예약했습니다."

"집 두고 뭐 하러? 하긴……."

장인은 곤혹스러운 표정을 지으며 말끝을 흐렸다. 인하는 면세점에서 산 술과 먹을거리가 든 종이가방을 문가에 내려놓고 집안으로 들어섰다.

그다지 변한 게 없었다. 가경과 인하의 결혼식 사진이 든 액자도 텔레비전 옆 장식 선반 위 제자리를 지키고 있었고, 반대쪽 처남 내외 결혼식 사진도 그대로였다. 해군 제독 출신인 장인의 군 정모와 지휘봉이 꽂힌 나무통도 그 위치 그대로였다. 다만 텔레비전 맞은편 벽에 걸려 있던 '수신제가치국평천하修身齊家 治國平天下'가 쓰인 액자가 사라지고 대신 걸린 붉은색 계열의 서양화 한 점이 눈에 띄었다.

"그림을 새로 들이셨네요? 환해서 보기 좋습니다."

"벽장에 넣어두었던 걸세. 수신제가……부끄러워서, 원."

딱히 시작할 말이 없어 꺼낸 이야기였는데 더욱 할 말이 없게 됐다. 다행히 장모가 때맞춰 손짓했다.

"어서 이리 오시게. 당신도 오시고요."

"예. 아버님도 가시죠. 죄송합니다, 저 때문에 시장하시겠습니다."

"괜찮네. 다 늙어서 그까짓 끼니야……."

갑자기 들이닥쳐 허둥거리게 하는 것보다는 나을 것 같아 미리 전화 드린 것인데 식탁이 너무 풍성했다. 인하는 새삼 미안한 마음이 들었다.

"사돈어른께서는 편안하시고?"

"예? 아, 예에……."

"아직 연락을 안 드린 게로구먼?" 장인어른이 물었다.

"예, 이제 연락드려야죠."

"미안하네. 어서 들게."

"예에."

장인과 장모의 그 미안하다는 말이 내내 불편했다. 모든 것은 자신과 가경이 일으킨 문제인데, 두 분이 그럴 까닭이 없었다.

"여기, 자네 좋아하는 굴무침일세."

장모가 빨갛게 무친 굴무침 접시를 인하 앞으로 옮겨놓았다.

"오월인데 굴이 있나 보군요?"

"아닐세, 요즘 굴은 못 먹어. 겨울에 이 양반이 직접 서산에서 사온 걸 냉동시켜 둔 걸세. 싱싱하고 상큼하니 많이 드시게."

서울에서 사는 동안은 몰랐었다. 영국으로 발령이 나 런던에 자리잡고 난 몇 달 뒤, 가경이 처음으로 굴무침을 식탁 위에 올리던 날이었다. 오이를 비롯한 여러 채소와 함께 초고추장으로 무쳐낸 빨간 빛깔만으로도 군침이 도는 그 접시 옆에 굴 훈제 통조림이 생뚱맞게 놓여 있었다. 그때 가경이 '나, 생굴 못 먹어. 몰랐지?' 했다. 정말 몰랐었다. 부부로 산 게 십년이었는데 아내라는 사람이 생굴을 못 먹는다는 사실을 몰랐으니.

살림보다 공부를 더 좋아했던 가경의 음식 솜씨가 그녀 말대로 '젬병'인지라 반찬을 대부분 처가와 고향 어머니에게서 가져다 먹었다. 장醬이나 김치, 장아찌 같은 것은 고향 어머니에게서, 그리고 금방 먹을 반찬은 처가에서 가져다 먹었으니 밥상 차리는데 가경이 특별히 신경 쓰는 것은 국이나 찌개를 끓이는 정도였다. 그런데다 가경은 찬바람이 불어 굴 철이 되면 싱싱한 생굴을 사다 국에 자주 넣었으니, 굳이 핑계대자면 인하가 특별히 신경 쓰지 않으면 가경의 식성을 다 알 수 없는 노릇이었다. 그래도 가경은 '나, 남들 다 좋아하는 생굴은 못 먹는 황당한 사람인데 눈치 못 채줘서 고마워' 하며 초고추장 묻은 인하의 입술에 제 입술을 비벼댔다.

인하가 수저를 내려놓자 장인 장모도 기다렸다는 듯 수저를 놓았다. 두 분 밥그릇과 국그릇은 거의 그대로였다.

"진지를 왜 그렇게……."

장인이 인하의 말을 가로막았다.

"요즘은 숙려 기간도 있고, 또 합의이혼은 당사자가 있어야 한다니까 이혼 청구 소송을 내게. 내 아는 변호사가 있으니 자네는 거기 가서 도장만 찍게. 그럼 나머지는 내가……."

"아버님, 저 그러려고 들어온 거 아닙니다."

"그럼?"

"그냥 좀 쉬고 싶어서 왔습니다. 혹시 몰라 국내에 자리잡을 만한 곳이 있는지도 알아볼 겸 해서요."

"아이고, 이 사람아. 고맙네, 정말 고마워."

이혼 소리에 눈을 질끈 감고 있던 장모는 왈칵 눈물을 쏟으며 고개를 숙였다.

"아닙니다. 어머니. 무슨."

"어허, 사람이 왜 그래! 도리가 있지, 무슨 욕심이야!"

"그래도 영감은 무슨 그런 독한 말씀을⋯⋯."

장인의 고함에 움찔하면서도 장모는 미련을 놓으려 하지 않았다.

"아버님, 고정하십시오. 저희 일은 저희에게 맡겨두십시오."

"자네 뜻은 고맙지만 애쓸 거 없네. 아이 문제만 해도 자네나, 특히 사돈 뵐 면목이 없는데, 무슨 막돼먹은 짓인지, 쯧."

장인은 혀를 찼지만 장모는 기대에 찬 눈빛이었다.

"혹시 무슨 연락이라도 있었던 건가?"

"아니요, 아직은."

"그럼 너무 오래 집을 비워둘 일도 아닐 텐데, 그 사이 마음이 변해 무슨 연락이라도 하면⋯⋯."

"염려하지 마세요. 집 전화기에 녹음을 해뒀습니다."

"아휴, 그래도 자네가 직접 전화를 받는 것과⋯⋯."

"무슨 염치없는 소리야! 올지 말지 모르는 연락 기다리자고 혼자 집 지키고 있으란 말이야!"

"아니, 저는 그런 뜻이⋯⋯ 하긴 그도 그러네요."

장인의 호통에 변명을 하려던 장모는 금세 고개를 숙였다.

가경이 집에 들어오지 않은 지는 벌써 여섯 달이 다 됐다. 지난해 크리스마스 방학을 이용해 아프리카 어디로 현지조사를 떠나겠다고 해 그전에 약속했던 둘만의 여행계획까지 취소했었다. 그러나 가경은 방학이 끝나도 돌아오지 않았고 전화도 한 통 없었다. 인하가 가경의 흔적을 알아볼 수 있는 유일한 수단인 신용카드 사용내역을 조회했지만 떠나는 날 히드로 공항에서 현금을 인출한 것이 전부였다.

사실 인하는 가경과 가까운 지인들의 연락처도 전혀 알지 못했다. 자칫 간섭하는 것으로 보일 수 있기에 굳이 알려 들지 않았던 것이다. 막막했다. 며칠 더 기다리다 학교에 찾아가볼 요량으로 아파트를 나설 때 우편엽서 한 장이 배달됐다. '나 잘 있어. 다시 연락할게'가 전부인, 인도네시아 자카르타에서 발송된 발리 해변 사진의 엽서였다. 아프리카에 간다던 사람이……. 유쾌하지 않은 무수한 상상이 머릿속을 맴돌았지만 인류학을 공부하는 사람에게 인도네시아는 의미 있는 곳이니, 하고 마음을 다잡았다. 그 뒤 이월과 삼월에 인도네시아와 홍콩에서 보낸 비슷한 내용의 우편엽서가 도착했고, 마침내 지난 사월 미얀마에서 편지가 도착했다. 이혼을 하자는 내용이었다. 아니, 통보였다. 느닷없기 짝이 없었지만 그래도 인하는 먼저 가경을 봐야겠다는 마음뿐이었다. 이혼 통보 편지는 인하에게만 보낸 것이 아니었다. 처가에도 편지를 보낸 모양이었다.

갑작스런 편지에 기함을 한 두 분이 히드로 공항에 도착하던 날, 인하는 난감했다. 아무런 사연을 모르는 장모는 그럴 만한 일이 있었겠지 하며 인하 탓부터 했다. 결국 특별한 동기가 없었다는 것을 알게 된 두 분은 인하보다 더 난감하고 답답한 심정이 되어 서울로 돌아갔다.

"이 사람아, 그렇게 좀 제대로 휘어잡지 그랬어. 뭐든지 제 하고 싶다는 대로 내버려두니 이 사단이…… 공부는 무슨 공부, 그 나이에 교수를 할 거야, 뭘 할 거라고."

"죄송합니다. 모두 제가 부족한 탓입니다. 연락은 언제든 오겠지요. 그때 직접 만나 들어보고 그 사람 힘들지 않게 하겠습니다."

"고맙네, 참으로 고맙네, 이 사람아!"

기어이 장모의 눈물바람이 시작되자 장인은 잔뜩 못마땅한 표정으로 고개를 돌렸다.

4

대식은 기왕 늦은 시간이니 마감을 하고 오겠다고 했고 인하는 약속 시간에 맞춰 출발했다. 수혁이 정해둔 장소는 소공동 호텔의 바였다. 인하가 들어서자 스탠드에 앉아 있던 수혁이 손을 들어보였다.

"오랜만이다."

"그래. 런던에서 한번 봤어야 하는 건데, 미안하다."

"런던보다 서울이 좋은데 뭘 그래."

수혁의 낯빛이 그리 밝아 보이지 않았다. 피로에 지친 것도 같고 고민이 있는 것도 같았다. 수혁의 표정은 거의 언제나 그랬었다. 환한 낯빛을 본 적이 언제 한번이라도 있었던가? 아니다, 있었다. 텔레비전 뉴스나 신문에 난 사진에서는 언제나 밝은 웃음을 머금고 있었다. 학창시절 먼발치에서 밝은 웃음인가 싶어 달려가면 어느 새 그늘 드리워진 얼굴이었다. 그 어두움 때문에 일부러 수혁을 피한 적도 있었지만 그럴 땐 오히려 제가 먼저 다가왔다. 여전히 어두운 표정이었지만.

빠르게 몇 차례 술잔이 돌았다.

"갑자기 휴가라니, 무슨 일이야?"

수혁은 그게 궁금한 모양이다.

"칠년이나 들어오지 않았었잖아."

"어머니는 몇 차례 런던에 가셨다면서?"

아마 고향 부모님이나 대식을 통해 들었을 것이다.

"응, 그랬지."

"어머니, 편찮으셔?"

"아니, 특별히 그렇지는 않아. 연세가 있으니 어쩔 수 없는 부분은 있지만. 참, 너희 부모님은 어때, 건강하셔?"

"응, 다들."

수혁은 순간 눈길을 피했다. 화제로 올리고 싶지 않다는 뜻일 것이다.

"애들은 잘 크지?"

"응. 그런데 휴가면 가경씨와 같이 나오지 그랬어?"

"으응, 학교……."

이번에는 인하가 얼버무렸다.

"아, 그렇지. 그럼 단순히 휴가는 아닌 것 같은데?"

수혁도 재빨리 화제를 돌렸다.

"오십이 눈앞인데, 이제 그만 돌아올까 싶기도 해."

인하는 국책연구기관의 연구원으로 영국 주재 발령을 받아 갔다가 삼년 전부터 런던 소재 국제 안보 관련 연구소로 자리를 옮겨 일하고 있었다.

"우리나라 기업의 경제연구원은 어때? 네 정도 경력과 능력이면 상무급 이상 대우는 해줄 텐데."

수혁은 진지했지만 인하는 고개를 가로저었다.

"연구 분야도 많이 달라."

"큰 기업에 국제정치나 안보 상황은 이제 곁다리 정보가 아니라 핵심 고려 사안이야. 연구 분야 폭이 넓어. 심지어는 문화인류학, 민속학에서……."

"그런 뜻이 아니라 학문 그 자체로 연구하고 싶은 생각이 들어서."

"아, 학교?"

인하는 곧바로 대답하지 않았다. 인하의 침묵을 물끄러미 지켜보는 수혁은 충분히 그럴 수 있고, 그런 생각이 들 나이라고 수긍도 했다. 그러나 뭔가 미심쩍었다.

인하의 삶은 세속적 욕망과는 거리가 먼 편이었다. 출세를 바랐다면 국책연구소에 자리를 잡지도 않았을 것이다. 갓 서른을 넘긴 나이에 쓴 미·중·일 삼각구도의 태평양권 안보환경 미래를 주제로 한 인하의 박사학위 논문은 그 방면 학계에서 주목을 받았었다. 그때 지도교수는 청와대 안보수석실에 발탁되어 인하를 데려가려 했다. 그러나 인하는 모두의 예상과 달리 그 제의를 사양하고 연구원의 길을 택했다. 영국 발령도 인하가 먼저 지원한 결과였다. 그런 결정을 내린 데에는 그때 뒤늦게 얻은 아이를 잃어버린 아픔도 한몫 했을 테지만.

수혁은 런던지사를 통해 인하의 생활을 대부분 파악하고 있었다. 인하와 가경은 아이가 없다는 것 빼고는 남부럽지 않은 삶이었다. 인하가 안보 관련 연구소로 자리를 옮긴 뒤 가경도 뒤늦게 문화인류학 공부를 시작해 석사과정을 끝내고 박사과정을 밟고 있었다. 아이를 잃고 한동안 우울증에 빠져 있던 가경의 새 출발은 두 사람에게 활력소가 되었다. 수혁은 인하 부부가 영국에서 삶을 마감하거나, 귀국을 하더라도 만년晩年에 할 것으로 예상했었다. 타인의 사생활에 지나친 관심을 기울이지 않는 영국 사회 분위기도 그렇지만, 유순한 성품에 출세보다 자신의 생각에 열중하는 인하에게 잘 맞는 나라라는 생각이 들어서였다. 그런데 인하가 귀국을 생각한다니 뜻밖이었다.

"넌 어때? 너무 바빠 힘들 것 같기도 한데?"

"산다는 게 그런 거지 뭐."

수혁의 대답이 밋밋했다.

"그래, 너한테는 잘 어울리는 것 같더라."

"아니야. 가끔씩 왜 사는지 모르겠다는 생각이 들 때도 있어."

"그래? 뜻밖이네."

"뭐, 그렇다고 심각한 건 아니고. 누구든 우리 나이가 되면 그렇잖아. 특별한 까닭도 없이. 군기가 빠진 거지 뭐, 하하. 애들이 속을 썩이는 것도 아니고."

무심코 내뱉던 수혁이 얼른 말끝을 흐렸다. 인하 앞에서 아이들이야기를 하는 경우는 거의 없었다. 그러나 인하는 단순한 물음에 수혁의 답이 꽤 장황하다는 생각이 들었다.

"큰놈이 몇 살이지?"

"몇 살? 허허, 그건 나도 모르겠네. 대학교 일학년이니 열아홉인가, 스물인가?"

"뭐가 그래, 아버지라는 사람이?"

"그러게 말이야, 허허. 하여튼 이제 군대도 가야 하고."

"둘째는?"

"고등학교 이학년. 미술 해."

"예쁘겠다."

"뭐……."

수혁은 아이들 이야기는 그만하고 싶었다. 때마침 입구에 대식이 나타났다.

"저기 대식이 온다."

"하, 이것들. 너거 참말로 마음에 안 든다!"

대식의 걸걸한 목소리가 바 안을 울렸다.

"목소리 좀 낮춰. 그리고 오자말자 뭐가 마음에 안 든다는 거야?"

수혁이 눈살을 찌푸리자 대식은 과장되게 어깨를 움츠리며 미안한 시늉을 해보였다.

"봐라. 그래도 여 우리 인하, 간만에 멀리 영국서 제수씨도 떼놓고 혼자 왔는데 기회가 찬스 아이가. 어디 빵빵한 가시나들 있는 데라도 가야지 이게 뭐꼬?"

"넌 언제 철드냐. 나이 오십이 내일모레면서 여태 그 타령하고 살아?"

"어이구, 잘난 척은! 그래, 말 나온 김에 한번 하자. 내 잘났다 카는 놈들치고 뒷구멍으로 호박씨 안 까는 놈 못 봤다. 차라리 내같이 놀 때 한번 화끈하게 놀고마는 기 낫제, 집 사주고 생활비 대주면서 생각날 때마다 만나는 거, 그기야말로 불륜이고 마누라 배신하는 거 아이가?"

"네가 직접 봤어? 누구야? 누가 어디서 그러고 있는데?"

수혁의 냉랭한 정색에 대식은 슬그머니 눈을 내리깔았다.

"아, 뭐, 내가 직접 봤다는 건 아이고, 사람들 소문이……."

"소문? 제대로 알지도 못하면서 소문만 가지고 덩달아 떠들어? 겨우 그것밖에 안 돼?"

"아이, 참. 오랜만에 인하 보이까 기분이 업 돼가 쪼매 오버한 걸갖고 뭘 그렇게까지……."

"그래, 대식이 원래 싱거운 소리 잘 하잖아."

인하가 끼어들자 수혁도 더 이상 잇지는 않았다. 하지만 이미 자리는 어색해지고 말았다.

"이러지 말고 대식이 왔으니까 우리 자리 옮기자."

"어디?"

대식이 반색을 했다.

"여기서 명동 가깝잖아. 옛날에 우리 다녔던 오징어볶음집 가자."

"에라, 겨우……."

"나는 이만 들어가 봐야 해."

바텐더에게 계산서 가져오라는 시늉을 하며 수혁이 말했다. 차가웠다.

"수혁아, 내가 사과할게. 뭐 그만한 일로……."

대식이 황급히 나섰지만 수혁은 인하를 향해 고개를 돌렸다.

"미안해. 내일 아침 조찬모임 때문에 밤에 검토할 게 있어."

"그래, 할 수 없지."

지켜보는 대식은 난처하고 주눅까지 든 기색이었다.

그렇다고 수혁이 대식을 외면하지는 않을 것이다. 예전에도 그랬다. 서늘할 정도로 차갑게 돌아서도 언제든 대식에게 필요한 일이면 먼저 나서곤 했다. 인하는 그것이 수혁의 천성이라기보다는 의식적인 대응인 것 같아서 늘 안타까웠다. 초등학교 시절 시작되어 쉰을 바라보는 세월 동안 이어지는 인연인데, 아니 반드시 그처럼 긴 세월이 아니더라도 스치는 인연에서 만난 벗이라도 그런 의식적인 마음에서 벗어날 수 있어야 하지 않겠는가. 인하는 수혁의 가슴 밑바닥에 맴돌고 있는 것이 근거 없는 채무감은 아닌가 싶어 안타까운 것이었다.

수혁이 앞서 나가고 인하를 뒤따라 일어서는 대식은 여전히 주눅든 기색을 털어버리지 못하고 있었다.

"룸살롱 갈까? 내가 살게."

"됐다, 마. 내가 분위기 살릴라고 캤지, 인자는 노래도 귀찮다!"

"그러게 왜 쓸데없이 까칠한 친구 건드려?"

"그렇제? 니가 봐도 수혁이 글마는 너무 까칠하제? 어떨 때 보면 밥맛이라."

"한두 해 그러고 지냈어?"

"그렇기는 한데, 글마 이상하게 니하고 있으면 더 까칠해진다."

인하는 얼른 말을 돌렸다.

"청진동 해장국집 그대로 있나?"

"와? 니 배고프나?"

"아니, 그냥 소주나 한잔 더 할까 해서."

"청진동 그 집 다른 데로 옮기삣다. 재개발한다고 옆 빌딩으로 옮겨가 고마 분위기 망치삣다."

"그래? 그럼 명동 가자. 거긴 그대로 있겠지?"

"글쎄, 거는 하도 오래 안 가봐……."

서울의 밤거리는 사람 냄새가 물씬해서 좋았다. 항상 차분한 런던 거리에서 느끼던 안온함이 사라져버린 까닭을 알 것 같았다.

5

칠년만의 갑작스러운 귀국에 어머니가 이상한 생각을 가질 수도 있었지만 어차피 뵈어야 했다. 영국에서도 일주일에 한번쯤은 통화를 했으니 까닭 없이 연락이 되지 않는다면 오히려 놀랄 것이다. 인하는 전화기를 꺼내 번호를 눌렀다.

"예에."

신호가 가자 기다렸다는 듯 어머니의 음성이 흘러나왔다.

"저 인하에요."

"응, 그래. 그렇지 않아도 아침에 전화했더니 받지 않더구나."

"지금 어머니께 내려가고 있어요. 한 시간쯤 후면 도착할 거예요."

"뭐라고? 귀국한 거냐?"

"예, 그저께 들어왔습니다."

"그런데 왜 이제사 연락해?"

"죄송합니다. 서울에서 잠깐 일을 보느라고요."

"그래도 연락은 먼저 해주지. 사돈어른들은 다 무고하시고?"

"예, 찾아뵈었습니다."

"그래야지, 잘했다. 네 처도 같이 내려오냐?"

"아닙니다. 그 사람 지금 현지답사로 다른 데 가 있습니다."

"그래? 몇 년 만인데 같이 오지 않고?"

"……"

"아무튼 조심해서 내려오너라. 뭘 타고 오니?"

"수혁이가 차를 내줬습니다."

"오냐. 알았다."

어머니 목소리를 듣고 나자 인하는 갑자기 가슴 한구석이 텅 비어버리는 듯했다. 자신의 인생에서 가장 큰 행운을 꼽으라면 무엇보다 어머니를 어머니로 만난 것이라고 인하는 생각했다. 아버지가 세상을 버린 뒤 어머니가 공장을 처분한 것은 경영하기 겁나서도 아니었고, 재부財富에 욕심이 없어서도 아니었다고 했다. 다만 자기 인생과 재부, 자식 교육 가운데 택해야 한다면 당연히 후자라고 생각하여 내린 결정이었다.

어머니가 처분한 것은 공장뿐이었다. 그리고 그 돈은 인하의 외삼촌인 친정 오빠를 통해 주식에 투자하여 거기에서 나오는 돈으로 검소하게 살았다. 어머니의 그런 담담한 삶 자체가 자식들에게는 산 교육이었다. 인하는 어머니가 견지해온 삶의 방식—신중한 선택과 정성, 결과를 겸허하게 수용하는 모습을 보고 자랐다. 그러나 잔소리로 들은 것도 있다. 인하나 동생 인수가 친구를 사귈 때, 상대의 사람됨을 봐야 하지만 그보다 이쪽에서 먼저 사람을 가리지 않아야 한다고 늘 타이르곤 했다. 그래서 인하의 집으로 학교 동창이나 이웃들이 무시로 드나들곤 했지만 그들 모두 오래도록 낡아 친구가 된 것은 아니었다. 학교가 바뀌거나 이사 등으로 자주 만나지 못하게 되면 대부분 인연도 멀어져갔다. 수혁과 대식은 그런 가운데 오래도록 인연을 지켜온 친구였다.

인하네가 큰 풍파 겪지 않고 조용하게 살 수 있었던 데는 아버지가 남긴 재산 덕이 컸다. 그렇지만 풍족하지는 않았다. 서울에 도착하여 어머니가 맨 먼저 한 일은 승용차를 처분하고 운전기사에게 야박하지 않게 퇴직금을 챙겨준 일이었다. 처음 살던 집은 방 세 칸짜리 작은 주택이었고, 그후 난방비가 많이 들고 관리하기 어려워 스물대여섯 평 아파트로 옮겼을 뿐이었다. 부동산 광풍이 불고 세상이 시끄러워도 어머니는 눈 한번 끔뻑 하지 않았다. 주식도 증권회사에 근무하는 인하 외삼촌에게 모든 관리를 맡기고 어머니는 돈만 받아 썼다.

인하가 대학에 들어가던 해, 어머니는 두 아들을 앉혀놓고 말씀하셨다. '우리는 혜택을 많이 받은 사람들이다. 너희는 일찍 편모슬하가 되었지만 원하는 만큼 공부할 수 있다. 아버지가 남긴 부동산도 고향에 있어 혹여 너희가 실패하는 일이 있더라도 다시 일어나는데 기댈 언덕은 될 수 있으니, 대부분 사람들이 누리지 못하는 복이다. 내가 그동안 재산 늘리는 데 눈 돌리지 않은 까닭은 많은 것을 누린 사람이 욕심을 부리면 반드시 화가 따를 것이라는 생각 때문이었다. 너희는 너희가 누린 것을 누군가에 대한 빚으로 생각해야 한다. 그러니 너희가 배운 것으로 살아가되, 세상에 빚을 갚는다는 생각을 잊지 말아야 한다. 욕심 부리지 말라는 이야기다.'

경제적 뒷받침도 있었지만 어머니의 그런 자세 덕분에 인하는 자신의 기쁨만을 위해 공부를 선택해 지금껏 무난히 살아올 수 있었다. 사는 데 아주 어려움이 없을 수야 없지만, 적어도 진로나 일자리 때문에 고민하거나 후회한 일은 없었다.

어머니는 벌써 집 문 앞에서 인하의 도착을 기다리고 있었다.

"왜 나와 계세요?"

승용차 뒷좌석에서 내리는 인하를 보며 어머니는 잠시 난처한 표정을 지었다.

"운전하는 양반까지는 좀 과하구나."

"예, 그렇지만 받아주는 게 수혁이가 편할 것 같아서요."

어머니는 금세 고개를 끄덕였다.

"그래, 어쩔 수 없었겠구나. 그럼 저 양반도 들어와 점심을 같이하도록 하지."

"괜찮아요, 식사는 오는 길에 휴게소에서 했고, 피곤할 것 같아 가까운 사우나라도 가서 좀 쉬라고 했습니다."

"잘했다."

치마저고리 차림의 어머니는 먼저 돌아서 앞장섰다. 아들을 맞기 위해 일부러 옷을 갈아입은 것이리라.

인하의 절을 받고나자 어머니는 부엌으로 가 차를 내왔다.

"효명스님에게 갔더니 주시더구나. 지난 가을 직접 덖은 송이차라는데 향이 좋아."

효명이라면 인하의 고등학교 동창으로 대학에서 천문학을 전공한 뒤 출가한 이현규였다.

"효명이 이 근처에 와 있는 모양이죠?"

어머니는 잠깐 눈초리를 세웠다.

"어머니 앞이라서요. 만나면 스님으로 예를 다해요."

"내 앞이라도 스님은 스님이다."

"예. 그런데 송이로도 차를 만들어요?"

"그렇다는구나. 늦가을에 피어서 상품성이 떨어지는 송이버섯을 그늘에서 말렸다가 대여섯 번 덖어 진공으로 보관한다는데 향이 아주 좋아."

처음 마셔보는 것이기도 하지만 오월인데도 송이향이 그윽해 인하는 신기했다.

"정말 향이 좋네요. 진즉에 송이를 차로 만들 수 있다는 걸 알았으면 좋았을 걸 그랬어요."

"효명 스님이 가까운 데 계시니 한번 들러보고 가거라."

"예, 그렇지 않아도 대식이 수혁이와 그 이야기했어요. 같이 한번 찾아보려고요."

"오래 있을 거냐?"

"아니에요. 일단 저녁에 올라갔다가 그 친구들과 일정이 잡히는 대로 다시 내려오려고요."

"한국에서 말이다."

인하는 뜨끔했다. 아직 가경의 일을 어머니에게 밝힐 수는 없었다.

"잠시 출장 겸 휴가를 냈어요."

"그럼 같이 들어오도록 일정을 잡지 그랬어?"

"현지답사 중이라서요."

"사내가 속이 어째 그래? 한 쪽이 집을 비웠으면 기다려주는 게 도리지 같이 비우면 그게 무슨 정리情理야?"

인하는 변명할 말이 없었다.

"건강은 괜찮고?"

"예. 어머니는?"

"나이만큼이다. 그런데 그 아이 공부는 잘 된대냐?"

"예, 재미있어 합니다."

"그래, 그렇게라도 뭔가에 정을 붙여야지. 그리고 사람은 아무리 나이 들어도 배우는 데는 늦음이 없어. 잘 선택했다. 공부하기 좋아하는 자질이 있어 다행이고."

어머니는 애써 아이 문제를 물으려 하는 것이다. 인하는 화제를 돌렸다.

"인수는 어때요?"

"연구 기간을 한해 더 연장했다는구나. 네 동생은 너와 달리 욕심이 좀 있어 보여."

비로소 어머니 얼굴에 웃음이 떠올랐다. 인하도 따라 미소를 머금었다.

"나쁘지 않은 욕심인걸요."

"그래, 나도 그렇게 생각한다. 세상이 바쁘게 변하는데 교수라고 제자리만 지키고 있어야 되겠니. 열심히 하는 게 낫지."

"허허, 마치 절더러 소극적이라고 꾸중하시는 것 같습니다."

"그렇게 생각한 적 없다. 네 공부는 세상에 안 휘둘리는 편이 나을 테고."

인하는 중요한 논문이나 발표문은 모두 한글본을 따로 만들어 어머니에게 보내드렸다. 게으르게 보내고 있지 않다는 것을 알려드리는 뜻이기도 했지만 어머니에게 자식의 성과물만큼 즐거운 볼거리도 없을 듯해서였다.

"제수씨와 정훈이 영훈이 모두 잘 지낸다죠?"

"그래, 두 달 전에 아이들이 보고 싶어 경도京都[교토]에 갔었는데 다들 잘 지내고 있더구나."

"정훈이가 이제 중학생인가요?"

"이학년이지. 점심 차리마."

자리에서 일어서려는 어머니를 인하가 잡았다.

"어머니 시장하지 않으시면 천천히 하고 조카들 이야기나 더 들려주세요."

어머니는 인하를 가만히 응시했다.

"저 괜찮아요."

인하가 태연한 미소를 짓자 어머니는 새삼 자세를 바로 했다.

"그래, 알았다. 정훈이가 아주 어른스럽게 잘 자라고 있다. 심성도

곱고. 혹여 영 일이 그르쳐지더라도 정훈이가 장손 노릇하는 데는 별 문제 없을 것 같더구나. 인수와 어미도 같은 생각이고. 그러니 너희는 초조해하거나 그 일로 불화를 겪지는 말어."

"죄송합니다. 어머니."

"하늘의 뜻이니 내게 죄송할 거 없어. 네가 더 다독거려주며 예쁘게들 살아. 그러면 난 충분하다."

인하의 마음은 더욱 무거워졌지만 어머니는 털어버리듯 자리에서 일어났다.

"바쁘면 점심 먹고 서둘러 스님께나 들렀다가 올라가. 밤길은 위험하니까."

6

효명암曉明庵은 태백산 자락 봉황산의 명찰 부석사浮石寺에서 그리 멀지 않은 이름 없는 봉우리의 정상 조금 못 미처 있는 자그마한 암자였다. 효명스님이 자신의 법명과 같은 작은 암자에 발길이 닿은 인연은 알 수 없지만 벌써 이태 전부터 공양주도 없이 혼자 기거하고 있다고 했다.

인하의 목에 숨이 차오를 무렵 나지막이 들리는 목탁소리와 함께 한창 짙어지고 있는 나뭇가지들 사이로 기와지붕이 눈에 들어왔다. 오는 길목부터 눈에 띄던 청설모는 여전히 좌우 나무 위를 비호처럼 날아 건너며 무거운 다리를 옮기고 있는 인간을 희롱하는 듯했다. 인하가 잠시 걸음을 멈추고 숨을 돌리는 사이 산등성이를 넘어온 한 줄기 바람이 등줄기를 서늘하게 했고, 그 바람결에 실려 온 목탁소리는 더욱 청아했다.

"스님. 효명스님 계십니까?"

인하의 소리에 돌연 목탁 소리가 멈추고 잠시 부스럭거리는 기척이 들리더니 문이 열렸다. 잿빛 승복에 햇볕에 그을린 구릿빛 얼굴색, 부리부리한 눈. 현규, 아니 단번에 알아볼 수 있는 효명, 아니 효명스님이었다. 인하는 오랜만에 보는 반가움 가운데서도 가슴 한 구석이 막힌 듯 답답했다. 효명의 민머리를 보자 가경이 떠오른 것이다.

"인하 아닌가? 어서 오시게."

인하는 얼른 환한 웃음을 지으며 두 손으로 합장하고 머리를 숙였다.

"오랜만입니다, 스님."

"아주 귀국한 건 아닐 테고, 휴가라도 얻은 건가?"

"그런 셈이죠."

"그럼 대식이 수혁이와 같이 오지 않고?"

"그렇지 않아도 조만간에 함께 내려올 수 있도록 시간을 맞춰보자고 했습니다."

"수혁이가 시간이 마땅치 않겠군."

"이번에는 그리 어렵지 않은 모양입니다."

대꾸 대신 문득 허공으로 시선을 돌리는 효명의 낯빛에 그늘이 지는가 싶었다.

"여기 이렇게 혼자 계시면 공양은 어쩌고요?"

"아래 성혈사에 가서 하네."

인하는 마음이 놓였다. 아무리 수행하는 이라 할지라도 섭생이 수월하지 않으면 몸이 상할 텐데, 마음이 쓰였었다.

"다시 내려오기로 약속되어 있다면 오늘은 금방 올라갈 모양이구만?"

"예. 늦게 올라갈 계획입니다."

"그런데 뭐 하러 여기까지 오시나? 친구들과 올 때 그냥 다녀가시면 되지."

"예, 저도 그럴까 생각했는데 어머니가 굳이 다녀 가라시더군요."

"어머님께서?"

"예."

효명은 고개를 끄덕이기는 했지만 표정이 무거워 보였다.

"혹시 무슨 일이라도?"

대답 대신 잠시 생각하던 효명은 먼저 한숨 같은 헛웃음부터 내놓았다.

"허허, 어머님도 내게 너무 깍듯하게 하셔서 오히려 불편한데 자네까지 그러니 중질하는 게 벼슬하는 것 같아서 몸이 다 근질거려. 허허……."

"그렇지 않아도 어머니 앞이라고 '스님'자를 안 붙였다가 꾸중을 들은걸요."

"그래? 허허…… 그런 어머님이 자넬 내게 보내 짐을 지우시는 걸 보면 그래도 아직은 아들 친구라는 마음이 남아 있으신가 보구먼. 덕분에 몸 근질거리는 건 그냥 나았네."

"짐이라니 그게 무슨?"

어머니가 두 번이나 말씀하셨던 게 다 이유가 있었던 모양이다. 허튼 말씀이라고는 없는 어머니의 성정性情을 잠시 잊고 바로 알아차리지 못한 제 우둔함에 인하는 새삼 가슴이 뜨끔했다.

"자리로 가서 차나 한잔하세."

효명은 차탁이 놓인 아담한 정자를 가리키며 앞장섰다.

물을 끓이고 차를 우려내는 동안 스님은 말이 없었다. 현규는 강남이 개발되기 이전 잠실 출신으로 인하와는 고등학교 동창이 되어 만났다. 수혁이나 대식을 만난 것도 인하가 고리 노릇을 했다. 대학은 대식을 제외한 세 사람이 같은 대학에 입학했지만 학과는 달랐다. 현규와 인하, 수혁이 제각각 천문학 외교학 재료공학을 전공했다. 게다가 현규는 대학시절 열혈 운동권이었던 반면 인하는 제 공부밖에 모르는 무심한 편이었고, 수혁은 운동권에 회의와 의심마저 갖고 있던 외면파였다. 이에 더하여 대식은 수도권 지방도시의 대학생이었으니 아예 인연의 고리가 채워지지 않을 수도 있었다. 그렇지만 한번 이어진 인연은 질기고 길었다. 현규가 효명이 되고 한참 지난 뒤 이곳 효명암에 기거하게 된 것도 결코 그 자신은 예정하지 않았던 인연의 운수雲水였으니.

차를 한 모금 삼킨 효명은 산 아래로 고즈넉이 보이는 푸른 들을 향해 눈길을 둔 채 선문답 같은 소리를 한숨처럼 내뱉었다.

"인연이라는 게 참 무거워."

인하는 고개를 숙인 채 찻잔만 매만졌다. 머리보다 어깨가 더 무거운 느낌이었다.

"처음 이곳 효명암에서 자네 어머님을 만나고서 무슨 인연인가 하면서도 어머님의 그 깍듯함이 무거웠는데, 우리 인연을 모르는 사람들이 털어놓는 사연과 한숨까지 듣게 되니 인연을 짓는다는 것이 새삼 두려워져."

여전히 모를 소리였다. 인하는 눈을 감았다.

"자네는 내가 머리를 깎은 까닭을 조금은 알 테지?"

현규가 스님이 되려는 결심을 하기 전, 술과 분탕질로 자신을 학대하던 시절이 생각났다. 그야말로 호박밭이던, 등골 빠지게 하던 땅이 어느 날 갑자기 황금덩이리가 되어 가져다 준 부富. 감당할 수 없는 돈이 사람을 망치는 것은 순간이었다. 성실했던 아버지의 방탕과 날로 그악스러워지는 어머니. 그리고 마침내는 젊은 시앗이 나타나고 재산을 한몫 챙긴 어머니의 변신. 벌겋게 핏발선 그 탐욕의 눈길은 현규에게 아버지의 야비함과 무능함보다 더 지켜보기 힘든 고통이었다. 자신이 꿈꾸고 품었던 이상의 뿌리가 통째로 뽑히는 것과 같다고 했던가.

"수혁이에게 원한을 품고 증오로 칼날을 벼리는 사람들이 있어. 오직 부모와 자식이라는 인연만을 가지고."

비로소 알아들을 수 있었다. 인하는 어머니가 먼저 걱정되었다.

"어머니도 아시는 일입니까?"

"어머님이야 귀를 씻으시겠지. 또 이 고을에서 어머님께 대놓고 말할 사람도 없고."

"그런데 어떻게?"

"말이야 바람결로도 전해지지 않는가. 당신이 감히 나서실 수 없으니 안타까움만 클 테지."

"어떤 인연인지는 아십니까?"

"얽히고설키는 게 인연인데 그걸 어디서부터 말할 수 있겠는가."

"제 어머니는요?"

"알면서도 거두어주실 수밖에 없는 성정이시지 않은가."

알 것 같았다. 인하는 찻잔을 비웠다. 아직 해는 꼬리가 남아 있었다.

"그래, 밤길 가려면 서두셔야지. 가세. 난 아래 내려가서 저녁 공양도 얻고 오랜만에 자네 다녀간 기념으로 부처님께 올릴 꽃이라도 좀 훔쳐와야겠네, 허허."

휘적휘적 두 팔을 내젓는 효명의 걸음걸이가 한결 가벼워 보였다. 인연의 무게를 이리 떠넘기다니, 고약한 스님이었다.

인수가 결혼하고 신혼여행에서 돌아온 다음 날로 어머니는 고향으로 내려왔다. 어머니가 불편하다면 굳이 한 지붕 아래는 아니더라도 적어도 가까이에서 모시기를 다들 원했다. 살을 받은 아들들만이 아니라 며느리들도 진심이었다. 그러나 어머니는 단호했다. 처음부터 자식 교육을 위해 선택한 서울행이었고 이제 할 일이 끝났으니 그것으로 그만이라고 했다. 고향이라 해도 변변한 친구 한 사람 없는 외로운 곳 아니냐는 말에 어머니는 서울에도 각별히 사귄 친구가 없다는 말로 잘랐다. 그래도 서울은 외가가 가까이 있지 않느냐는 말에는 출가한 지 삼십년이 넘은 사람이라며 여지를 두지 않았다. 어쩔 수 없었다.

팔지 않고 이웃에 맡겨놓았던 고향의 옛집은 방도 다섯 개나 되었고 마당도 넓은 편이었다. 어머니 혼자 관리하기란 불가능했다. 아들들은 나이 지긋한 부부를 들여 일을 돕도록 하자고 했지만 어머니는 하루 한번씩 들러 도와줄 도우미 아주머니 한 사람이면 충분하다고 했다. 처음 출입하던 아주머니는 일손이 깔끔하지 못해 한 달 만에 그만뒀다. 두 번째 아주머니는 꽤 오래 출입했고, 그 아주머니가 자식을 따라 Y읍을 떠난 뒤로는 인하도 사정을 잘 알지 못했다.

그 사이 집안 청소를 모두 마치고 어머니를 도와 저녁상을 준비하는 아주머니는 예순 안팎 여인이었다. 조금 통통한 몸매에 두툼한 입술은 버릇처럼 내밀고 있었고 눈가에도 불만의 기색이 역력했다.

"어머니, 막걸리 사다 놓은 거 있어요?"

어머니는 조금 황당하다는 눈빛이었다. 집에서, 그것도 혼자서 술을 찾는 경우는 거의 없었기 때문이다. 인하는 멋쩍은 웃음을 지었다.

"허, 여기 검은콩 막걸리가 아주 좋다고 하기에 맛이나 보려고요."

"서울에도 가져갈 거냐?"

"아니에요. 한두 잔 맛이나 보려고 했죠. 없으면 그냥 두세요."

"아니다."

어머니는 행주치마를 벗으며 나갈 기색이었다.

"아니, 제가 다녀올게요. 가게가 어디 있죠?"

"마침 다른 것도 떨어져 사와야 할 게 있다. 젊은 사내가 벌건 대낮에 무슨."

인하는 어머니가 대문을 열고 나간 뒤에야 주방으로 향했다. 여인은 가스불 앞에서 산나물을 볶고 있는 중이었다.

"아주머니 자제분은 뭘 하세요?"

힐끔 돌아본 여인은 망설이는 기색도 없이 한숨부터 내쉬었다.

"어휴. 멀쩡한 직장 잘 댕기다가 그만두고 논다 아입니꺼."

"어딜 다녔는데요?"

"한국정보라고 엄청시리 큰 회사 댕겼지요."

역시 그랬다. 인하는 아예 식탁 의자를 당겨 엉덩이를 붙였다.

"그런데 왜요? 거긴 구조조정도 별로 없었는데?"

"그러게 말입니더. 힘없는 사람들 억울하게 당하는 기 어디 하루 이틀 일입니까."

"억울하다니, 무슨 일이 있었던 모양이지요?"

"글쎄, 눈을 뜨나 감으나 회사밖에 모르는 아들이었는데 갑작시리 뒷돈을 받았니 어쩌니 해사메 난리를 피우니 우짤 수 없이 사표를 낼밖에요. 안다 카는 사람이 더 무섭제, 우리 집안하고 무슨 웬수가 졌다고……."

인사관리가 철저하기로는 한국정보에 비교할 기업이 없었다. 특히 임직원 비리에 처벌이 매서운 만큼 설부른 조사로 진상이 왜곡되는 경우도 없으니 뭔가 비리가 있기는 했을 것이다. 아무래도 문제의 빌미는 다른 데 있는 듯싶었다. 특히 아주머니는 수혁의 부모님 집에서 도우미로 일했고, 그 아들에게 문제가 일어나기 전에 그만뒀다고 하니 인과관계가 있어 보였다. 이 좁은 도시에서 금세 말이 전해질 것이 빤한데도 아주머니는 드러내놓고 수혁 부모님을 비난하고 있었다. 그렇지만 아무리 보기 사나운 꼴에 눈이 뒤집어지고 원한을 갖는다 해도 연좌제가 살아 있지 않은 이상 그처럼 자기 관리에 철저한 완벽주의자 수혁이 걱정할 일은 없을 것이다. 그런데도 어머니는 물론 효명까지 염려가 깊다는 것은 의외였다.

어머니가 돌아왔다. 검은 비밀봉지에서 막걸리 통을 꺼내는 어머니 모습에 인하는 괜한 짓을 하느라 공연한 수고를 끼쳤구나 싶어 슬그머니 후회가 들었다.

7

샤워 가운 차림으로 머리카락을 털며 욕실을 나오는 수혁을 서인희
는 침대머리에 등을 기댄 채 물끄러미 바라보았다. 냉정하고 이지적
인 경영자라는 이미지와 달리 수혁은 군살 하나 없는 탄탄한 몸매
에 불처럼 뜨거웠다. 문득 그의 아내 이연선이 떠올랐다. 까무잡잡
한 피부, 십년 넘게 보아왔지만 변함없이 검고 긴 생머리, 차가운 미
소와 휴화산 같은 눈빛. 분명 두 얼굴일 것이다. 한국정보 부회장의
아내로 조금도 손색없는 교양과 자제심으로 단 한번도 구설에 오
르지 않은 여자. 그러나 서인희는 같은 여자로서 그 눈빛에 숨어 있
는 이글거리는 욕망을 읽어낼 수 있었다. 화산 같은 정염. 수혁과 뒤
엉킨 그녀의 모습을 상상하며 서인희는 침대등 아래에 놓아둔 담배
곽을 열어 담배를 꺼냈다.

　머리를 말린 수혁은 냉장고에서 생수병을 꺼내 한 모금 마신 뒤
다시 욕실로 들어갔고, 곧이어 헤어드라이어 소리가 들려왔다. 머리

를 평소처럼 깔끔하게 정돈한 뒤 스킨과 로션을 바르고 헤어스프레이로 마무리할 것이다.

담배를 입에 문 채 침대에서 내려온 서인희는 테이블 위의 병을 집어 들어 삼분의 일쯤 남은 포도주를 잔에 모두 따랐다. 속옷 하나 걸치지 않은 그녀의 나신은 스탠드 갓 아래와 위로 흘러나온 은은한 백열등 빛에 묘한 음영을 이루었다. 힐끗 화장대 거울에 비친 자신의 몸매를 흘겨본 그녀는 어깨를 으쓱한 뒤 다시 침대 위로 올라가 시트를 끌어당겼다. 아직은, 아니 앞으로 한참은 더 지켜갈 자신이 있는 몸이었다.

헤어드라이어 소리가 그쳤다. 이분, 길어도 삼분이면 나올 것이다. 서인희는 조금 더 몸을 세워 침대머리에 등을 기대고 왼손에는 포도주 잔을, 오른손에는 담배를 들었다. 자연스럽게 하얀 시트가 흘러내려 봉긋하고 풍성한 가슴이 드러났다. 시트를 모두 젖혀도 상관없었지만 그러기에는 조금 서늘했다.

약간 텁텁한 포도주 뒷맛이 거슬렸다. 달콤한 걸로 시킬 걸 하는 후회가 잠시 스쳐갔다.

"좀 쉴 거야?"

욕실에서 나오는 수혁의 얼굴이 말끔했다. 섹스를 나눈 뒤 저런 말끔한 얼굴의 상대를 마주하는 기분은 언제나 신선했다. 서인희는 담배를 한 모금 깊게 빤 뒤 재떨이에 눌러 껐다.

"응, 늦을 거라고 얘기해뒀어."

"그럼 좀 쉬다가 가."

서인희는 왼손에 그대로 잔을 든 채 양팔을 벌렸다. 역시 수혁은 다가와 샤워 가운의 끈을 풀고 시트를 젖혔다. 오른손을 뻗어 잔을 받아 침대 옆 탁상에 내려놓은 수혁이 양팔로 그녀를 안았다.

차갑게 포장된 외피 안에 금방이라도 다시 타오를 듯한 열기가 숨어 있는 몸뚱이가 주는 설렘, 나른함. 자신은 수혁과 나누는 밀회에서 희열을 느끼고 생기를 얻는데 그는 어떨까 갑자기 궁금했다.

"자기가 나한테서 얻는 건 뭐야?"

의아한 수혁의 눈빛이 식어가고 있었다.

"연선씨도 아주 뜨거울 것 같은데?"

조금 비틀린 여자의 미소에 수혁은 눈길을 외면했다.

"너무 오래 쉬지 말고 들어가. 아이들에게는 엄마가 필요해."

"난 자기네와 달라. 일등이라는 거, 그게 무슨 의미야?"

수혁의 아들 동철이 초등학교부터 줄곧 수석을 놓치지 않은 것을 두고 사람들은 연선을 칭찬하며 부러워했다.

"그런 뜻은 아니야."

"그래? 아무튼 상관없어. 난 큰애 중학교 졸업하면 둘 다 미국으로 보낼 거야. 이 나라, 너무 팍팍해. 도망치라는 게 아니라 영혼에 상처 입으며 살지 말라는 거야."

"나쁘지 않네."

"피, 엎드려 절 받는 기분인데?"

"진심이야. 내가 원하는 건 일등이 아니라 당당한 삶이야."

"그래? 의외네?"

대답 대신 꺼안은 양팔에 다시 힘을 주는 수혁의 몸이 더워지고 있었다. 여자는 살갗으로 전해오는 남자의 달아오른 체온에 갈증을 느꼈다.

"자기, 나한테서 위로 받는구나?"

"위로?"

"응, 지친 영혼의 위로."

여자의 다리가 풀리는데 남자는 차갑게 일어섰다.

"가게?"

"약속이 있어."

샤워 가운을 벗고, 하얀 트렁크 팬티를 입고, 옅은 분홍빛 와이셔츠를 걸치고, 짙은 빨간색 바탕에 잔 꽃무늬가 촘촘히 든 넥타이를 익숙하게 맸다. 서인희는 시트를 끌어당겨 반쯤 몸을 덮은 채 수혁을 말갛게 지켜보며 잔을 들어 포도주를 한 모금 삼켰다.

"그 넥타이, 지난번 이사회 때도 맸었지?"

"넥타이? 그랬나?"

바지 허리띠를 조이며 눈길도 주지 않은 채 무심하게 대꾸했다.

"그 날 갑자기 그 넥타이가 아주 섹시하게 느껴졌어."

"그래?"

양말을 주워들며 수혁은 힐끔 눈길을 돌렸다.

"몸이 달아올랐어. 당장 그 넥타이를 끌어당겨 호텔로 달려가고 싶었지. 하하."

서인희의 깔깔거리는 웃음에도 수혁은 싸늘한 표정을 지었다.

"위험한 장난치지 마."

"걱정하지 마. 아무도 눈치 못 채. 우린 좋은 관계가 아니잖아. 하하하……."

K대학에서 국제관계학을 강의하는 서인희는 한국정보의 사외이사이기도 했다. 그러나 이사회에서 마주치면 두 사람은 언제나 부딪쳤다. 은밀한 관계를 감추기 위해서가 아니라 민족자본이라는 개념을 완전히 털어내지 못하는 수혁과 개방적인 세계화주의자인 서인희 사이에 일어날 수밖에 없는 마찰이었다. 소문으로는 검사 출신의 국가정보원 고위 간부인 전남편과 이혼한 것도 그녀의 지나치게 자유로운 의식과 행동이 원인이 되었다고 했다.

수혁은 가는 줄무늬의 짙은 감색 윗도리를 걸치고 있었다. 구두는 이미 신었고 이제 끝이었다.

"왜 그렇게 서둘러?"

"서둘기는."

이번에도 수혁의 반응은 건성이었다. 서인희는 짓궂은 웃음을 머금었다.

"누구야?"

비로소 수혁이 눈길을 맞추었다.

"누구라니?"

"지금 만나러 가는 사람. 여자가 또 있지 않아?"

수혁은 아주 불쾌하고 화난 표정이었다. 그러나 서인희는 물러나지 않았다.

"상관없어, 내가 무슨 상관이겠어? 하지만 내가 자기에게 위로가 안 된다니 그건 좀 섭섭한데? 하하."

"먼저 갈게. 연락해."

등을 돌린 남자의 뒷모습이 사라지자 던지듯 잔을 내려놓은 여자는 침대에서 벌떡 일어나 내려섰다. 이제는 자신이 서둘러야 할 차례였다. 남자의 정액을 몸 안에 담은 채 따뜻한 잠을 자고 아침 햇살에 눈을 뜬 것은 이제 기억마저 가물거렸다.

한서주. 이제 겨우 마흔 둘인데 벌써 사년 전 혼자가 된 여자. 남편을 교통사고로 잃고, 중학교와 초등학교에 다니는 두 딸을 키우며 피아노학원을 운영하는 여자.

'황궁'에서 직원들과 회식을 끝내고 굳이 한잔하자는 대식에게 마감할 시간을 주느라 잠시 주변을 산책하던 날이었다. 넓지 않은 주택가 골목길을 급히 달려 나오던 서주의 딸 미라가 불도 켜지 않은 낡은 오토바이에 치었고, 오토바이는 아이를 버려둔 채 뺑소니를 쳤다. 수혁이 미라를 병원으로 옮긴 뒤 하얗게 질린 낯빛으로 달려온 서주는 눈물부터 터트렸다. 다행히 미라의 상처는 크지 않았고 정신을 차린 서주는 민망함과 고마움으로 수혁에게 연신 머리를 조아렸다. 화장기 없는 얼굴에 머리를 아무렇게나 고무줄로 묶은 그녀를 보자 수혁은 오래 전에 썼던 퉁명스레 생긴 직사각형 아이보리 비누가 떠올랐다.

"끝나지 않았어?"

"끝났어요. 한 십분 전에요."

전화기 너머로 들려오는 그녀의 목소리는 졸리는 듯했다.

"피곤한가 보구나? 졸리는 목소리야."

"예, 중학생반에 아이 두 명이 더 들어왔거든요."

"그래? 축하할 일이네."

"오빠는 끝났어요?"

"응."

"어쩐 일로 벌써 끝났대요?"

"그러게. 그런데 넌 피곤하면 얼른 간판 불부터 끄고 들어가서 자지 왜 여태 학원에 있어?"

"어머! 오빠가 그걸 어떻게 알아요?"

"글쎄, 내가 천리안인가 보지."

뽀얀 형광등 불빛이 켜진 '가회 피아노학원' 간판을 보며 수혁은 빙그레 웃음 지었다.

"아, 앞에 왔구나?"

"허허."

"알았어요. 금방 나갈게요."

"괜찮아. 천천히 나와. 길 위쪽에 있는 카페가 예쁘더라. 거기서 기다릴게."

"안 돼요, 오빠."

"왜? 나 거기 지날 때마다 길가 파라솔 밑에서 차 한잔하고 싶었는데."

"에이, 다른 사람들이 오빠 알아보고 이상하게 생각하면 어떻게 해요?"

"나 하나도 안 유명해. 그리고 뭘 이상하게 생각해? 괜찮아."

"그래도 차 안에 계세요. 그 카페에서 제가 맛있는 녹차라테 사서 갈게요."

"허허, 그럼 커피."

"안돼요, 잘 밤에 무슨 커피에요? 조금만 기다려요."

위로? 서인희에게 위로를 느낀 적은 없었다. 오래 전 집권했던 당 재정위원장의 딸, 대학 시절 '퀸'이었다는 헛소문을 사실로 받아들이게 할 만큼 잘 관리한 얼굴과 몸매, 집안으로 맺은 결혼에서 남편을 미련 없이 두고 돌아선 여자, 학회가 열릴 때마다 발표자를 긴장시키는 돌발 질문을 던지는 교수. 그리고 이사회에서도 여지없이 날을 세우지만 언론을 의식한 의도적인 도발이었고, 이를 간파당하고도 뻔뻔하게 웃음을 흘릴 줄 아는 배짱의 소유자. 그런 여자에게 느낀 불쾌함이 승부욕이 되었고 누가 먼저인지도 모르게 뒤엉켰다. 승자도 없고 패자도 없는, 아니 서로 만족하는 희열과 쾌감. 욕정은 아니었던 것 같다. 그보다는 긴장을 풀고 다시 긴장을 재충전하여 삶의 생기를 북돋는 것에 가까웠다. 단 하나, 아이들이 없는 대낮의 그녀 아파트나 호텔 문을 등 뒤로 닫고 열기가 남아 있는 공간을 떠나는 순간 씻은 듯이 사라지는 여운은 언제나 쓸쓸하고 찝찔했다.

카페 쪽에서 종이컵 두 개를 양손에 들고 내려오는 서주의 모습이 보였다. 학원에 딸려 있는 집 뒷문으로 나갔던 모양이다.

복잡한 세상에서 단순한 기준으로 말하자면 아무런 관계도 없는 여자였다. 그런데도 수혁은 가끔씩, 특히 서인희와 정사를 끝낸 뒤면 서주를 찾았다. 때로 격렬한 정사 중에 서주가 생각나 사정을 서두르는 때도 있었다.

"창문부터 열어줘요!"

수혁이 조수석 문을 열어주려고 허리를 굽히는데 서주가 소리쳤다. 수혁은 얼른 차창을 내렸다.

"바보예요? 이거부터 받아줘야지?"

열린 차창으로 컵 두 개를 불쑥 들이밀며 서주는 입술을 삐죽거렸다.

"그러게, 내가 좀 모자라네."

차문을 열고 들어온 서주는 작은 컵을 빼앗듯이 가져갔다.

"그건 뭐야?"

"커피요."

"서주는 잘 밤 아니야?"

"난 못 자요. 이제부터 소라 수학여행 도시락 싸야 해요."

소라는 미라의 언니, 서주의 큰딸이다.

"내일 수학여행 가?"

"예, 경주로요."

"미리 이야기하지. 낮에 잠깐 만나 용돈이라도 줄 걸."

"번번이 그러지 말아요. 버릇돼요."

"그래봐야 서주가 다 압수해서 저희들 통장에 넣는다면서?"

"그러니까요. 아이들 용돈은 중학생 만원, 초등학생은 오천 원이면 돼요. 그래야 떡볶이나 어묵으로 군것질하고 남는 얼마는 저금통에 넣죠. 그게 용돈이에요."

"내가 주는 것도 그렇게 하면 되잖아?"

"말이 돼요? 중학생, 초등학생이 수표 아니면 돈을 뭉텅이로 들고 떡볶이 사 먹게요? 난 내가 아무리 부자라도 절대 아이들 그렇게 안 키워요. 초등학생이면 초등학생답게 엄마한테 오백 원짜리 군것질거리 사달라고 조르기도 해야지……."

서른 번은 넘게 들은 잔소리가 또 시작되고 있었다. 수혁은 손사래를 치며 말을 막았다.

"알았어, 알았다고. 그럼 내일 서주가 소라 오만 원만 줘. 나중에 갚아줄게. 지금은 현금 없어."

"오만 원도 많아요. 삼만 원 줄 테니까 나중에 꼭 갚아요."

"아휴, 그래 알았어. 그런데 무슨 도시락을 밤 새워 싼다는 거야?"

"나, 음식 빨리 못 만들어요. 그런데 새우튀김도 해야죠, 김밥도 싸야죠, 반찬도 열개는 만들어야죠! 참, 음료수랑 군것질할 과자 같은 것도 사야죠. 아마 밤새 편의점 들락거려야 할 거에요. 그나마 다행이에요, 이렇게 집 앞에 24시간 편의점이 있으니. 안 그래요? 참 좋은 세상이죠. 호호."

제 수다에 스스로 멋쩍어 하며 웃는 서주의 모습이 예뻤다. 수혁은 초등학교 수학여행 때 인하가 꺼내놓던 다섯 개가 넘는 도시락

상자가 생각났다. 아직도 '가회 피아노학원' 간판은 불이 환했다.

"왜 불 안 껐어?"

"아, 들어갈 땐 앞문으로 들어갈 거예요. 오빠 가는 거 보고 뒷문으로 들어가면 웃기잖아요."

"불편하지 않아? 저 위쪽으로 좀 움직일까?"

"왜 불편해요? 난 괜찮아요. 집 앞에서 애인하고 밀회하는 아줌마가 어디 있게요? 또 난 이 동네에서 알아주는 정숙한 여자라구요. 괜히 오빠가 이상하네. 혹시 흑심 있어요? 호호."

"서주는 흑심 받을 만큼 본인이 멋있다고 생각하나 봐?"

"뭐요!"

"하하하! 흑심은 없어도 관심은 있으니까 이렇게 오는 건데, 내 시력이 그렇게 나쁜 것 같아? 나, 아직 안경 안 써."

"헤헤, 그래도 말은 듣기 좋게 해야죠."

"그래, 조심하지."

어색한 침묵이 이어졌다. 수혁은 녹차라테를 손에만 들고 있었고 서주는 종이컵 뚜껑을 벗겨내고 커피를 홀짝거렸다. 수혁은 마른침이 넘어갈 것 같아 얼른 라테를 삼켰다. 서주가 먼저 입을 열었다.

"부회장님은 왜 자꾸 찾아오세요?"

'부회장님'이라는 호칭이 마음을 건드렸다. 수혁은 바늘에 찔린 사람처럼 잠깐 눈살을 찌푸렸다.

"글쎄, 서주를 만나면 위로를 받는 기분이랄까."

서주의 두 눈이 동그래졌다.

"위로요? 하하하. 제가 위로가 되요? 공주 된 기분이네. 가만, 나 결혼했으니 공주 아니잖아? 남편 죽었으니 왕비도 아니고, 대빈 가?"

"대비는 그렇고 돌아온 공주하지 뭐."

"예? 하하하."

"돌아온 공주만큼 예뻐. 돌아온 공주니까 화장도 안 하지."

"뭐요? 저 화장 안하고 산다고 흉보는 거죠?"

새치름하게 눈을 흘기는 서주의 낯빛이 상기되어 있었다. 여자였다. 수혁은 목이 말랐다. 라테의 단맛 때문은 아니었다.

휴대전화기가 진동했다. 국제전화였다.

"예, 최수혁입니다."

"부회장님, 여기 런던입니다."

"아, 박상무, 잠깐만."

울려나오는 소리가 너무 컸다. 수혁은 전화에 수신기를 연결해 귀에 꽂았다.

"말해요."

통화는 한참 동안 이어졌다. 무슨 내용인지 알 수 없어도 기다리고 있던 전화인 것 같았다. 서주는 차에서 내려 기다릴까 했지만 열 시가 다되어 가는 시간에 그 모습은 동네 사람들 눈에 이상하게 보일 것이다. 말이 많은 동네는 아니지만 자신은 아이들을 돌보는 선생님이기도 했다.

"그래요, 좀 더 자세히, 가능하면 현재 있는 곳까지 알아봐줘요.

제 친구기도 하지만 언제든 본인만 원하면 우리가 영입할 인사라는 점 잊지 마시고 보안에 신경 써서요."

업무는 아닌 것 같은데 차분하고 차가운 성품이 그대로 드러났다. 저런 남자가 무슨 까닭으로 이런 터무니없는 만남을 이어가는 것인지 서주는 잘 납득되지 않았다. 게다가 위로라니.

8

"아유, 인하씨는 몰라서 그래요. 어느 정도였는지 아세요? 글쎄 한동안은 술만 마시고 들어오면 팬티를 뒤집어 입고 있는 거예요."

"이 사람이, 그건 사우나 들렀다가 와서 그런 거라고 했잖아!"

"도대체 술 취해서 사우나를 왜 가?"

"몇 번 말해야 알아들어? 애들하고 당신이 술 냄새 싫어해서 그런 거라고 했잖아!"

"피, 그 술 냄새 내가 하루이틀 맡았어? 오죽했으면 내가 당신 만나고 주량이 열배는 늘었다! 앉으나 서나 술인 당신 쫓아다니다가."

"허! 핑계는. 그만해. 어, 이제 끓는다……."

대식은 도망이라도 치듯 가스레인지 앞으로 달려갔다. 대식의 처 진숙은 눈을 흘기면서도 입가는 웃고 있었다.

"인하씨, 대식씨 별명이 뭔지 아세요?"

"별명요? 초등학교 때는 날마다 입가에 자장 묻히고 다녀서 짜장이었고, 고등학교 때는 별명도 대식이었어요. 자장면을 한 자리에서 곱빼기로 세 그릇씩 먹었으니까요. 그 뒤로는 뭐 특별히 별명 같은 건 없었는데요."

"개고기예요, 개고기."

"개고기? 그건 또 왜요?"

"저야 모르죠. 그렇지만 얼마나 걸판스레 놀았으면 개고기란 별명이 붙었을까 짐작이 가고도 남잖아요."

"하하하!"

"이 마누라야, 내 흉만 보지 말고 그러는 당신도 살이나 좀 빼. 누가 자장면집 마누라 아니랄까봐 해마다 달마다 늘어. 그러니 내가 하루도 제대로 못 쉬잖아."

"뭐! 그래도 여행은 잘 다니더라!"

'황궁'은 휴일이 없었다. 월요일부터 금요일까지는 근처 관공서와 회사 직장인들이 찾았고, 주말과 공휴일에는 산책 나온 인근 주민과 멀리서 데이트하러 온 젊은이들로 붐볐다. 그래도 직원들은 돌아가며 쉬게 했고 아르바이트생을 고용해 영업을 계속하지만, 대식 자신은 일 년에 한두 번 여행을 떠날 때 아내에게 맡기는 것 빼고는 거의 날마다 출근하는 처지였다. 오늘은 특별히 인하를 위해 저녁을 준비한다고 점심시간이 끝나자 곧바로 퇴근했다. 수혁은 출장 중이었다.

"오케이, 됐어! 인하야, 이제 이리 와. 당신은 마오타이 꺼내오고."

대식의 말에 식탁을 돌아본 진숙이 입을 삐죽했다.

"뭐야? 달랑 요리 한 접시에 단무지만 꺼내놓고?"

"걱정하지 마, 전복하고 불도장만 코스로 내고 나머지는 한꺼번에 차릴 거야. 안 그러면 저 친구 몸에 좋은 이것들 다 안 비워."

"그건 그러네."

진숙은 쪼르르 베란다로 향했고 인하는 식탁으로 갔다.

"자, 앉아. 이건 말린 전복하고 상어지느러미 불려서 만든 찜 요리. 최고의 보양제이자 정력제다. 천연조미료만 써서 맛을 냈으니 마음 놓고 먹어. 다음 요리는 만드는 냄새에 부처님도 담을 넘는다는 그 유명한 불도장이고. 거기까지는 진짜 성의 있게 먹어줘야 한다."

"그래, 고맙다. 그런데 성의 있게 먹는 건 어떻게 먹는 거야?"

"맛이 없더라도 맛있는 척 깨끗하게 비우라는 거지. 너 몰라서 그렇지 이거 진짜 성의 있게 만든 거다. 이런 요리 제대로 하자면 오미 五味를 전부 자연 재료에서 만들어내야 해. 이를테면 단맛은 호박이나 옥수수 같은 데서 우려내고. 특히 전복 요리는 호박에서 우려낸 단맛이 잘 어울려서 이것도 그렇게 한 거야."

"네가 그런 걸 직접 해? 할 줄 알고?"

"당연하제. 니는 몰라서 그렇지, 식당을 할라 카면 주인도 주방장만치 요리를 할 줄 알아야 된다. 안 그라고 멍청하니 있다가는 갑자기 주방장한테 문제라도 생기면 하루아침에 문 닫는 수도 있다 아이가."

"그래도 배우는 게 만만치 않을 텐데?"

"벌써 세월이 몇 년이고. 그동안 하나씩 책도 보고, 어깨 너머로 배워뒀다 아이가. 그리고 집에서 이래 연습도 안 하나."

"당신!"

술병을 들고 나온 진숙이 눈을 흘겼다.

"그래, 알았다."

인하는 영문을 몰랐지만 대식의 말투가 금방 바뀌었다.

"자, 먼저 한잔 받아라. 이 술 향이 싫다는 한국 사람들도 있더라만 알아주는 명주잖아. 작년에 이 술 만드는 마오타이진〔茅台鎭〕이라는 동네에 가서 공장에서 직접 사온 거다."

"알아, 유명하지. 나도 다른 장향醬香 술은 좀 거북해도 마오타이는 좋아해."

"어, 네가 그런 향까지 어떻게 알아?"

"응, 우리 연구소에 중국 출신이 몇 사람 있어. 그 사람들과 중국 식당에 다니면서 주워들은 거야."

"와, 역시 국제 박사는 다르구만."

"그런데 방금 사투리는 어디로 도망갔어?"

대식이 힐끔 아내를 돌아봤다. 진숙이 대신 대답했다.

"호호, 내가 지난 과거 묻어주는 조건으로 사투리 못 쓰게 했어요. 난 괜찮지만 애들이 재미있다고 자꾸 따라 해서요."

"어쩐지 사투리가 어정쩡하더라니. 그런 엉터리 사투리를 왜 억지로 써?"

대식은 어깨를 으쓱하며 멋쩍게 웃었다.

"야, 그래도 수혁이는 좋아해. 지는 직장에서 최고위층이니까 서울

말 쓰더라도 친구 한 놈쯤은 사투리를 써주면 고향 냄새 나니 마음 편해질 거 아니야? 그래도 그 자식 우리 동네 원단 사투리, '잘 지냈니껴?' '얼마이껴?' '가이시더' 같은 진짜 촌스러운 거 쓰면 인상 쓴다. 그래서 이것저것 가리다가 보니 정체불명이 됐지. 히히."

인하는 대식이가 마음 쓰는 것이 고맙기도 했고 안쓰럽기도 했다.

"그럴 것까지 뭐 있어?"

"그런 소리 마. 우리 친구들한테 너나 수혁이가 얼마나 자랑스러운 존잰데. 너희 같은 친구가 있는 것만 해도 우린 뿌듯하고 든든해. 또 수혁이가 나한테 특별히 잘해주잖아. 돈으로는 얼마 안된다고 해도 수혁이가 그렇게 챙겨서 우리 가게 와주니까, 직원들도 긍지가 생기고 손님들도 새롭게 보고. 안 그래, 당신?"

"맞아, 그건 그래. 진짜 고맙지. 물론 인하씨도요."

"제가 무슨……."

"아니에요. 인하씨 이렇게 다녀가면 대식씨 아이들한테 일 년은 큰소리쳐요. 아빠 친구는 박사님인데 너희는 어떻게 공부할 거냐고요."

타고난 천성이 그렇지만 대식은 어릴 적부터 맺힌 구석이 없었다. 좋으면 좋은 대로, 싫으면 싫은 대로 무엇이든 가리지 않고 받아들이는 편이었다. 누군가와 주먹다짐을 한 뒤에도 사리事理에 따라 먼저 사과하는 것도 빨랐고, 사과에 익숙하지 않은 상대가 쭈뼛거리면 먼저 다가가 손을 잡아줄 줄도 알았다. 그것은 천성도 천성이지만 부모의 영향과 덕이라고 해야 할 것이다. 대식의 아버지 어머니는 어렵던 시절 식당을 운영해 배고픔을 겪지 않았기 때문에 그랬는지 후덕했다. 아니, 그보다 겸손한 마음이었을 것이다.

사실 마음에 옹이처럼 무엇을 새겨두는 것, 그 바탕에는 자기 욕심도 한 몫 있을 것이다. 내가 반드시 이겨야 하고, 내가 더 많이 가져야 하고, 내가 앞서야 한다는 그 마음 때문에 작은 상처를 털어내지 못하고, 용서하지 못하고, 오히려 분노를 키워 스스로 옭아매는 어리석음. 물론 그 반대 경우도 있을 것이다. 조금 더 가지고, 조금 더 나은 것 같다고 함부로 사람을 업수이보며 상처 주는 경우. 그러나 그 또한 결국은 별것 아닌 지금의 위치를 잃고 싶지 않다는 욕심과 두려움에서 나온 게 아닐까.

분명 수혁에게는 빚을 갚겠다는 마음이 무의식 속에 강하게 자리잡고 있을 것이다. 그의 형편과 상관없이, 휴대전화 정도는 몰라도 기사까지 붙인 렌터카는 사실 과했다. 내가 너에게 열배로, 백배로 갚겠다는 듯한 오기가 느껴지기도 했다. 인하는 도움을 주었다는 의식조차 없었다. 그것은 어머니도 마찬가지일 것이다. 그럼에도 말없이 받아주지 않으면 오히려 상처를 줄 것 같은 불편함은 분명히 느꼈다. 대식은 그러한 불편한 의식조차 없이 순수했다. 고등학교 시절 자취방에서 뒹굴던 그때도 그는 수혁이 함께 있다는 것만으로 기뻐했고, 다른 곳으로 나갈까봐 겁이 난다고 했었다. 그런 대식이니 지금인들 무슨 다른 마음이 있겠는가. 하지만 수혁은 대식의 그 진심을 어떻게 받아들이고 있을까.

두통도 없고 속도 쓰리지 않았지만 갈증이 심했다. 침대였다. 잠시 움찔했던 인하는 캄캄한 중에도 낯설지 않은 숙소라는 것을 알자 마음을 놓았다. 어떻게 온 것인지 기억이 나지 않았다. 대식의 아파트에서 나온 기억도 없었다. 학교에 갔다던 대식의 작은 아들을 보았었나? 영국 생활에서는 전혀 하지 않았던 과음에 기억까지 끊긴 것이다. 그래도 불쾌하지는 않았다. 오히려 편안했다. 그 편안함에 억지로 몸을 일으켜 냉장고 속 물병을 찾지도 않고 인하는 그대로 늘어져 있었다.

　가경이 떠올랐다. 자리가 괜찮으면 굳이 피하지 않는 정도의 인하보다 오히려 가경이 술을 즐겼다. 가끔 기분이 들떠 취하는 날도 있었지만 대부분은 포도주 반병이나 맥주 한 병쯤으로 즐거워했다. 그런 날 그가 해준 팔베개 위 그녀의 입에서 솔솔 풍겨 나오는 향기는 인하까지 덩달아 유쾌하게 했다.

　둘은 대부분의 나날을 아무것도 걸치지 않은 알몸으로 아침을 맞았다. 시작은 가경이었다. 본래 몸이 따뜻한 가경은 늦도록 서재에 있는 인하를 기다리며 비운 포도주 한잔에도 더위를 느껴 잠결에 하나씩 옷을 벗었다. 가경은 술이 아니라 팔베개에서 나오는 열기 때문이라며 뒤늦게 침대 모서리에 구겨져 있는 가운을 당겨 몸을 가렸지만 시늉일 뿐이었다. 인하도 그런 가경에 맞춰 그녀가 잠에서 깨기 전에 걸쳤던 외피를 모두 벗어냈다. 사랑을 나누지 않았어도 서서히 맑아지는 의식 가운데 느끼던 포근하고 부드러운 살결의 희열은 하루의 시작을 더 없이 유쾌하고 상쾌하게 해주었다.

도무지 까닭을 알 수 없었다. 냉정하지도 않고, 말수가 적은 것도 아닌 그녀였는데 마지막 말은 단문이었다. '우리 헤어져. 절차부터 밟아. 아버지에게 도움 부탁했어. 그런 뒤 만나면 편할 수 있을 거야. 친구 같은 당신, 좋았어. 미안해할게.'

뒤늦게 생각하면 '섹스리스'는 아니었어도 날마다 살을 부딪치면서도 덤덤하기는 했다. 그렇지만 서로 바라보는 눈빛은 달콤했고 다투는 적도 거의 없었다. 그렇다고 가경의 생활이 복잡한 것도 아니었다. 밝고 수다스럽고 잘 웃기도 했지만 제 선線을 엄격하게 지킨다는 것을 사람들이 금방 알아차리게도 만들었다. 도대체 무슨 일이 있는 것인지, 바보가 되어버린 기분이었다. 하지만 지금도 가경에게 의심이 일거나 미워하는 마음은 생기지 않았다. 아무래도 물을 마셔야할 것 같았다. 이불 속을 빠져나오니 버릇처럼 몸은 알몸이었다.

9

드레스 룸에서 나오는 수혁의 차림은 골프복이었다. 연선도 라운딩 약속이 있을 것으로 짐작은 했다. 그래도 양복을 별도로 챙기지 않은 것으로 보아 골프가 끝나면 곧바로 돌아올 모양이다.

"아침 차려놨어요."

검은 생머리를 틀어 올린 연선은 아직도 가운 차림이었다.

"아주머니는?"

아내의 옷차림이 거슬린 모양이다.

"어제 집에 다녀온다고 나갔어요. 오후에 올 거예요."

"애들은?"

"아직 자요. 동철이는 외국 친구들과 약속이 있다는 것 같고, 보람이는 레슨 받고 과외 해야죠."

식탁 위에는 크루와상 하나와 달걀프라이, 오렌지 주스 한 잔, 과일 몇 조각이 하얀 접시에 가지런히 담겨 있다. 결혼한 후 하루도 변하지 않고 차린 아침상이다.

연선은 이해할 수 없었다. 처음 얼마간 술에 엉망으로 취해 돌아온 다음 날 아침이면 북어국이나 해장국을 끓여 내놓았지만 거들떠보지도 않았다. 그렇다고 특별히 양식 체질이거나 가리는 음식이 있는 것도 아니었다. 오히려 아이들과 외식할 때는 고깃집을 찾았고, 다른 식사 약속에서도 한식을 선호하는 편이었다. 자신의 솜씨 부족 탓인가 싶어 요리를 배우고 손맛 뛰어난 도우미를 구해보기도 했지만 집에서는 여전히 입맛을 느끼지 못하는 듯했고, 특히 아침상이 바뀌면 아예 수저조차 들지 않았다.

"당신은?"

"몇 시쯤 들어와요?"

"……."

대답이 없는 것은 함께 움직일 생각이 없다는 뜻이다. 연선의 입에서 저절로 가벼운 한숨이 새어나왔다.

"별다른 계획은 없는데, 머리나 만져야겠네요."

빵을 뜯던 수혁의 손길이 멈췄다.

"끝을 좀 다듬으려고요."

다시 수혁의 손길이 움직였다. 생머리에 손대는 것에는 질색을 했다. 신혼 초 한번 머리를 잘랐다가 거의 한 달 가까이 입을 떼지 않은 수혁의 반응을 본 뒤로는 머리에 손댈 엄두조차 나지 않았다.

"동철이 그대로 군대 보낼 거예요? 공부에 지장 있을까봐 걱정하는 눈치던데."

"당신 생각이겠지."

"아니, 그런 거 아니에요."

"그럼 군말 말고 영장 나오면 병역부터 마치라고 해."

절벽 같은 남자였다. 남들보다 빠른 승진으로 이제 출세하는구나 느끼는 순간부터 차갑고 엄격하게 변했다. 자기 관리를 넘어서 스스로 옥죄는 지경까지 나아가는 것이 안타까워 연선은 눈물바람도 해보았지만 그럴수록 말수만 줄어들 뿐이었다. 숨이 막힐 것 같은 갑갑함도 이제 익숙해졌다. 그래도 어지간히 돈을 쓰는 데는 군말이 없으니 그것으로 위안을 삼았다.

"저녁은 어떻게 할 거예요?"

"아직은 별다른 약속 없어. 간단하게 준비하지."

"그럼 머리 손보고 이고문님 사모님과 화랑이나 몇 군데 둘러보고 올게요."

오렌지주스를 끝으로 수혁이 식탁에서 일어서 욕실로 향하자 연선은 커피머신에서 커피를 뽑아 휴대용 잔에 담았다. 이제 양치질을 끝내고 나오면 커피 잔을 받아들고 엘리베이터로 향할 것이다.

"라운딩 뒤 스케줄은 어떻습니까?"

운전을 하는 조대리는 자신이 모르는 일정이 있는지 물었다.

"오늘은 더 없어. 자네는 골프장에 도착하면 차 두고 들어가도 되겠어."

"괜찮습니다. 댁까지 모시겠습니다."

"아니야, 차 핑계로 낮술 피해야겠어. 택시 불러서 타고 들어가."

수혁은 지갑을 꺼냈다.

이제는 그런 아침식사가 익숙해졌지만 그래도 점심에는 일식집의 미소장국이라도 몇 모금 마셔야 했다. 유독 국물을 찾는 나라 사람의 유전자를 타고난 몸뚱이가 짜증스러울 때도 있었다. 너저분하게 늘어놓고 질척거리는 꼬락서니는 무엇이건 싫었다. 결혼에 대단한 환상을 가졌던 것은 아니지만 무엇이든 수북수북 담아 내놓는 접시는 식욕을 떨어트렸다. 게다가 개수그릇인지 세숫대야인지 모를 커다란 대접에 이것저것 마구 섞어 비벼 내놓거나, 끓어 넘친 국물로 얼룩진 냄비를 통째 밥상에 올려놓기라도 하면 허기진 뱃속에도 수저를 내려놓아야 했다. 그것은 인생에서 한 세월 경험으로도 지긋지긋한 악몽이었다. 다시는 자기 인생 위에 그런 밥상을 올리지 않으리라 턱이 아프도록 이를 물지 않았던가.

코 밑은 콧물 흔적으로 얼룩지고 꾀죄죄한 입성에 쉰내가 나는 어린아이들이 아들 친구라고 찾아가도 꽃무늬 산뜻한 접시에 예쁘게 담은 과자와 과일을 포크와 함께 내놓던 사람도 있었다. 너무도 기가 죽어 매번 거들떠보지도 않고 도망치듯 나왔지만 하얀 식탁보가 눈부시던 그 식탁 위에 차려질 밥상은 꿈속에서도 그리웠다.

아내는 수혁보다는 조금 나은 환경에서 자랐지만 수혁과 결혼하며 많은 것을 가지게 되었으니 내심 고마워할 것이다. 아내도 할 도리는 다 했다. 무엇보다 아이들을 제대로 키운 것은 아내로서 당당하게 여길 만한 일이다. 세세한 집안일까지 돌아볼 겨를 없는 수혁을 대신해 아내는 아이들, 특히 동철이 초등학교부터 고등학교 졸업할 때까지 한번도 일등을 놓치지 않게 했다. 대학도 좋은 대학 경제학과에 합격시켰다. 딸 보람이가 중학교 3학년 때부터 성적이 떨어진 것은 아쉬운 일이지만 그것은 엄마의 노력으로 어쩔 수 없는 한계였다. 아내는 그런 보람에게 재빨리 미술이라는 적성을 찾아내 제길을 찾게 했다.

회사를 비롯한 이런저런 곳에서 열리는 공식 행사에서도 아내는 흠 잡히지 않게 처신했다. 무엇보다 말수는 줄이되 웃음은 지우지 않는 현명함과 인내심이 있었다. 또한 어떤 화제든 대화를 이어갈 정도의 교양도 있었다. 썩 깊이가 있는 건 아닐지라도 웬만한 분야는 어지간히 끼어들 수 있을 만큼 노력을 게을리하지 않았다. 연속극 주인공처럼 내조라는 이름으로 덜떨어진 아부를 하지도 않았다. 그래도 필요한 이들과는 만남이나 모임도 제법 잘 꾸려가는 편이었다. 수혁이 고집하는 것과 가리는 것도 눈치껏 맞춰주어서 다시 말하거나 반복하지 않게 했다. 그러나, 그럼에도 수혁은 아내에게 마음껏 기대지 못했다.

우아하게 꾸며놓은 집안, 있어야 할 자리에 아귀가 맞게 먼지 한점 없이 놓인 가구와 집기들, 이름 있는 명품으로 작은 것 하나 빠짐없이 갖춰놓은 용품들, 잔잔한 음악과 은은한 향기, 화사하고 생기발랄한 꽃꽂이가 조화를 이루는 실내, 때와 장소에 어울리게 단정히 차려입을 줄 알고 미소와 예의를 갖추는 아이들……. 그런데, 그런데도 수혁은 정글의 긴장감이 그대로 이어지는 느낌이었다.

사람 냄새가 그리웠다. 조잡하고 흐트러진 꼴은 더욱 싫지만 정갈한 품위 속에서도 느슨함이, 조화 가운데 여백이, 세련됨 속에 여유가 있어 긴장을 놓을 수 있었으면 하는 순간이 있었다. 물론 그 모든 것이 자신의 까탈이 빚어낸 결과라는 것도 모르지 않았다. 하지만 경쟁이라도 하듯 외양과 격식으로 조여오는 공간에서는 진심이 느껴지지 않았다. 때로는 동철과 보람이 가엾다는 생각도 들었다. 일등. 그 피 말리던, 이제와 돌아보면 기껏 자신을 속이는 놀음에 불과했던 그 짓을 여전히 반복하고 있으니……

"부회장님, 여기……"

조대리가 엔진을 끄고 자동차 열쇠를 내밀자 수혁은 시계부터 들여다봤다. 아직 티업까지는 여유가 있었다.

"응, 먼저 가. 난 천천히 내릴게."

"예, 좋은 하루 보내십시오."

차문이 닫히자 수혁은 잔에 남아 있는 식은 커피를 홀짝거렸다. 아직 이른 시간이기는 했지만 목소리가 듣고 싶었다. 수혁은 전화기를 꺼냈다.

"어쩐 일이에요, 이렇게 일찍?"

전화기 너머 목소리에는 아직 잠기운이 묻어 있다.

"아직 자고 있었던 모양인데, 미안해서 어쩌지?"

"일어는 났어요, 아직 잠이 덜 깨서 그렇지."

"왜? 연휴인데 푹 쉬지 않고?"

"그러니까요. 사흘 연휴 중 첫날 나갔다오면 나머지 이틀은 좀 조용할까 몰라요."

"그게 무슨 소리야?"

"아이들요."

"아, 소라 미라."

"멀리 가기는 제가 너무 힘들고, 내일 나가면 쉬는 거 토막 나잖아
요."

"일종의 의무방어전이군?"

"어머, 그런 건 아니에요. 저를 그렇게 성의 없는 엄마로 보면 어떡
해요?"

"그런가? 하하, 미안해, 그런 뜻은 아니었어. 그래, 어디로 가려고?"

"김밥 싸서 월드컵경기장에 있는 하늘공원 가려고요."

"놀이공원 같은 데 안 가?"

"거긴 쓸데없이 돈만 들고 기다리다 지쳐요. 저들도 공원이면 충
분하대요."

직접 가보지는 않았지만 텔레비전 뉴스에서 본 월드컵공원 풀밭
을 뛰어다니는 아이들과 서주의 모습이 그림처럼 눈앞을 스쳐갔다.

"저녁은 내가 사주고 싶은데?"

"우리 스케줄 다 잡혀 있어요."

"스케줄?"

"예. 일찍 공원에 가서 놀다가 김밥 도시락 먹고, 영화 한 편 볼 거
예요."

"영화?"

"예, 만화영화 하는 게 있어요."

"서주는 재미없겠군?"

"아니요. 저 만화영화 아주 좋아해요."

"그래? 허허."

"영화 보고 난 뒤에는 택시 타고 수산시장 가서 싱싱한 꽃게 사다가 집에서 맛있는 해물탕 끓여 먹을 거고요. 그 사이 배고프면 군것질도 하고요."

"오랜만에 나가는 걸 텐데 더 맛있는 거 사주지 않고?"

"후후, 소라 미라가 심사숙고해서 결정한 거예요. 고깃집 같은 건 집 근처에도 괜찮은 곳이 꽤 있잖아요. 중국 요리는 황궁도 있고요. 호호."

"자주 가, 황궁?"

"웬걸요, 거긴 배달도 안 해주잖아요. 호호."

아침에 듣는 서주의 웃음소리가 점점 상쾌해지고 있었다.

"영화 끝나고 시장까지 들리려면 제법 늦겠네?"

"그렇지 않아요. 세시에 끝나니까 여섯시 전에 집에 들어갈 수 있어요. 그런데 오빠는 어딘데 이렇게 이른 아침에 여유 있어요?"

"응, 운동."

"아, 골프요?"

클럽하우스 현관에 이고문과 정장관의 차가 나란히 도착하고 있었다.

10

레지던스 구내 식당에서 토스트와 달걀, 베이컨 두어 조각을 집어 먹었는데 아침 산책이 길었는지 인하는 시장기를 느꼈다.

경복궁을 가로질러 효자동 길로 청와대 앞을 거처, 삼청동 감사원 언덕까지 오른 뒤 가회동으로 내려오는 코스였다. 서울에 꽤 오래 살았으면서도 제대로 걸어보지 않았던 길인데 런던에서 가경과 함께 걸었던 리젠트파크 근처 산책길과는 또 다른 맛이었다. 토요일 오전 도로는 한가한데다 바로 뒤편 북악산 덕분에 도심 한복판에서도 공기는 달콤했고, 고풍스런 담장과 아기자기한 골목 풍경은 새삼 정겨웠다. 아마 가경이 봤으면 당장 되돌아가 사진기를 들고 나오거나, 하다못해 일회용 사진기라도 사서 신나게 셔터를 눌렀을 것이다. 민머리라도 좋고 뽀글거리는 곱슬머리에 챙이 넓은 모자를 눌러 써도 좋을 것이다. 분명 가경은 엉덩이를 덮고도 남을 긴 남방셔츠에 폭 넓은 치마를 입고, 신발은 헐렁한 슬리퍼를 질질 끌고 다녔을 것이다. 그러다 배가 고프면 남의 집 문턱에 털썩 주저앉아 빨리 크림빵이라도 사오라고 조르지 않았을까. 인하는 줄곧 그렇게 가경을 생각하면서도 콧등이 시리거나 가슴이 아리지는 않았다. 바로 곁에서 함께 걷다가 잠깐 달콤한 커피나 차가운 물을 사러 간 것 같은 기분이었다.

"그동안 청국장 그리워서 어떻게 살았어? 허허허."

몇 가지 나물이 들어 있는 제법 큰 그릇에 밥과 청국장을 부어 군침을 삼켜가며 열심히 비비고 있는 인하의 모습에 홍승구 교수는 환한 웃음을 지었다.

"이렇게 햇빛 좋은 날은 청국장이 좋잖습니까. 그리고 저 지금 배가 아주 고픕니다, 선생님."

"왜? 아침 걸렀어?"

"아닙니다. 서울 들어오니 시도 때도 없이 이렇게 불쑥 배가 고픕니다, 하하."

"집사람 잠시 떨어졌다고 그 정도야?"

"예? 아니, 무슨 말씀을……."

"그래. 가경이는?"

인하의 대학원 지도교수였던 홍교수는 둘의 결혼식 때 주례를 보았었다.

"잘 지냅니다."

"아주 재미있는 연구를 하는 모양이던데 학위는 언제쯤?"

"아직 일 년 남았습니다. 논문이 통과될지 저는 모르겠고요."

"이 사람, 그리고 보니 자네 연구에만 골몰하느라 가정인 거들떠보지도 않는 모양이구먼."

"예? 아이구, 이거 들켰습니다. 하하."

남자의 웃는 얼굴이 천연했다. 서인희는 눈이 부신 느낌이었다.

"언제 제가 저녁 한번 사죠. 청국장이라면 저도 일산에 잘하는 집을 알고 있어요."

"허허, 청국장만 먹고 사는 거 아닙니다."

"어머, 제가 잘못 짚었군요. 그럼 리버스테이크에 포도주도 괜찮고요. 언젠가 영국 학회에 갔다가 리버스테이크를 먹은 적이 있는데 생각보다 괜찮더군요. 서울에서 제대로 하는 집 찾느라 꽤 애썼어요."

"허허, 말씀은 고마운데 당장은 그러니 천천히 기회를 보죠."

완곡한 거절이었다. 그럼에도 서인희는 썩 기분이 상하지는 않았다.

아주 구체적으로 생각한 것은 아니었다. 그래도 어떻게 될지 모르는 일이라서 홍교수에게 뵙자는 연락을 했는데 서인희라는 여자를 데려나온 것이다.

"어떤가, 시간이 괜찮으면 조금 걸어서 가회동에 가면 아담한 커피집이 있는데?"

인하가 숟가락을 내려놓자 홍교수는 기다렸다는 듯이 말했다. 인하도 아침 산책길에 얼핏 눈에 들어오던 카페가 있었는데 아무래도 그곳인 듯싶었다.

"예, 좋습니다."

"이 사람. 난 오랜만에 아끼는 제자가 들어왔다기에 괜찮은 한식

집에 가려고 했더니. 아무튼 오늘 밥값은 내 몫이야."

"예, 선생님. 그렇지 않아도 저 오늘 아예 지갑 두고 나왔습니다. 하하."

만약, 만에 하나라도 가경과 이대로 헤어져야 한다면 그대로 런던에, 영국에 있을 자신이 없었다. 의미가 없었다. 아니, 가경의 숨결이, 가경과 보낸 흔적이 무수한 그 땅에서 도망치지 않는다면 어쩌면 말라죽게 될지도 모를 노릇이다. 죽는 것이 두려운 게 아니었다. 진정 두려운 것은 죽는 순간까지 느껴야 할 고통이었다.

사랑이니 뭐니 구구절절 말해본 적은 없었다. 사랑한다는 말도 드물지는 않게 나눴지만 구구절절할 필요는 없었다. 그렇지 않은가. 불안할 까닭도 없었고, 지루하거나 나른하지도 않았다. 날마다 가슴 설레고 눈빛이 마주치면 불꽃이 튀는 것은 아니었지만 저녁거리를 사러 가거나 산책을 하거나 언제든 손을 잡았고 그 잡은 손의 따스한 체온에 늘 푸근해지곤 했다. 그리고 무엇보다 자신과 가경의 인생이 따로라는 생각은 한순간도 들지 않았다. 가경의 느닷없는 연락을 받은 뒤에도 그것은 다르지 않았다.

홍교수가 말한 커피집은 역시 인하가 생각한 그 카페였다.

"여긴데, 어때? 훌륭하지?"

"예, 아주 훌륭합니다."

햇볕 포근한 봄날 이른 오후, 아지랑이 가물거리는 아스팔트 언덕 위로 푸른 뒷산이 보이는 길가 카페의 노천 파라솔 아래. 조금 멀리서 썩 뛰어난 연주는 아니어도 피아노 소리가 들렸으면 좋겠다고 생각하는 그 순간, 인하는 느닷없이 시려오는 눈자위에 얼른 시선을 허공으로 향했다.

"김박, 자네 귀국할 생각은 없는가?"

자신은 아직 입 밖에 꺼낸 적이 없는데 홍교수가 속을 알기라도 한다는 듯 먼저 제안을 했다.

"무슨?"

홍교수는 옆에 앉은 서인희를 턱짓으로 가리켰다.

"여기 서교수는 지금 K대에서 강의를 해. 그런데 이 친구 대학에서 나름대로 야심차게 국제문제연구소 개소를 준비하고 있어. 알다시피 남북통일이 이제 더 이상 수면 아래에 두고 부차적으로 다룰 문제가 아니니 학계에서도 선구적인 연구 결과를 내놓아야겠지. 그러나 남북문제는 우리들만의 문제가 아니라 동아시아, 더 나아가 환태평양권과 세계적인 문제이기도 하니 그에 맞는 폭넓은 연구를 위해 걸맞은 인사가 필요하다는 것이지. 마침 서교수가 그 연구소 개소 실무 책임을 맡고 있는데 내게 마땅한 사람을 추천해 달라기에 고민하고 있던 중이었어."

인하는 비로소 서교수라는 여자를 동행한 이유를 알았다.

"예. 개소는 언제쯤 할 예정인지?"

서인희가 나섰다.

"날짜를 정해 거기에 맞추겠다는 건 아니에요. 언제라도 훌륭한 책임자와 걸맞은 인물만 갖추면 개소할 거예요. 물론 제가 결정할 일은 아니고 아직 개인적인 생각이기는 하지만, 저는 김인하씨를 소장님으로 모시고 싶습니다. 가능하다는 답변을 주시면 제가……."

인하는 고개를 내저었다.

"그렇게까지 구체적으로 말씀하시면 저로서는 오히려 난처합니다."

"물론 자네가 지금 있는 연구소의 국제적인 위상이나 대우에 비한다면 국내에서 해줄 수 있는 대우는 물론이고 위상도 초라하겠지만 국가적으로 필요한 일이네."

홍교수의 진지한 태도가 인하는 자못 부담스러웠다.

"아닙니다. 위상이니 대우니 하는 건 생각조차 하지 않습니다. 다만 저는 귀국한다면 학생들과 함께했으면 하는 바람입니다."

"그래?"

홍교수는 심각하게 고개를 끄덕였고 서교수는 아쉽다는 표정이었다. 홍교수가 갑자기 짓궂은 표정을 지었다.

"자네 혹시 가경이와 같이 학교 출근하고 싶어서 그러는 거 아닌가?"

"예? 아니, 아직 학위도 미처……."

"하하, 농담이야, 농담. 왠지 자네가 가경이 생각하고 있는 것 같아서 말이야. 하하하!"

홍교수의 웃음소리가 유쾌했다.

영화가 끝날 시간이 다되어 가고 있었다. 상영관이 여러 개 있는 영화관이긴 했지만 만화영화와 비슷한 시간에 끝나는 영화는 없으니 삼백 석짜리 상영관에서 나오는 서주와 아이들을 찾는 건 어렵지 않을 듯싶었다.

라운딩을 끝내고 클럽하우스에서 간단히 점심을 든 뒤 일행들과는 헤어졌다. 연휴라고 어디 먼 곳으로 떠날 만한 처지의 인사들은 아니었지만 그래도 저마다 약속이 있었던 것이다. 수혁은 서울로 운전해 오는 동안 내내 망설였다. 무엇을 바라고 어떻게 하자고 이러는 것인가 수없이 자문했지만 아무런 대답도 떠오르지 않았다. 바라는 것도, 어떻게 하자는 뜻도 없기 때문이다. 그러나 집에 들어가 컴퓨터 속에 들어 있는 업무를 챙기거나 서재를 걸어 잠그고 억지로 잠을 청하기는 어쩐지 싫었다. 전화가 울렸다. 국제전화였다.

"예, 최수혁입니다."

"부회장님, 런던입니다."

현지시간으로는 이른 새벽일 것이다.

"이 시간에 어쩐 일이에요?"

"지금 막 홍콩지사에서 연락이 와 전화 드리는 겁니다."

"홍콩? 무슨 일이에요?"

"지난번에 말씀하시던 남가경씨 일입니다."

"그래요? 그런데 왜 홍콩지사에서?"

상영이 끝났는지 사람들이 몰려나오고 있었다. 대부분 손을 맞잡은 엄마와 아이들이었다. 수혁은 까치발을 세워 고개를 두리번거리며 통화를 계속했다.

"확실한 거죠?"

"예, 틀림없습니다. 필요하시면 중국지사에 현지 확인을 지시하겠습니다."

"아니에요, 내가 직접 중국지사에, 아, 아닙니다. 박상무께서 홍콩지사 그 직원에게 끝까지 확인하도록 해주면 좋겠습니다."

"예, 알겠습니다. 곧바로 연락하겠습니다."

"고마워요, 수고해주세요."

통화는 끝났지만 그새 사람들은 모두 사라졌고 서주와 아이들을 찾아내지 못했다. 잠시 망설이던 수혁은 서주의 번호를 찾아 통화 단추를 눌렀다.

"어머, 어쩐 일로 하루에 두 번씩이나 전화를 다 주세요?"

"그러게. 만화영화는 잘 봤어?"

"아니에요, 안 봤어요."

"뭐라고?"

수혁은 왠지 허탈했다.

"공원에서 뛰어노는데 넋이 빠져 영화는 다음에 보겠대요. 다행히 김밥 먹다가 결정해줘서 표는 물렀어요."

"지금도 공원이야?"

"예."

"어디, 아니 뭘 하고 있어?"

"저는 호수 바라보며 풀밭에 누워 있고, 소라와 미라는 종횡무진이에요."

"허허, 조심시켜야겠네."

"풀밭에서 엎어져봐야 무릎이나 까지는 정도일 텐데 약 바르면 되죠, 뭐."

"친엄마 맞아?"

"내가 좀 그렇죠? 아무래도 아닌 것 같아요, 하하. 그런데 어디에요?"

"이제 나도 쉬어야지."

"그러세요. 바쁘신 분들은 쉴 수 있을 때 쉬어두는 게 제일이에요. 쉴 때는 이것저것 가리지 말고 하고 싶은 대로 하는 게 제일이라고 말한 거 기억하시죠? 피곤하다 싶으면 자동차 세워놓고 그 안에서라도 벌렁 누우세요. 그게 최고에요."

"그래, 그러지."

찾아낼 수 있을 것 같았다. 수혁은 이번에는 집으로 통화 단추를 눌렀다.

"예, 저에요."

"응, 늦을 거야."

"알았어요."

"애들은?"

"당신하고 같이 저녁 한다고 일찍 들어오기로 했어요."

"……."

"어차피 연휴 첫날이니 친구들과 저녁 하고 싶으면 그렇게 하고 오라고 연락할게요."

"당신은?"

"아까 봐둔 그림이 있어요. 망설였는데 아무래도 신진 작가보다는 이름 있는 작가 작품이⋯⋯."

수혁은 아내의 말을 잘랐다. 별 관심도 없었지만 더 듣지 않아도 알 수 있는, 항상 똑 같은 결론이었다.

"알았어. 나 내일 고향에 잠깐 내려갈 거야. 하루 자고 올지도 모르니 갈아입을 옷 준비해둬."

"어쩐 일로요?"

"인하가 와서 효명에게."

"알았어요."

아내는 조금도 서운한 기색은 아니었다. 다만 갑작스런 고향행에 언제나처럼 무슨 일인가 뜨악한 반응을 잠깐 보였을 뿐이다.

11

멀리 풍력발전기가 풍차처럼 보이는 푸른 동산은 말 그대로 쓰레기로 만든, 인간과 자연의 힘이 함께 빚은 푸른 경이였다. 강변도로를 타고 공항으로 향할 때 언제나 스쳐보던 풍경이었지만 눈여겨보기는 처음이었다. 그룹 축구팀 경기 때 응원하러 경기장을 찾은 적도 있지만 동산 아래 조성된 공원을 직접 걸어보는 것 역시 처음이었다. 집과 회사, 방문처 사무실이나 각종 행사장, 호텔 식당, 그리고 자동차 안이 일상의 대부분인 수혁이었다. 운동이라고 해야 기껏 실내 피트니스 클럽이나 수영장, 그리고 골프장이 전부였다. 가끔 출장 길에 짬이 나면 유명하다는 관광지를 둘러보기도 했지만 모두 쫓기는 일정 중 일부러 낸 여유거나 자신에 대한 기만적인 위로일 뿐이었다. 잃어버렸거나 잊고 있었을 뿐이지 마음만 제대로 먹는다면 사는 기쁨을 찾는 것은 그리 어려운 일이 아닌지도 모른다.

　서주를 찾는 것도 그리 어렵지 않았다. 호수가 바라보이는 풀밭을 느긋한 걸음으로 걷자니 사람들 무리 가운데 햇빛에 반짝거리는 은빛 자리를 깔고 혼자 누워 있는 서주가 금방 눈에 띄었다. 산수화의 먹이 뿌려진 듯 검은색과 분홍색, 파란색의 불규칙한 무늬가 듬성듬성 새겨진 흰색 긴팔 남방에 청바지 차림이었다. 자리 한쪽 편에 벗어놓은 흰 운동화 바로 옆에 뽀얀 맨발이 보였다. 모자도 없이 나온 것인지 아이들이 벗어놓았을 핑크빛 얇은 카디건을 얼굴에 덮은 채 파란 천으로 만든 손가방은 베개로 삼고 있었다. 그 머리맡에는 빈 김밥도시락 통이 들어 있을 분홍빛 보자기 묶음. 어디선가 본 듯 낯익은 풍경이었다.

"영화는 끝났고, 시장 가야 할 시간 아닌가?"

"어머, 어머!"

화들짝 놀라 일어난 서주는 동그래진 두 눈에 부끄러운 기색으로 낯빛을 붉히며 머리부터 매만졌다.

"늦으면 뛰어놀던 아이들 배가 많이 고플 텐데 어쩌려고?"

"어떻게, 아니, 골프장에서 나오신 것 같더니?"

"거기서야 진즉에 나왔지. 난 이런 줄도 모르고 혼자서 까치발로 고개까지 빼고 영화관 앞에서 두리번거렸지."

"그럼 아까 전화하신 데가 영화관 앞이었어요?"

"그랬지, 아마."

"그럼 말씀을 하시죠. 그런데 여긴 어쩐 일이에요?"

"그건 진짜 섭섭한 소린데. 어쩐 일이겠어? 서주하고 소라, 미라 만나러 왔지."

"쉬러 가신다더니?"

"꼭 누워서 눈 감아야 쉬는 건가? 그건 아주 잘못되는 수가 있는 거야."

"예? 참, 연휴인데 집에 일찍 안 들어가세요?"

"서주도 나이 들어봐, 허허."

나이 탓으로 둘러댄 게 멋쩍어 수혁은 공연히 헛웃음을 흘렸다.

"피, 몇 살이나 차이 난다고요."

"허허, 그런가? 아이들은?"

"글쎄요. 아, 저기! 소라야, 미라야!"

두리번거리던 서주는 금방 두 아이를 발견해내고 반갑게 두 팔을 흔들며 소리를 질렀다. 엄마가 자식을 부르는 소리. 담뿍 사랑을 담은 그 소리는 투박하든 청명하든 속삭이든 소리치든, 모두 듣기 좋은 정겨운 노래다. 하지만 삶에 지치고 욕심에 절은 어떤 이들은 자식을 부르는 데도 원망을 품고 한을 담아 악을 쓰기도 했었다.

수혁이 저녁을 사겠다고 했지만 서주가 먼저 사양했고, 중학생인 소라도 맞장구를 치자 미라는 덩달아 고개를 내저었다. 아무래도 소라는 수혁이 거북한 눈치였다. 그래도 낯설어 거북할 뿐이지 아주 싫은 것은 아닌 듯싶었다.

"아저씨도 시장 가려고 오셨어요? 뭐 사실 건데요?"

"나는 뭘 사러 온 게 아니라 미라 시장 본 거 집까지 실어다 주려고 온 거야."

"왜요?"

"미라 무거운 거 들고 지하철 타려면 불편하고 힘들 것 같아서."

"엄마가 시장 봐서는 지하철 안 타고 택시 탄다고 했는데요?"

초등학생인 미라가 또랑또랑한 목소리로 말했다.

"허허. 그래, 사실은 이 아저씨가 심심하기도 하고 수산시장 구경도 하고 싶어서 엄마 허락도 없이 끼어든 거야."

"그럼 아저씨도 우리 엄마가 만든 해물탕 먹고 가실 거예요?"

"응? 아, 아니야. 난 그냥 집까지 데려다주기만 할 거야."

"왜요? 우리 엄마가 만든 해물탕 아주 맛있는데."

"그래? 미라는 엄마가 음식을 맛있게 해서 좋겠구나?"

"예. 자장면이나 갈비는 식당에서 먹는 게 더 맛있는데 다른 건 엄마가 만든 게 훨씬 맛있어요."

"그럼 미라는 오늘 해물탕거리로 뭘 고를 거야?"

"응…… 꽃게하고 새우하고…… 엄마, 또 뭐뭐 넣을 거야?"

생선 이름이 생각나지 않은 미라가 앞자리 서주의 어깨를 흔들자 가만히 듣고 있던 소라가 미라의 팔을 당겨 의자에 주저앉혔다.

"그건 네가 알아서 뭐하게? 그냥 드시기나 하쇼."

"언니는!"

미라는 눈을 흘겼지만 소라는 무시한 채 수혁을 향해 입을 열었다.

"아저씨도 드시고 가세요."

"응? 아, 아니야. 난 약속이……."

"저녁 사주신다고 하신 건 약속이 없으니까 말씀하신 거잖아요."

"어?"

수혁은 말문이 막혔다. 그 난감해 하는 모습에 옆자리의 서주가 웃음을 터트렸다.

"하하하, 그러게 왜 아이들에게 거짓말을 하세요?"

"허, 참……"

"소라야, 싫으신데 어린 네가 권하니까 거짓말까지 하시게 된 거잖아. 그러니까 그건 봐드려. 그리고 아저씨는 우리 집 같은 데는 익숙하지가 않으셔."

"우리 집이 어때서?"

"당연히 우리 집도 좋지. 그런데 아무리 좋아도 익숙하지 않으면 어쩔 수 없는 거잖아."

"정말 그래요, 아저씨?"

수혁이 누구인지 모르지 않는 소라는 입술을 삐죽거렸다.

"아니야, 절대. 절대 그런 건 아니야. 나는 다만 엄마가 불편해 하실까봐……"

"우리와 같이 있는데 엄마가 왜 불편해요? 엄마가 그렇게 말했어?"

진땀이 날 지경인 수혁과 달리 서주는 태연히 고개를 저었다.

"아니, 난 절대 그런 말 안했지."

"그런데 왜 아저씨만 그러세요?"

"소라야. 그래도 선택권은 아저씨에게 드려. 억지로 그러는 건 실례야."

이쯤 되면 다른 도리가 없었다. 원하거나 생각하지는 않았지만 난처한 것일 뿐, 결코 싫은 것은 아니었다.

"알았어. 그럼 소라하고 미라가 허락해주면 아저씨도 맛있는 저녁을 먹는 영광을 누려보지. 만드는 데 시간은 얼마나 걸릴까?"

"글쎄, 한 시간쯤요?"

"그럼 그동안 나는 소라하고 미라 데리고 바람이나 쐴게."

동네에서 두 아이들과 돌아다니는 것은 서주에게 난처한 일이 될수도 있을 것이니 가까운 백화점에나 다녀올 요량이었다. 이전에 해보지 않은 일이었지만 수혁은 슬며시 기대까지 일었다.

우두커니 창밖을 내다보고 있던 인하는 전화 소리에 움찔했다.

"응, 대식이구나."

"지금 수혁이 전화 왔었어."

"무슨 일로?"

"내일 고향 가자는데."

"갑자기 왜?"

"지난번에 약속한 대로 효명에게 가자고. 내일 아니면 한동안 시간 낼 수 없을 것 같대."

"그래, 나는 상관없어."

"나도 괜찮아. 그럼 차는 내 차로 같이 가자."

"그렇게 해. 수혁이는?"

"제 차로 오겠지 뭐. 열두시까지 효명암에 도착하겠대."

"점심시간인데 스님이 불편하지 않을까?"

"올라가기 전 밑에서 먹고 가면 돼. 저녁은 효명 데리고 내려와서 먹을 거야."

"스님이 그렇게 하겠대?"

"너 없을 때도 항상 그랬어. 우리 집이나 수혁이 집에 가서."

"그래, 좋은 방법이네."

"내일 저녁은 우리 집이다. 어머니도 모시면 안 될지 여쭈어봐."

"그래, 말씀은 드려볼게."

내일은 일산에 가볼 생각이었다. 가경이 연락하지는 않았겠지만 안부 전화조차 못 하시는 두 분이 마음에 걸렸다. 특히 장모는 완고한 장인에게 고개도 들지 못하고 있을 터였다. 잘잘못은 두 분과는 상관없는데 두 분은 당신들 잘못인양 전전긍긍하고 있으니. 차라리 서울에 오지 말 것을 하는 생각에 인하는 아까부터 출국을 고려하고 있는 중이었다.

서주는 뒤편 쪽문이 아닌 피아노학원 출입문을 열어줬다. 다닥다닥 붙은 피아노 방들을 지나자 식탁이 놓인 작은 거실 겸 주방이 나왔고, 서주와 아이들 방이 분명한 두 방은 방문이 닫혀 있었다. 아이들이 백화점에서 산 옷이 든 종이가방을 방안으로 들고 간 사이 수혁은 쭈뼛거리며 서 있었다.

"들어오셨으면 의자에 앉으세요. 앉을 데라고는 거기뿐이에요."

"응, 그래."

어색하게 식탁 의자를 꺼내 어정쩡하게 엉덩이를 붙이는 수혁을 보며 서주도 멋쩍은 표정이었지만 눈을 흘겼다.

"무슨 옷이에요?"

"쇼핑, 그것도 재미있던데."

"쇼핑도 안 하고 사세요?"

"별로 그럴 일이 없는 편이지. 젊었을 때는 바빴고 지금은……."

"그런 분이 뭐 하러 백화점을 가요? 가까운 공원에서 산택이나 하시지."

"아니야. 가끔 해보고 싶은 때가 있었어."

서주는 조금 이해가 될 것도 같았다. 좁은 실내는 해물탕에서 나는 바다 냄새로 가득했다. 수혁은 자신도 모르게 꿀꺽 군침이 넘어갔다.

"시장하신가 봐요?"

"조금. 아주 맛있을 것 같은데?"

"그저 그럴 거예요. 그런데 어떡하죠? 아이들 때문에 고춧가루를 제대로 못 넣었는데?"

"괜찮아. 매운탕보다 맑은국을 더 좋아하는 편이야."

"그건 거짓말 아니죠?"

"뭐? 허허."

"아저씨, 저 예뻐요?"

소라는 그대로였지만 미라는 백화점에서 산 하늘색 원피스로 갈아입고 나왔다. 시원해 보였다.

"그래, 내 눈에는 아주 예쁜데."

힐끔 돌아보는 수혁의 시선에 서주도 고개를 끄덕였다.

"아주 예뻐요. 그런데 한눈에 봐도 아주 비싸 보이는데 어떡하죠?"

"맛있는 저녁 주시잖아."

"미라는 국물 흘릴지도 모르니까 다시 옷 갈아입고 나와서 아저씨 꽃게 살 발라드려. 선물을 받았으면 그 값을 해야지."

"예, 엄마!"

미라의 목소리가 들떠 있었다.

네 사람이 옹기종기 둘러앉은 작은 식탁 위에 해물탕을 넉넉히 덜어 담은 제법 큰 흰색 법랑 그릇이 오르자 밥공기와 앞접시를 제대로 놓을 공간조차 없었다. 그래도 서주는 작은 접시 몇 개에 볶은 나물이며 먹음직스러운 김치와 밑반찬 몇 개를 요령 있게 차려 놓았다. 맞은편 의자에 앉은 서주는 수혁의 그릇에 국물이 줄어들면 재빨리 채워줬고, 옆 자리의 미라는 어린 손으로 꽃게 살을 바르겠다고 애를 쓰고 있었다.

국물을 그렇게 맛있게, 열심히 먹기는 아주 오랜만이었다. 대식과 자취할 때 인하 어머니가 끓여 보내준 곰국을 그렇게 구슬땀 흘리며 먹었고, 신혼 초 보름간 아랍 출장에서 돌아온 뒤 아내가 끓여준 김칫국을 허겁지겁 먹었던 적이 있다.

많은 것이 눈에 거슬려 외면을 해왔다. 따지고 보면 편견이거나 일부러 구분 짓고 가렸던 것이었다. 같은 것도 어떤 이가 하면 받아들

일 수 있고 또 다른 이가 하면 거슬리고 화가 치밀기까지 하는 이
중 잣대. 그것을 알면서도 잘 안 움직여지는 것이 또한 사람의 마음
이었다. 미운 것은 아니지만 좀처럼 다가가게 되지 않는 것, 상대는
바로 눈앞에서 애를 쓰는데도 눈에 들어오지 않거나 외면하게 되는
것. 마음이 아니라 형식에 얽매이기 때문일 것이다. 하는 사람도 받
는 사람도.

서주의 밥상은 거리낌이 없었고 편안했다.

12

"시장 안 갔다 오고 뭐 하고 있노?"

바깥 날씨가 제법 더운데도 넥타이까지 차려 맨 남편이 아직 실내복 차림인 아내에게 눈을 부라렸다.

"수혁이 전화 왔댔니더."

"수혁이가 뭐고, 부회장이지. 뭐라 카던데?"

"부회장이 저녁 때 잠깐 들릴 기라 캅디더."

"와? 일찌감치 온다매?"

"효명암 간답디더."

"대식이캉?"

"인하도 왔다 캅디더."

"뭐, 인하?"

"야."

인하라는 이름에 두 사람 모두 떨떠름한 표정이었다. 시장도, 경찰

서장도 어디서든 마주치면 먼저 머리를 숙이는 Y 시내에서 그들 두 사람이 눈치가 보이는 것은 오직 인하의 어머니였다. 아마도 인하를 대하는 아들 수혁도 마찬가지리라 짐작됐다.

"영국 가 있다 카디?"

"휴가 온 갑제요."

"그라면 저녁에 집에도 같이 오겠네."

"안 그렇겠니껴."

잠시 생각하던 남편이 결심이라도 한 표정으로 입을 열었다.

"그래봐야 지가 박사지. 요즘 세상에 어디 박사가 한둘이가, 발에 채인다. 자슥이, 오랜만에 고향이라고 내려오면 어른부터 찾아 인사부터 안 하고, 에이."

"치우소 고마. 그러다가 못 볼 꼴 보이면 우짤라고."

"못 볼 꼴, 뭐?"

"또 그 여편네나 자식놈이 찾아와 울고불고 악 쓰면 우짤라고요?"

"뭐? 내 그것들 또 나타나 지랄하면 고마 다리몽댕이를 확 뿐질러 불 기다. 무식하고 더러븐 것들, 시상 법 무서운 줄도 모르고."

"아이고, 그래봐야 망신은 우리 부회장 망신이오. 조용한 게 좋제."

"망신은 무신! 지난번에 파출소장도 안 카드나. 다시 그카면 모욕죈가 뭔가에 걸린다고."

"우쨌기나. 에이, 그놈의 여편네!"

"그라이 첨부터 그런 것들은 멀리했어야제!"

"누구 탓을 하는데요, 지금!"

눈초리를 치켜뜨는 아내의 고함에 남편은 얼른 눈을 내리깔았다.

"와 또 그 소리고. 내가 무신…… 마, 씰데없는 걱정 자꾸 할 거 없고, 우쨌든 장은 봐나라. 부회장 시내 들어오면 온 동네 금세 소문이 짜할 긴데, 친구들이라도 찾아오면 입은 다셔야 할 거 아이가."

"어휴, 내 팔자."

다 늙지도 않은 어정쩡한 여편네를 받아들인 것이 화근이었다. 제 아들도 한국정보에 다닌다며 누가 부르지도 않았는데 집안을 들락거리며 이일 저일 거들고 나섰다. 재수가 없으려니 잽싼 손놀림과 짭조름한 손맛에 마음이 움직였다. 알아보니 시내 외곽 농촌 마을에서 서방과 둘이서 밭뙈기를 붙이며 넉넉지 못하게 살아가고 있었다. 얼마간 돈을 줄 테니 집안 살림을 살아달라고 하자 얼씨구나 하고 나섰다. 덕분에 아내는 집구석이 너저분하다는 남편 타박을 듣지 않아도 되었고, 시내 여자들이 뭉쳐서 가는 해외여행도 심심찮게 나다녔다. 그런데 채 일 년이 못되어 남편 눈치가 이상했다. 아침 밥술만 놓으면 번지르르한 자동차를 끌고 한복 곱게 차려입은 마담이 있는 시내 다방을 순회하는 게 일상이던 남편이 바깥나들이를 줄이는 것이었다. 처음에는 어느 마담을 옆에 태우고 가더라 어쩌고 하는 짜한 소문에 이제 잘난 아들 체면을 생각하는가 보다 했는데 그게 아니었다. 살림 보던 여편네가 어울리지 않는 비싼 옷가지를 걸치는 게 아무래도 남편 돈질인 것 같았다. 당연히 두고 볼 수 없는 노릇 아닌가. 여편네 머리채를 휘두른 뒤 내보냈다. 그리고 얼마 뒤 다니러 온 수혁의 동생인 작은아들에게 넋두리를 하며 그 여편네 자식놈 이름을 들먹였다. 그리고 불과 두어 달 지났을까. 여편네가 눈이 시뻘겋게 되어 찾아오더니 제 아들 목은 왜 잘랐느냐며 행악을 부리는 것이었다. 한편 고소하고 속이 다 후련했지만 여편네의 행악은 생각지 못한 골칫거리가 되었다. 다행인지 불행인지, 인하네가 그 여편네를 거둔 뒤로 조용하기는 했지만 그것으로 마음을 다 놓을 수는 없었다. 그 자식놈이 여태껏 집안에서 빈둥거리며 직장을 얻지 못하고 있기 때문이었다.

산 아래 마을에서 메밀묵밥으로 점심을 해결하고 성혈사 주차장에 닿자 마침 공양하러 내려온 효명을 만날 수 있었다. 방금 전 수혁이 먼저 효명암으로 올라갔다는 소리에 인하는 서둘렀지만 대식은 효명을 붙잡고 떠드느라 뒤로 처졌다. 잔뜩 찌푸린 하늘빛에 습도까지 높은 것으로 보아 한바탕 빗줄기가 쏟아질 모양이었다.

수혁은 정자 위에 등을 돌리고 앉은 채 생각에 잠겨 있었다.

"일찍 왔네. 점심은?"

인하의 소리에 수혁은 등을 돌렸다.

"응, 휴게소에서 간단히. 너희는?"

"요 아래에서."

"대식이가 또 묵밥집으로 데려갔겠구나?"

"응, 오랜만에 먹으니까 아주 좋던데. 집에는 들렀다 온 거야?"

"아니, 이따가 저녁에 잠깐 들리던지 하려고."

"잘 계시지? 나도 인사드리러 가봐야 할 텐데."

"바쁜데 굳이 그럴 건 없어. 어머니는 어떠셔?"

"잠깐 들러서 얼굴만 뵙고 왔어. 대식이가 저녁을 제 아버님 댁에서 하자는데?"

"그래, 이야기는 들었는데 봐서."

대답이 명확하지 않은 것을 보니 아무래도 빠질 생각인 모양이다. 인하는 아직 효명이나 대식이 도착하기 전에 이야기를 꺼낼까 망설였다. 그러나 먼저 무거운 낯빛을 한 것은 수혁이었다.

"할 이야기가 있는데, 주제넘다고 받아들이지 않았으면 좋겠다."

"……?"

"가경씨 지금 집에 없지?"

나쁜 뜻이 조금도 없다는 것은 알지만 인하는 기분이 묘했다.

"괜한 짓을 했구나."

"갑자기 혼자 휴가라는 게 이상해서. 너희 그렇지 않잖아."

"그래도."

"지금 어디 있는지는 알아?"

그새 자신이 모르는 것까지 알아낸 모양이었다. 씁쓸했다. 굳이 찾으려고 애쓰지 않은 것은 아직 마음이 정리되지 않은 것도 있지만, 그보다 가경의 결정을 기다려보자는 생각이 더 많아서였다.

"홍콩을 거쳐 중국으로 들어갔어. 줄곧 귀주貴州성에 머물다 최근 북경을 경유해서 지금은 내몽고 시린하오터[錫林浩特]라는 곳에 있고. 현지 여행사에서 가이드를 구해 대동하고 있어. 런던 출발 때의 일행은 인도네시아로 향하면서 헤어졌고, 그 뒤로는 줄곧 혼자야."

"인류학을 하니까."

딱히 대꾸할 말이 없어서였다.

"뭐가 됐든 연락을 하거나 찾아가 보거나 해. 동행한 가이드 전화 번호는 확보해뒀어."

"그럴 일 아니야."

아무리 친구라고 해도 쉽게 털어놓을 일은 아니었다. 더 알려줄 것도 없었지만 수혁은 그것으로 입을 다물어야 했다.

"이 친구들은 왜 이렇게 안 올라와?"

수혁이 올라오는 길목으로 목을 빼며 일어서려는데 이번에는 인하가 가로막았다.

"잠깐 앉아."

"……?"

"효명이 말 꺼내기가 조심스러운 것 같더라."

수혁의 인상이 찌푸려졌다. 굳이 해야 할 말이라면 자신이 직접 해도 될 것을 그것도 하필 인하에게 하게 하다니, 언짢은 기분이 들었다.

"장선호라고 알아?"

"그 이야기라면 할 거 없어."

수혁의 반응은 단호하고 차가웠다. 그럴 것이었다. 인하는 고개를 끄덕였다.

"알아. 네가 사적인 감정으로 일을 처리할 사람 아니라는 거."

"일개 과장이야. 내게 보고될 사안도 아니었고."

"그렇겠지. 하지만 절박한 처지인 모양이던데 살 수 있게 어디 다른 데라도……"

수혁은 그 생각이 인하 어머니의 뜻이라는 것을 알았다. 장선호의 어미라는 사람이 인하네에 일하러 다니고 있다는 소식을 들은 터였다.

"죄질이 나빴어. 그놈뿐 아니라 결탁한 협력업체들도 등록을 취소당했어. 제 놈이 앞장서서 작당한 결과였고. 그래서 누구도 돌아봐주지 않는 거야. 그놈 부모는 자식 잘못 기른 데 대한 반성부터 해야 해. 뿌리부터 썩었어. 목구멍 때문에 어쩔 수 없이 한 도둑질도 아니고 치부하겠다고 작정한 탐욕이었어."

인하도 어머니의 마음은 이해했지만 수혁의 생각을 탓할 수는 없었다.

"그래, 네 판단이 옳겠지. 그런데 탐욕에 눈먼 사람이 앙심을 품으면 네게 해가 갈 것 같아서."

그것은 효명의 뜻일 것이다. 그의 운동권 전력이 떠올라 수혁은 더욱 언성을 높였다.

"그게 두려워서 그런 치들에게 머리를 숙일 수는 없어!"

인하는 할 말이 없었다. 그렇지만 효명도 생각이 깊어 걱정한 것일 텐데, 그렇다면 결코 쉽게 끝날 악연이 아닐 듯싶어 인하는 저절로 한숨이 새어 나왔다.

"봐라! 여, 쬑이는 거 있다!"

걸쭉한 고함소리와 함께 대식과 효명이 암자로 들어서고 있었다.

"뭘 또 죽여?"

"너들 여 봐라. 효명이 저 아래 공양간 창고에서 솔차라고 꺼내는데, 나는 진짜로 그런 줄 알았다."

대식은 신이 나서 손에 든 병을 흔들어 보였다. 파란 솔잎이 가득 든 병에 샛노란 액체가 출렁거렸다.

"솔차 맞네, 뭐."

"아이다. 아, 그래 맞다, 솔차는. 그란데 이기 향하고 맛이 쥑인다. 밑에서 딱 한잔했는데 고마 알딸딸한 기, 내 이거하고 삼십 년짜리 양주하고 안 바꿔 묵는다."

알 만했다. 솔잎이 발효되어 술이 된 것이었다.

"어이구, 넌 절에까지 와서 술타령이냐?"

"안 그라면? 공기 좋고 경치 좋은 여서 수놈 넷이 모여가 머 할라고? 내 여 가방에 안주.할라고 육포도 챙기왔는데."

"야, 스님 계시는데 그게 무슨 소리야? 쯧."

수놈 넷이라는 소리와 육포 안주에 민망한 인하가 혀를 찼지만 효명은 너털웃음을 터트렸다.

"허허, 대식 처사는 우리 부처님도 포기하셨을 걸세. 저 입하고 목구멍은 사람의 것이 아닌데 어쩌겠나."

"뭐라고? 잘 한다, 명색이 스님이 돼갖고 친구 하나를 구제 몬하고, 그새 부처님한테 일러바쳤나? 참말로 그래갖고 성불 잘 하겠다."

"뭐? 이거 봐라. 내가 이렇게 번번이 당한다. 하하하!"

대식을 가운데 두고 인하와 효명이 주고받는 중에 웃음기조차 띠지 않던 수혁이 옷매무새를 바로 했다.

"놀다가들 와라. 난 먼저 가야겠다."

"뭐라고? 야, 수혁이 니 와?"

당황한 대식이 황급히 나섰지만 수혁은 벌써 효명을 향해 고개 숙이며 합장했다.

"미안하네, 효명. 아무래도 두고 온 일이 걸려서 가봐야 할 것 같네. 또 보세."

"일이 그렇다면 할 수 없고."

앞뒤 사정을 짐작한 효명은 씁쓸한 미소를 지을 뿐이었다. 인하도 굳이 잡지는 않았다. 잡는다고 주저앉을 성품이 아니지 않은가. 다만 영문을 모르는 대식만 휘둥그레진 눈으로 수혁의 뒤를 쫓았다.

"말씀을 했는가?"

"예. 하지만 완강합니다."

"그럴 테지. 강하면 부러지는 법인데, 쯧."

"꼭 일이 불거지게 될까요? 아니면 무슨 다른 방법은?"

"누가 알겠는가. 못난 중생, 나무아미타불."

"……."

"허허, 세 사람이 와서 한 사람은 먼저 갔으니, 아무래도 오늘은 내가 효명의 껍질을 벗어던지고 현규가 돼야겠다."

"예?"

인하의 눈이 휘둥그레졌다.

"대식이가 가엾잖아. 식당 일 때문에 잔뜩 벼르고 벼러 일 년에 두어 차례 내려오는 거라고 수혁이도 제 하는 대로 내버려두고 술친구를 해줬었는데."

한참 만에 돌아온 대식은 잔뜩 입이 불거져 나왔지만 효명의 파격에 금세 풀어져 시시덕거렸다. 하지만 솔차의 달콤한 향기에 취기만 빨리 오를 뿐 화제와 웃음은 자주 끊어졌다 이어지기를 반복했다. 빗방울이 뿌리는가 싶어 하산을 서두르려는데 금세 빗줄기는 장대로 변했다. 결국 효명은 그대로 암자에 남고 인하와 대식은 물에 빠진 행색이 되어 Y 시내로 내려왔다.

13

몸이 찌뿌듯한데도 인하는 대식의 부모님이 반색하며 반기는데 어쩔 수 없어 두어 시간 동안이나 술잔을 기울였다. 그리 많이 취하지는 않았지만 어머니와도 채 몇 마디 말을 나누지 못하고 잠에 들었다가 아침나절 허둥지둥 대식의 차편으로 서울로 올라왔다. 그대로 쉬고 싶었지만 어머니가 들려 보낸 수삼水蔘이며 몇 가지 농산물을 일산 처가에 전하느라 잠깐 얼굴을 마주하고 왔더니 몸은 기진맥진이었다. 저녁은커녕 아침에 어머니가 끓여준 시래깃국과 고속도로 휴게소와 처가에서 마신 차 몇 잔이 하루 동안 목구멍으로 넘긴 전부였다.

허기지는 게 당연한 노릇이지 생각하며 몸을 일으키려는데 움직여지지가 않았다. 손가락 하나 꼼짝할 수 없이 온몸을 짓누르는 무게와 더운 것인지 추운 것인지 구분할 수 없는 몸뚱이의 혼란. 허기보다 목이 타는 갈증에 입술이 먼저 버석거렸고 어느 새 머리가 깨지는 듯한 두통까지 밀려들었다. 몸살이구나 생각은 하지만 아무것도 할 수 없는 무기력감. 잠을 자야 한다고 온몸의 세포와 신경에 되뇌었지만 오히려 살아난 말초신경은 피부를 스치는 공기의 흐름에도 예민하게 자극되어 통증으로 변했다.

내몽고 어딘가에 있다는 가경. 지금 그녀는 아무런 통증 없이 깊은 숙면에 들어 있는지 걱정이 됐다. 건강에 특별한 문제는 없다지만 나약한 구석이 많았다. 찬바람이 불기 시작하면 그때부터 목을 따뜻하게 하지 않으면 겨우내 감기를 이웃 삼았고, 조금 덥다 싶은 날씨가 시작되면 긴팔의 얇은 카디건과 에어컨 리모컨을 좌우 날개로 삼았다. 몸에 이상이 생기면 꽁꽁 앓으며 드러눕는 편은 아니지만 꽤 오랜 시간 비실비실 기운을 차리지 못했다. 가경이 그런 병약한 체질에도 다른 이들 눈에 밝고 건강하게 보이는 것은 오직 그 하하, 깔깔거리는 생뚱맞을 정도로 큰 웃음 때문일 것이다. 하지만 지금 가경의 얼굴에서 그 웃음이 사라져버렸을 것 같아 안타깝고 염려스러웠다.

침대 시트와 맞닿은 뼈마디란 뼈마디는 모두 으스러질 것 같아 두 이빨을 악물고 몸을 뒤척이는데 몸뚱이에 아무것도 걸친 것이 없다는 걸 깨달았다. 가경과 함께하며 든 버릇이었다.

신기한 일이었다. 기온이 적당할 날에는 당연히 그럴 테지만 아주 더운 날에도 가경의 맨살에 살을 붙이면 후끈할 거라는 생각과 달리 보통 때와 비슷하거나 때로 시원하게까지 느껴졌다. 물론 땀을 뻘뻘 흘린 뒤에는 후끈하고 끈적거리기도 해 잠시 키득거리기도 하지만 그것은 그야말로 잠깐 동안이었고 점점 차분하게 가라앉는 숨결을 따라 체온도 그렇게 안정되곤 했다. 또 아주 냉랭한 기온에 두터운 털 스웨터를 두개씩이나 껴입고 벽난로 앞에 앉아 있다가도 옷 벗고 침대 속으로 들어가 알몸의 살을 맞붙이면 아주 알맞은 온도가 되어 이내 포근한 잠에 빠질 수 있었다. 게다가 가끔 새벽녘 한기에 눈을 떠서 어느 새 이불마저 걷어차고 둘의 체온으로만 꿈을 꾸고 있었다는 걸 알게 되는 순간은 실로 경이롭기까지 했다.

가경의 피부는 솜털처럼 부드러웠고 체모의 고슬고슬한 느낌은 유쾌하고 간지러웠다. 그러나 영국으로 옮겨간 뒤로는 석회질 많은 수질 탓인지 거칠해지기 시작했다. 인하는 수시로 피부 수분을 보충하고 탄력을 유지하는데 도움이 될 만한 오일과 로션을 사다주었지만 가경은 뚜껑을 열 때 내는 탄성과 환호가 거짓말이었나 싶게 서너 번 사용하고 나면 돌아보지 않았다. 처음에는 제품이 마음에 들지 않아 그런가 보다 생각했다. 하지만 나중에 알고 보니 가경은 제 몸에 무엇을 알뜰살뜰 챙겨 바르는 그 자체에 무관심한 천성이었다. 어쩔 수 없으면 그대로 적응하고 사는 것이지 무엇을 유지하기 위해 안달복달한다는 게 우습게 느껴진다는 것이었다. 사실 그 점은 인하도 크게 다르지 않은 편이었다. 결국 그 사이 사다놓은 오일이나 로션 따위는 꽤 한참 동안 두 사람의 욕실 놀이용품으로 이용되었다. 마치 아이들이 비누거품을 잔뜩 몸에 바르고 장난치는 놀이처럼.

촉촉하고 미끌미끌한 기분이 들 만큼 오일이나 로션을 바른 가경의 알몸이 그리웠다. 이런 날, 천근은 될 것같이 무거운 다리를 번갈아 가경의 허리나 엉덩이쯤에 올려놓고 그 포근한 체온을 온몸으로 전해 받을 수 있다면, 이리저리 오직 내 편한 대로 뒤척이면 가경의 몸이 본래 하나였던 것처럼 조금의 빈틈도 없이 찰싹 달라붙어 부드러움과 고슬고슬함으로 달래준다면. 그 또한 경이였다. 오렌지주스와 토마토주스 두 병에 참치 캔 서너 개만 들어도 허리가 끊어질 것 같다며 시장가방을 내려놓고 징징거리지만, 제 허리만한 다리통은 밤새도록 올려놓아도 개운하게 잘 잤다고 늘어지게 기지개를 켰으니. 인하는 불현듯 치미는 설움에 왈칵 눈물을 쏟고 말았다.

오월인데도 아직 내몽고 초원은 메마른 겨울 흔적을 다 털어버리지 못하고 있었다. 거뭇거뭇한 벌판 희뿌연 운무 속에 비치는 여명의 햇살 틈으로 저 멀리 검은 말 한 마리가 달려오고 있었다. 가경은 어깨에 걸쳐 멘 사진기를 앞으로 돌려 렌즈의 초점을 맞췄다. 말발굽 아래에서 뽀얗게 일어나는 먼지는 순식간에 한 점 조각구름으로, 쏜살처럼 달려오는 말꼬리에 그림 같은 배경이 되었다.

"부야오 파이 자오피엔!"

말 위의 사람이 채찍으로 가경을 가리키며 소리쳤다.

"뭐라고 말하는 것 같은데요?"

중국말을 알아듣지 못하는 가경이 도로에 나란히 선 가이드에게 물었다.

"사진 찍지 말라고요."

"왜요?"

"몽고족 중 일부는 한족漢族을 아주 싫어해요, 그래서 특별한 이유 없이 뭐든 못하게 하죠."

"홍메이紅梅 아가씨는 한족 아닌가요?"

"예, 전 한족이에요."

태연스레 대답하는 가이드를 가경은 물끄러미 바라보았다. 이미 익숙하다는 뜻일 것이다. 인류학 현지답사 운운은 이미 인도네시아로 향할 때부터 핑계거리일 뿐이었다. 그래도 기왕 핑계 김에 낯선 몽고인들의 땅을 찾아본 것인데 흥미로웠다.

가까이 다가온 말 위의 사람은 뜻밖에도 여자였고 여전히 무슨 말인가 지껄이며 잔뜩 인상을 썼다.

"여긴 내 말 농장이야. 가까이서 얼쩡거리지 말고 꺼져버려!"

"여기 외국인도 같이 있는데 그렇게 억지 쓰지 말아요, 창피하게."

가이드의 말에 여자는 가경을 새삼 돌아봤다.

"저 여자가 외국인이라고?"

"그래 한국사람."

"오, 솔롱고스!"

갑자기 여자는 환하게 웃음 띤 얼굴로 말에서 뛰어내렸다. 가경은 가슴이 철렁했다.

"무, 무슨 일이에요?"

"글쎄요. 솔롱고스는 몽고말로 무지개라는 뜻인데 손님이 한국인 이라니 저렇게 반색을 하네요."

"환영해요. 정말 한국 사람이에요? 한국은 무지개의 나라죠. 우리와는 형제라고 들었어요."

여자는 말 위에 앉았을 때와 달리 170센티미터는 넘어 보이는 키에 날씬하고 탄탄한 몸매였다. 광대뼈가 두드러지기는 했지만 얼굴 윤곽이 선명한 미인이었고.

"고마워요. 한국 사람 맞아요."

"승마 좋아해요? 말 타봤어요?"

"잘은 못 타도 가끔 타 본 적이 있어요."

"이리로 내려와요. 아주 좋은 말이니까 타 봐요."

갑작스러운 호의에 가경이 어리둥절한 얼굴을 하고 있을 때 가이드의 휴대전화가 울렸다.

"여보세요?"

가이드는 전화를 받느라 편도 일차선 도로 반대편으로 건너갔다.

통역이 없어지자 몽고 여자와 가경은 서로 멀뚱히 바라보기만 했다. 그렇지만 몽고 여자는 금세 말에 타보라는 손짓을 했고 가경은 기다리자는 시늉을 해보였다.

밤새 잠을 이루지 못하고 뒤척이다가 새벽녘 호텔 앞마당이라도 산책하려고 방을 나왔는데 가이드가 기다렸다는 듯 호텔 로비에 나타났다. 이미 가이드 비용은 선불로 지급했는데 감시를 한 것인가 싶을 정도였다. 그러나 가이드는 가경이 묻기도 전에 먼저 항상 일어나는 시간이라며 무엇이 필요한지 물었다. 내친 김에 가경이 초원의 새벽 풍경을 보고 싶다고 하자 부랴부랴 운전사를 깨워 시내 외곽으로 나온 것이었다.

새벽 통화치고는 좀 길다 싶어 뒤를 돌아보자 가이드는 가경의 눈치를 살피다가 어색하게 웃어보였다. 가경은 모르는 척 다시 돌아서 귀를 기울였다. 알아들을 수 없는 말이기는 하지만 한국 어쩌고 비슷한 말이 들려오는 것으로 봐서는 아무래도 자신과 관련된 통화인 듯싶었다. 이상한 일이기는 하지만 두려운 생각이 들지는 않았다.

통화를 끝낸 가이드는 뒤쪽에 세워둔 자동차로 향했다. 운전석을 뒤로 젖혀 눈을 붙이고 있던 운전사는 시동을 걸더니 오던 곳으로 되돌아가고 가이드만 쪼르르 달려왔다.

"차는 어디로 보낸 거예요?"

"아, 목 마를까봐 물 사오라고 시켰어요."

가이드는 어색하게 변명했지만 다른 이유가 있다는 것을 단박에 짐작할 수 있었다.

"자, 어서 타요."

몽고 여자가 기다렸다는 듯 끼어들어 가경은 더 묻지 않았다.

"난 승마장에서 몇 번 타봤을 뿐이라 이런 들판에서는 겁이 나는데요."

"그래요?"

가경의 말에 난처한 기색이던 몽고 여자는 점점 밝아지는 지평선 끝에서 구름처럼 피어오르는 흙먼지를 보며 반색을 했다.

"아, 저기! 저기 오빠가 오고 있어요. 말이 충분하니 내가 옆에서 같이 따라가 줄게요. 이제 됐어요, 걱정하지 말아요!"

여자는 자신의 일인 양 기뻐했다. 초원의 햇볕에 까맣게 그을린 얼굴 가득히 번지는 환한 미소가 싱그러웠다.

그새 도로 아래 들판으로 내려온 가경은 지축이 울린다는 느낌을 생생하게 체험했다. 뿌연 흙먼지로 뭉게구름을 만들며 달려오는 한 무리 말발굽의 진동은 가라앉은 가경의 가슴마저 흔들었다.

"오빠!"

스무 마리가 넘는 말을 몰아온 이는 단 한 사람이었다.

"왜? 무슨 일이 있는 거냐?"

나는 듯 말에서 뛰어내리는 남자의 기골이 보기 드물게 장대했다. 여동생보다 족히 한 뼘은 더 큰 키에, 터질 듯 벌어진 어깨하며, 우람한 근육. 몽고제국의 칭기즈 칸이 저절로 그려졌다.

"여기 이 여자가 한국 사람이야!"

"뭐, 정말이야!"

우렁찬 남자의 목소리는 더욱 커졌고, 장군인지 산적인지 구분하기 힘든 시커멓고 선 굵은 얼굴에 웃음이 가득해졌다. 가경은 그 함빡 웃는 얼굴도 섬뜩했지만 적의가 없다는 것은 분명히 알 수 있었다.

"안녕하세요? 전 한국에서 몽고 초원을 보려고 왔어요."

"솔롱고스! 우리 형제죠? 나는 칭기즈 칸의 후손입니다!"

가이드 입에서 채 칭기즈 칸 소리가 전해지기도 전에 여동생이 먼저 웃음을 터트렸다.

"호호호! 우리 오빠는 기분이 좋으면 칭기즈 칸 대제를 들먹여요. 그렇지만 오빠는 마장마술대회 메달리스트기도 해요."

"빌어먹을, 심사가 공정치 못했어! 내가 몽고인이라고 금메달을 주지 않은 거라고!"

"아휴, 알았어요, 오빠. 이 분에게 그 소리가 무슨 소용이에요."

설움인지 불만인지 알 수 없는, 그러나 두 눈에 이글거리는 분노는 영원히 삭지 않을 것처럼 보였다.

"오빠, 이 분 태워드리게 오빠가 탄 그 백마를 잠시 내줘."

"그래, 나는 저 놈, 고집 센 저 놈을 타고 오늘은 완전히 길을 들여야겠어."

호의적이고 심술궂었다. 말조차 통하지 않는 가경에게는 가장 아끼는 듯한 백마까지 선뜻 내어주면서 한족인 가이드에게는 말은커녕 웃음기 한번 보여주지 않았다. 가이드는 혼자 보낼 수 없다고 말렸지만 가경은 몽고인을 믿기로 했다.

장쾌함이란 이런 것을 두고 말함이리라. 뒤따르는 무리 지은 말발굽의 진동이 가경이 탄 말 등으로 전해져 가슴을 더욱 벅차오르게 하고, 끝이 보이지 않는 저 먼 지평선 위로 번져오는 장려壯麗한 아침빛을 향한 질주. 식식거리는 말의 숨결은 가빠지는 가경의 호흡을 대신하는 듯했고, 바람결을 따라 춤추는 말갈기가 펄럭이며 가경의 민머리 위를 미끄러져 내리는 바람의 설움을 위로하는 듯했다. 시야에 거슬림이라고는 하나 없는 드넓은 벌판, 말이 필요 없고 호흡과 호흡만으로 세상과 하나가 된 듯, 영원히 다가갈 수는 없지만 내일이면 어김없이 저 찬란한 빛을 다시 비춰줄 태양. 가경은 와락 쏟아지는 눈물을 주체하지 못했다. 그래도 양옆에서 말머리를 나란히 하고 있는 두 사람은 아무런 눈치도 차리지 못할 것이다.

얼마나 달렸을까. 옆의 두 사람이 박차를 늦춰 달리는 말의 속도를 줄이는 것으로 보아 이제 말머리를 돌릴 모양이었다. 가경은 한바탕 쏟았던 눈물의 흔적을 지우고 새삼 사방을 돌아보는데 저 멀리 달려오고 있는 자동차가 보였다. 앞차는 가경이 이곳에 도착하면서부터 이용한 승용차였지만 뒤를 따르는 차는 알 수 없었다.

"회이춰! 회이춰!"

남자의 말을 알아들을 수 없었다. 의아한 가경의 눈빛에 여자가 나섰다.

"회이춰! 백, 백! 고우 백!"

돌아가자는 뜻이었다. 가경이 웃음 띤 얼굴로 고개를 끄덕이는데 달려오던 앞차가 멈춰 서자 뒤차도 따라서 멈췄다. 앞 차 운전사가 차에서 내려 뒤차로 향하는 모습이 보였고, 다시 운전석으로 돌아간 운전사가 차를 출발시켰지만 뒤차는 그대로 도로변에 멈춰 서 있었다.

"저기로 한번 가 봐요."

알아들을 수는 없었겠지만 남매는 가경의 손짓에 알았다는 듯 고개를 끄덕였다.

뒤차 운전석 사내도 새벽 말 모습이 보기 좋았는지 차문을 열고 내려섰다. 말쑥한 양복차림이 이곳 사람 행색은 아니었다. 다가가자 가경은 한눈에 한국인임을 알아볼 수 있었다.

"솔롱고스?"

장대한 체격의 오빠가 아이 같은 순진한 눈빛으로 먼저 물었지만 사내는 재빨리 등을 돌렸다.

"안녕하세요? 한국분이시죠?"

가경의 또렷한 한국말에 어쩔 수 없었던지 사내는 다시 등을 돌려 섰다.

"아, 예. 안녕하세요. 여행 중이신가 보죠?"

"예. 주재원 같으신데 여기 시린하오터에도 한국 기업 지사가 있나요?"

가경은 눈길을 자동차 번호판에 준 채 물었다. 그 사이 '경京' 자로 시작하는 자동차번호는 북경에 등록된 차량이라는 것 정도는 알게 되었다.

사내는 난감한 표정을 감추지 못했다.

"아닙니다. 북경에 있습니다. 저는 출장을 나와……."

가경은 말을 맺지 못하는 그의 안절부절못하는 모습에 대충 상황을 짐작할 수 있었다.

"어느 회사에요?"

"예, 한국정보 북경지사."

일이 고약해지고 있었다. 인하가 한 일은 아닐 것이다. 가경은 불편한 인상이 드러나기 전에 등을 돌렸다.

"일 잘 보고가세요. 고우!"

"오케이! 고우! 조우바!"

남매는 다시 가경과 말머리를 나란히 한 채 박차를 가하기 시작했다.

14

"혀, 형님!"

두 눈이 휘둥그레진 가경의 동생 태현은 벌어진 입을 다물지 못했다.

"응, 오랜만이야. 내가 먼저 연락을 했어야 하는데."

"형님, 이게 무슨 꼴이에요? 병원에는 가보셨어요?"

매형인 인하가 귀국했다는 것도 어제서야 알았다. 어쨌거나 술잔이라도 기울이며 이야기를 나누어야 할 것 같아서 저녁을 하자고 했지만 매형은 점심도 할 수 없는 오후 시간 커피숍을 원했다. 목소리가 좀 이상하다고 생각은 했지만 불편한 마음 탓이고 그래서 시간이 길어질 자리는 피하려는 것으로 여겼다. 그런데 퀭하게 들어간 두 눈에 광대뼈가 불거질 정도로 해쓱해진 얼굴을 보자 괜히 누나에 대한 원망의 마음까지 스쳤다.

"별거 아니야. 그저께 비를 좀 맞아서 감기가 든 거야."

어색한 웃음을 지으며 무마하려는 인하의 태도에 태현은 더욱 안 쓰러웠다.

"저하고 병원부터 가요. 며칠 입원이라도 해야지, 형님한테는 서울 이 객지인데."

"이제 괜찮아. 아버님 어머님께는 말씀드리지 마, 걱정하셔."

"정말 괜찮겠어요? 저도 지금은 부산 해작사에 근무 중이라 집사 람까지 같이 내려가 있으니……."

인하는 태현이 전화해온 것은 뒤늦게 부모님에게 소식을 들은 때문이려니 생각했다. 아버지의 길을 따라 해군 장교가 된 태현은 정도 많았고, 인하와 달리 매사 적극적인 군인 성품이었다. 영국으로 나가기 전까지만 해도 동생 인수보다 훨씬 가까이하던 친동생 같은 처남이었다.

"처남댁하고 아이들은 다 괜찮지?"

"예. 그보다도 어떻게 된 일이에요? 도대체 왜?"

역시 가리지 않고 대놓고 묻는 질문이 인하에게는 추궁처럼 들리기도 했다.

"미안하네."

"그런 말씀 마세요. 어제 누나가 저한테 전화를 걸어왔어요."

인하는 대꾸를 하지 못했다. 반갑고, 두렵고, 느닷없다는 느낌뿐이었다.

"누나는 모든 게 자기 잘못이래요. 형님한테 많이 미안하다고. 누나 거짓말이나 입에 발린 소리 못하는 사람이잖아요."

"그, 그래, 뭐래?"

목이 탄 인하는 물잔을 들어 단숨에 비웠다.

"아버지 어머니께는 진즉에 편지로 말씀 드렸는데 직접 통화하기는 그래서 제게 전화한다고요. 형님에게 마음 아프겠지만 잘 이겨내시라면서 형님 전화번호를 좀 알려 달라더군요."

인하는 얼른 전화기를 꺼내 들여다봤다. 걸려온 전화는 없었다. 진동으로 해놓은 게 불안해 음향으로 조정한 다음 음량까지 높여 탁자 위에 올려놓았다.

"누나 말로는 형님에게 많이 미안하다고 하던데, 도대체 무슨 일이 있었어요? 누나에게 엉뚱한 면이 있기는 하지만 도리에 벗어난 일을 저지를 사람은 아니라고 믿어요. 물론 그렇다고 형님 탓이라는 뜻은 절대 아니고요. 도무지 자세한 이야기를 안 하던데 왠지 요즘 주변에서 가끔 보게 되는 그런 일이 아닌가 싶어요."

세상 돌아가는 노릇에는 비교적 어두운 인하는 눈을 동그랗게 뜰 뿐이었다.

"저는 형님이 누나 탓을 좀 해줬으면 해요. 형님은 뭐든지 형님 탓이라고 할 분이라는 거 알아요. 그렇지만 그게 문제의 해결책이 되지는 않을 거예요."

"누나 탓할 게 없어. 알잖아, 우리 별 문제없었던 거."

"그런데, 그런데 왜요? 갑자기 이게 무슨 꼴이에요? 형님, 누나 없이 살 수 있어요? 아니, 잊을 수 있어요? 아이 문제 때문이에요?"

"그런 거 아니야. 아이 문제, 누나 탓도 내 탓도 아니라는 거 알.

그래서 우리어머니는 인수 아이 입양을 말씀하시기도 하는데, 나는 개의치 않아. 누나만 상관없다면 그냥 둘이서 평생 지내도 좋아. 무슨 상관이야."

태현은 속이 터질 것 같았다. 누나에게 일이 불거진 것은 분명해 보였고, 어쩌면 매형도 까닭을 짐작조차 못하고 있는 듯 보였다.

"누나 지금 어디 있는지는 아세요?"

뭐라고 대답해야 할지 몰랐다. 찾을 수 있다는 것이 알려질 경우 자신보다 가경의 입장이 어려워질 수 있었다. 단지 시간문제라면 가능한 한 존중해주고 싶었다.

"찾을 수 있으면 찾아가 보세요, 형님."

대답 대신 인하는 또 전화기를 들여다봤다. 태현은 안타까운 정도가 아니라 화가 치밀려고 했다.

"저녁에 누나가 다시 전화할지 모르는데 저하고 호텔에 같이 있을 래요?"

인하는 잠깐 생각했지만 고개를 가로저었다.

"그럴 거 없어, 내 전화번호 알아봐 달랬다니 할 때 되면 하겠지. 참, 돈이 떨어지거나 하지는 않았대?"

"형님!"

착한 것인지 정이 없는 것인지 태현은 헛갈릴 지경이었다. 태현으로서는 도무지 이해할 수 없는 두 사람이었다.

하반기 신규 투자계획과 관련된 이사회는 이미 한 달 전 그 안건과 의사일정이 정해져 있었다. 그러나 오늘 이사회는 정해진 안건 토의가 끝나고도 계속되고 있었다. 오히려 추가로 제기된 안건에 대한 토의가 더 심각했다.

그동안은 나라뿐만 아니라 회사도 비약적인 성장을 거듭해왔다. 그 과정에 크고 작은 문제가 불거졌지만 모두 성장이라는 성과에 묻혀 그럭저럭 넘겨왔다. 배고픔과 가난이라는 절박한 과제 앞에서는 배를 불리고 살을 찌우는 것이 우선이었기 때문이다. 그 고비를 넘어선 뒤의 고민은 소위 민주와 자유에 대한 갈망이었다. 그것은 국가나 사회뿐만 아니라 기업도 다를 바 없었다. 상부의 의사결정에 대한 민주적인 절차는 물론이고 하부 구성원의 다양한 생각과 의견을 자유로이 개진하고 소통하고자 하는 열망이 그것이었다. 아직 그 갈망이 완전히 충족되지는 않았지만 벌써 십년 넘는 노력으로 그 또한 어느 정도 갈증은 해소된 셈이다. 이제 더욱 빨라진 정보의 유통으로 감당하기 버거운 새로운 욕구가 생겨났다. 요즘 기업은 단순한 부의 사회적 분배를 넘어 도덕성을 요구받고 있다. 그것도 일반적인 수준이 아니라 부의 비율만큼 큰 책임 수준이다. 지나친 요구다 싶은 구석도 있지만 거부할 수 없었다. 그들은 기업의 목줄을 쥐고 있는 소비자였고, 브랜드 가치를 결정하는 사회적 주주이기 때문이다.

지난 한 달여 한국정보 그룹 산하에서 불미스러운 사건이 몇 건 있었다. 정부기관에 입찰하기 위해 몇몇 국내 기업과 담합한 사실이 드러난 것이 그 하나였고, 내부 감사팀의 엄격한 감시에도 특허 기

술과 관련된 산업기밀을 외국으로 빼돌리려던 연구소 관계자가 사법기관에 발각된 사건이 다른 하나였다. 그렇지만 그보다 더 매스컴을 달구고 세상 이목을 끈 것은 유치한 치정과 관련된 또 다른 사건이었다.

사실 사건은 어찌 보면 특별할 것도 없는, 세상 어느 곳에서나 가끔씩 터지는 흔한 줄거리였다. 한국정보 동유럽 주재원이 현지 여자와 사랑에 빠져 부인과 자녀를 권총으로 살해하고 상당 금액의 회사 공금을 횡령하여 다른 나라로 도주했다는 것이었다. 더구나 그 사건이 처음 보도되면서 번듯하게 생긴 두 남녀의 사진까지 실리자 사건은 일파만파가 되었다. 불과 며칠 뒤, 부인과 자녀는 도망친 주재원이 살해한 것이 아니라 부인이 아이들을 먼저 살해하고 자살한 것으로 밝혀졌지만 보충된 진실은 사람들 눈에 차지 않았다. 괴담이 계속 난무했다. 그리고 마침내 산업기밀 유출 미수사건도 상대국의 여자 연예인이 배후에 있었다는 따위의 삼류 첩보소설 수준으로 확산되더니, 결국 그 여파는 국민 기업인 한국정보 그룹 전체 구성원에게 염결廉潔한 도덕성을 요구하는 데까지 이르렀다.

휘청거리는 주가와 그룹 전체 매출 감소 수준은 무조건적인 항복을 강요하는 위협이 될 만했다. 겨우 체면을 갖추는 형식을 취해 내부관리 강화 등의 대안으로 임시 무마는 했지만 굴욕이었다. 사실 내부관리 강화 운운은 말장난일 수도 있었다. 사람들 역시 그것을 모르지 않았다.

"그런 사회적 견제와 압박을 무조건 수용하는 것도 어렵습니다.

한국정보 임직원 역시 한 개인이며, 개인의 자유권을 박탈할 근거는 없는 이상 사생활을 이유로 제제를 가하는 것은 불법입니다."

"일리 있는 말씀이기는 합니다. 하지만 공무원 복무규정에는 품위 유지 의무와 그 손상에 따른 징계 규정도 있습니다."

"한국정보는 기업입니다. 그런 규정의 원용援用은 징계나 해고취소 소송의 대상이 될 뿐 아니라 그런 엄격한 잣대로는 기업에 필요한 인재를 확보하는 데도 장애가 됩니다."

"아무리 기업이라고 해도 그 사회에서 차지하는 비중에 따라서는 사회적 책임을 피할 수 없는 게 현실입니다. 그게 기업을 유지하는 길이기도 하고요."

"아무리 그렇다고 해도 명백한 범죄가 아닌 이상 도덕성을 잣대로 불이익을 줄 수는 없습니다."

"꼭 징계 같은 드러나는 방법이 아니더라도 인사조치 등 실질적으로 제제를 가할 수 있는 것 아닙니까?"

"편법은 또 다른 편법을 낳습니다. 저희 한국정보는 선대의 창업 이래로 편법을 사용하지 않는 것을 원칙으로 해왔습니다."

"다른 부분에서는 편법이 꽤 많아 보이던데 유독 인사관리에서 만……."

"말씀을 가려 해주십시오! 문제에 제대로 대처하고 되풀이하지 않을 내일을 위한 토론입니다."

아무래도 보수적 입장을 보이는 것은 업무를 수행하는 기업 이사들이었고 진보적인 시각을 주장하는 것은 사외이사들이었다. 그러나 이런 문제에서는 오히려 그 시각과 신념이 뒤바뀐 듯한 상황이 연출되기 일쑤였는데 오늘도 역시 그랬다. 보수니 진보니 하는 관념의 실체가 있기는 한 것인지, 그마저 의심스러웠다.

"저는 회장단 의견이 옳다고 봅니다. 사실 공무원에게 품위손상으로 징계 규정을 두는 것은 그들이 공무원이기 때문에 높은 도덕성을 요구한다는 의미지만, 사실 그마저도 헌법정신에 합치하는 것인지는 솔직히 의문입니다. 공무원도 그러한데 이윤추구를 목적으로 하는 기업 임직원에게 도덕성을 잣대로 무엇을 요구하고 강제한다면 그것은 불법을 넘은 폭력 아닐까요? 물론 이번 사건으로 확인한 소비자와 시장의 요구도 무시할 수는 없겠지요. 그 피해 또한 적지 않았고요. 그렇지만 눈앞의 피해와 강요가 두렵다고 스스로 족쇄 차기를 선택한다면 과연 앞으로 더욱 커질 시장의 요구를 어떻게 감당할 수 있을까요? 아니, 가능하기나 할까요?"

조용히 지켜보고만 있던 서인희가 나섰다. 수혁은 자신을 향해 묘한 웃음까지 머금은 그녀의 시선이 거북해 눈길을 피했다.

"솔직히 여기 있는 사외이사를 포함한 모든 임원들 중 자신의 도덕성에 흠결이 없다고 당당히 말할 사람이 누가 있습니까? 특히 어느 부분에 대해서는 말입니다."

서인희는 도발적인 미소까지 지으며 사람들을 훑어봤다. 그녀와 눈길이 마주친 사람들은 슬며시 고개를 숙이거나 딴청을 피웠다.

"징계규정은 현재의 품위손상 규정으로 충분하지 않겠습니까? 회사에 불이익을 주는 대외 발언과 같은 일은 당연히 규제해야지요.

그렇지만 다른 부분, 특히 이성문제 같은 경우는 해당 책임자가 우려할 정도라고 판단되면 예방 차원의 인사조치 등으로 해결하도록 하죠. 그건 편법이 아니라 당연한 인사권한 아닙니까? 우리가 오늘 결정해야 할 것은 그에 따른 감독자의 권한 강화와 인사제청권의 부여일 겁니다. 자유? 그거 찾자고 우리가 얼마나 많은 걸 양보했습니까? 조금 불편하다고 되돌려주면, 아마 우리 자신부터 후회할 겁니다. 좋잖아요, 개인적 자유와 일탈. 그게 우리에게 얼마나 큰 활력소가 되는지 여러분이 더 잘 아실 텐데요?"

서인희는 집요하게 수혁의 눈길을 쫓고 있었다.

15

쉽사리 전화하지 않으리라는 것을 알면서도 인하는 밤 새워 기다렸다. 아마 십 분에 한번쯤 휴대전화기의 액정을 들여다봤을 것이다. 그 사이 태현이 세 번인가 전화를 걸어왔다. 커피숍에서 헤어지고 얼마 뒤, 꽤 시끄러운 소음이 들리는 곳에서 식사는 어떻게 하느냐는 걱정으로 한번 했고, 두 번째는 아주 조용한 가운데 조금 술에 취한 음성으로 미안하다고 했다. 그리고 열시 무렵에 거리를 배회하고 있는 듯 시끄러운 자동차 소음 속에서 제 누나를 욕하며 울음을 터트렸다. 모두에게 못할 노릇이었다. 그렇지만 인하가 할 수 있는 일이 아무것도 없었다. 그것이 안타까웠고 더욱 의욕을 잃어갔다.

온 의식은 전화벨 소리에만 가 있고 다른 의식은 점점 가물거렸다. 이제는 추운지 더운지도 알 수 없었고 허기도 갈증도 느끼지 못했다. 가끔씩 태현을 만나러 나가느라 걸쳤던 옷가지가 불편하게 거

치적거렸지만 그마저 벗어던질 기운이 없었다.

마침내 전화벨이 울리자 인하는 액정에 뜬 번호도 확인하지 않은 채 전화를 받았다.

"예."

그래도 가경이 놀랄까봐 목소리는 가다듬었다.

"인하야, 지금 어디야?"

대식이었다. 겨우 차렸던 기운을 다시 잃고 말았다.

"으응, 뭐……."

"왜 그래? 숙소야?"

대식에게 이 꼴을 보여주고 싶지 않았다.

"아, 아니야."

"그럼? 아니 목소리가 왜 그래? 어디 아픈 거야?"

"아니야, 아프기는."

"이런 문디 자슥, 아프구만! 알았다!"

대식은 그대로 전화를 끊어버렸다.

인하는 시간을 몰랐지만 이미 점심시간이 가까웠으니 대식은 황궁으로 출근한 터였고, 바로 근처 숙소까지 오는 데는 잠깐이면 되었다. 날아온 듯 순식간에 들이닥친 대식 곁에 마스터키를 손에 든 종업원이 놀란 눈으로 서 있었다.

"손님!"

"괜찮아요. 며칠 무리해서 그런 모양인데 내가 병원으로 데려가든지 할 테니 그만 돌아가요."

종업원을 돌려보낸 대식은 커튼부터 열어젖힌 뒤 인하의 이마를 짚었다.

"이거 완전히 불덩이 아이가! 니 무슨 일 있제? 아이다, 일단 병원으로 가자."

"괜찮아, 감기몸살이야. 그 날 비를 맞아서 그래."

"그럼 내한테 연락을 하던가. 우짤라고 이 지경이 되도록 미련을 부렸노. 퍼뜩 일나거라."

"아니야, 뭘 좀 먹으면 괜찮아질 거야."

"뭐? 니 그동안 아무것도 안 묵었나?"

"그냥 간단히."

"이런 미련 곰탱이! 아, 가만 있자. 병원 안 갈라 카면 우리 마누라한테 링거라도 맞거라."

"그럴 거 없어. 왜 여러 사람 귀찮게……."

대식의 아내 진숙은 간호사 출신이었다. 벌써 휴대전화기를 꺼내든 대식은 다급하게 소리쳤다.

"봐라, 니 지금 당장 인하 숙소로 총알같이 오이라! 오는 길에 영양제 링거 사갖고!"

"왜 갑자기 숨넘어가는 소리로 그래?"

"시끄럽다! 여, 인하 다 죽어간다!"

"뭐? 어디가 어떻게 아픈데? 뭘 알아야 약을 사든지 링거를 사든지 하지?"

"효명암에서 비 쫄딱 맞고 감기몸살 걸린 모양인데 밥도 제대로 안 묵었단다. 퍼뜩!"

"아, 알았어."

"아이고 이 자슥아, 니 마누라 가경씨가 알면 우리를 을매나 욕하겄노? 친구라고 옆에 있는 것들이 사람 죽는 것도 모른다고, 문디 자슥!"

전화를 끊은 대식은 인하가 말을 꺼낼 틈도 없이 한참 동안 혼자 떠들더니 황궁으로 전화해 전복죽을 끓여라 어쩌라 소란을 떨었다. 인하는 성가시고 미안한 마음에도 가슴이 뭉클했다. 내뱉는 말은 거칠고 투박했지만 눈자위까지 벌게진 모습을 보니 피 한 방울 섞이지 않은 남남으로 태어나 살을 섞은 부부도 아니면서 이보다 더 살가울 수 있나 싶었다.

꼭 죽음 앞에서 목숨을 버려가며 지키는 우정만이 우정은 아닐 것이다. 함께하는 동안, 또는 불현듯 생각나는 그 순간 이해타산이나 선입견 없이 기쁘고 그리워할 수 있으면 그것이 바로 우정 아닐 텐가. 친구라는 이름이 너무도 흔해빠진 세상이다. 하긴, 초속으로 내달리는 세상이니 만나는 사람도 그만큼 많아지고, 서로 긴 호흡으로 지켜볼 시간이 없으니 향긋한 술잔을 나누며 바쁘게 흉금을 터놓을 뿐이다. 아무래도 부끄러운 것은 채 기억에서 끄집어 낼 틈이 없거나 감출 수밖에 없고, 순간의 감정을 과장하기도 한다. 그렇지만 과연 그에게 내 모든 것은 아니더라도 절반쯤은, 아니 작은 하나라도 먼저 내놓을 마음으로 시작한 것인지는 되돌아봐야 할 것이다. '윈윈'이라는 흔한 말로 서로 이익을 추구하는 관계 중의 약속은 작은 손해는커녕 내게 이익이 없다는 것만으로 벌써 시들해지지 않던가.

대식은 참으로 특별했다. 속된 말로 기껏 '중국집 아들'이었는데 무얼 그리 퍼줄 것이 있었겠는가. 그런데도 대식은 어릴 적부터 받는 것보다 주는 것을 더 기뻐했다. 자신이 내놓은 것은 도무지 기억할 줄 모르고 받은 것만 오랫동안 기억했다. 다르지 않은 그 부모님에게 물려받은 천성이라면 그것은 축복일 것이다.

"인하씨, 병원으로 가시지 여기서 링거로 되겠어요?"

허겁지겁 들어선 진숙은 반쪽이 된 인하의 몰골에 기함을 했다.

"당신이 한번 봐라, 어떤가?"

"괜찮아요. 괜히 대식이가 극성부리는 거예요."

"아무튼 당신은 링거 놓고 가게부터 갔다 와. 주방장에게 전복죽 끓여놓으라고 시켰으니까 그거 가져와야 해."

그래서 혼자는 힘든 것이라고 하는 모양이다. 도무지 살아날 것 같지 않던 기력이 대식의 수선이 시작되면서부터 꿈틀거리더니 오래지 않아 생기가 돌기 시작했다.

맑은 정신으로 기다리고 싶은데 자꾸 눈이 감겼다. 기운이 되돌아오면 정신이 맑아질 줄 알았는데 오히려 몸은 나른하게 늘어지고 수마를 이겨낼 수 없었다. 인하가 잠이 들자 링거의 주사바늘을 뺀 대식과 진숙은 돌아갔다. 가경과 무슨 이야기인가 정겹게 주고받는데 꿈속인지 생시인지 구분이 가지 않는 순간, 전화벨 소리가 꿈이라는 것을 일깨워 주었다. 인하는 불에 덴 사람처럼 화들짝 이불을 걷어차고 일어나 전화기를 들었다.

알 수 없는 번호의 국제전화였다. 눈물이 핑 돌고 목이 메었다. 인하는 얼른 침을 삼켜 목청을 가다듬었다.

"여보세요?"

"많이 아파?"

역시 가경이었다.

"아니, 괜찮아."

"거짓말할 줄 모르는 사람이……"

"그래, 조금 많이 아팠어. 지금은 덜해."

"아프지 마."

아무 일도 없었다는 듯, 마주보고 이야기하듯, 가경은 편안하고 다정했다. 인하도 덩달아 마음이 편해졌다.

"그래. 밥은 잘 먹어?"

"응, 그럭저럭. 여기 어딘지 알아?"

"정확히 몰라. 중국 어디라고만 들었어."

"그럴 줄 알았어. 당신이 아니고 수혁씨가 그런 것 같았어."

"아무렴 어때. 너무 불편하고 불쾌하게 생각하지 마."

"알았어. 그런데 여기 신기해."

"뭐가?"

"밤이 되면 별이 눈높이에서 보여. 낮에 본 벌판 저 끝에서 내 눈높이로 별이 떠 있는 거야. 막 달려가면 잡을 수 있을 것 같아."

"그래도 별 쫓아 가지마. 꽤 멀어서 길을 잃어버릴지도 몰라."

"아유, 그 정도는 나도 알아."

"많이 똑똑해졌네."

"당신 변했다. 썰렁하지만 농담도 할 줄 알고."

"무슨 소리야. 나, 전에도 농담 잘했어."

"그랬나?"

"응."

목이 멘 것인지, 할 말이 떠오르지 않는 것인지 조용했다. 애를 쓰고 있는 것이리라. 잠시라도 아프게 하고 싶지 않았다.

"여행이 길었으니까 재미있는 이야기가 많을 것 같은……데?"

태연하게 한껏 밝은 목소리를 내려 했는데 끝에서 갈라졌다. 수화기 너머에서 설핏 콧물 훌쩍거리는 소리가 들렸다.

"어제 새벽에 우연히 말 타는 몽고인 남매를 만났어. 그 사람들은 자신들이 칭기즈 칸의 후예라고 생각하며 잃어버린 제국의 영광을 그리워해. 말을 기르며 살아가는 사람들인데 오빠가 젊은 날 마장마술대회에서 금메달을 놓쳤대. 소수민족이라고 편파 판정을 받아 그리 된 거라고 생각하고 있어. 아무튼 그 남매가 내가 한국 사람이라는 걸 알고 솔롱고스를 외치면서 뭐든지 주려고 하는 거야. 심지어 자신이 타는 가장 좋은 말을 내주기도 하고, 집까지 데려가 차와 아침밥을 주기도 했어. 두 사람 다 결혼해 담 하나를 사이로 이웃해 사는데 남매의 정도, 부부의 정도, 나같이 자기들 마음에 드는 사람에 대한 정도 깊었어. 반면 내 가이드는 한족이라고 밥은커녕 말

근처에 가까이 다가가는 것마저 막아설 정도로 호불호가 명확한 거야. 나로서는 고마웠지만 편협함이라고 할까, 맺힌 마음이 못내 안타깝고 불편했어. 하여간 처음 그들을 만나 말을 얻어 타고 달리는데 인하씨가 생각나며 왠지 눈물이 나도록 서러운 거야."

가경은 문득 이야기를 멈췄다. 무엇이 서러웠는지 인하는 알 수 없었다.

"그리고 그들 집에서 인사를 하고 나오는데 남매가 자동차까지 따라와 어디로 가는지 묻는 거야. 그래서 그냥 주변을 돌아볼 거라고 했지. 그랬더니 자기들이 우리 차 앞에서 말 타고 안내를 하겠대. 미안하기도 하고 부담스러워 한참 실랑이한 끝에 헤어지기는 했는데, 내가 중국말로 다시 만나자는 뜻의 짜이지엔이라고 했더니 그 비슷한 말을 퉁명스럽게 하며 눈물까지 글썽이지 뭐야. 도망치듯 차에 타고 출발한 뒤 돌아보니 글쎄 그 남매가 그대로 바닥에 주저앉아 눈물을 흘리고 있는 거야. 가이드가 그때 말해주는데, 그들 남매가 짜이지엔 뭐라고 한 말의 의미가 다시 볼 거 없다는 투정의 말이었대. 자기네 정을 받아주지 않아 서러워서 그런 거래. 그 이야기를 듣고 나니 또 눈물이 나는 거야."

"한참 울었겠다?"

처음 눈물은 아직 그 까닭이나 의미를 모르겠는데 두 번째 눈물의 의미는 알 수 있을 것 같았다.

"그래 인하씨 생각했어. 그런데 오래 울진 않았어."

인하는 가슴이 철렁했다.

"아직 다 모르겠어. 그렇지만 우리가 사랑했던 게 얼마나 소중한 것이었는지는 다시 확인한 셈이야. 우리 엄마 아빠, 인하씨 어머니께 진심으로 감사해. 우리처럼 작은 걸림도 없이 사랑만 할 수 있는 사람들도 그리 많지는 않을 거야."

인하는 이쯤에서 가경을 붙잡고 싶었다.

"나도 그 눈높이의 별이 보고 싶다."

"그렇지만 말 탈 때 왜 그리 서러웠는지 아직 그 까닭은 모르겠어."

완곡한 거절이었다.

"인하씨는 알아?"

"꼭 알아야 할까?"

"……."

가경의 침묵에 인하는 마음을 다잡았다.

"그래. 그런데 불편한 건 없어? 공항에서 돈 인출한 다음부터는 아무것도 없던데?"

"그거 내가 카드를 깜빡 잘못 꺼낸 거야."

"뭐야? 거사 자금을 별도로 마련했던 거야?"

인하는 우스개로 말했다.

"그럼. 군자금 확보하느라 얼마나 애썼는데."

다행히 가경도 우스개를 받아주고 있었다.

"군자금에 쪼들리지 마."

"걱정 마. 인하씨에게 많이 미안하게 되는 것도 싫지만 결혼 전에 있던 내 통장 한번도 안 썼잖아. 아빠가 오빠 분가시킬 때 내 통장에도 얼마간 넣어줬어."

"그래. 나 당분간 한국에 있을 것 같아."

"자리 알아보는 거야?"

"꼭 그렇지는 않고. 일단 휴가를 냈어."

"인하씨 난처하겠다, 수혁씨가 알게 돼서."

"괜찮아, 친군걸 뭐."

"인하씨가 말한다고 그만둘 사람도 아닐 테니 나 그냥 신경 안 쓰고 지낼래."

"그렇게 해."

"인하씨 또 아프면 전화할게."

"그래, 고마워."

아프지 말라는 부탁이었다. 이제는 깊은 잠에 들 수 있을 것 같았다.

한번쯤 있을 수 있는 일이라고 생각해야 할 것이다. 너무 많은 것을 받은 두 사람이었다. 작은 걸림도 없이 사랑만 할 수 있었다는 그 말이 두려웠다. 당장 어찌할 수 없는 두려움은 깊은 잠으로 잊어야 할 것이다.

16

'쿨'이라는 단어가 수혁은 마음에 들지 않았었다. 아니, 그 본래 뜻이 못마땅한 게 아니라 그 말의 용법이 거짓이거나 싸구려 같았다. 물론 말하고자 하는 의미에는 동의했다. 서로 입장을 배려해 질척거리지 않고 깔끔하게 마무리하자는, 혹은 미련에 발목 잡혀 지난 소중한 순간을 원망하거나 추억을 훼손하지 않겠다는 의미라면 말이다. 그런데 아무래도 유행하고 있는 쿨의 의미는 지나치게 편의적이라는 생각이 들었다. 어떻게 사람과 사람 사이가 그럴 수 있다는 것인지. 설령 순간의 욕망이었다 할지라도 그 역시 감정을 교류한 것인데, 물건을 주고받듯 한다는 것은 그 감정이 남길 여운에 대한 두려움으로 자신마저 속이는 거짓이거나 싸구려 타협으로 보였다.

이사회가 끝나자마자 밀회를 원하는 듯한 서인희의 전화가 부담스러웠다. 이런저런 핑계로 시간을 미뤘지만 결국 이틀을 넘기지 못했다.

"회의 중에 그러면 어떻게 해?"

방으로 들어선 수혁은 의자에 등을 붙이며 조금 짜증스러운 듯 말했다.

"뭐가?"

서인희는 장난기 가득한 눈빛이었다. 이미 삼십분 전쯤 먼저 들어와 가벼운 샤워까지 마친 그녀는 침대머리에 등을 기대고 있었다. 흐트러진 샤워 가운 사이로 드러난 하얀 허벅지는 더 이상 아무것도 걸치고 있지 않다는 것을 말해주고 있었다.

"그런 발언을 하면서 사람을 빤히 쳐다보면 다른 사람들이 무슨 생각을 할 것 같아?"

"글쎄, 무슨 생각을 할까?"

"장난치지 마."

"장난? 그게 왜 장난이야? 난 내 생각을 말한 거고, 당신이나 경영진도 바라던 이야기 아니었어? 그래. 나 그 순간 당신 생각했어. 그게 어때서? 그까짓 남들이 이상하게 생각하면 어때? 아니, 한국정보 김수혁 부회장님이 어떤 분이신데, 사람들이 꿈엔들 다른 생각을 할 수 있을까?"

그저 도발적인 빈정거림이지 마음이 상한 것 같지는 않았다. 그래서 더욱 피곤했다. 더 바라는 것은 없지만 지금껏 쌓아온 것에 오점을 남기고 싶지는 않았다.

"얼마간 우리 만나지 않는 게 좋겠어."

"얼마간?"

말은 태연했지만 서인희는 어느 새 세웠던 다리를 펴서 가운 앞깃을 여미고 있었다. 허공으로 시선을 피한 수혁은 미처 그 변화를 알아채지 못했다.

"응, 한동안만."

"아니야, 이제 그만 끝내."

"뭐?"

여자의 단호함이 수혁에게는 뜻밖이었다. 그러나 서인희는 벌써 침대를 내려오고 있었다.

"그래, 너무 오래 끌었어. 하마터면 정이니 어쩌니 끈적거릴 뻔했잖아. 우리 쿨한 사람들이잖아."

언젠가는 이렇게 될 것으로, 그래야 한다고 생각은 했지만 수혁은 당황스러웠다.

"기분 상했어? 그럴 거 없어. 분위기가 분위기인 만큼……."

서인희가 말을 자르고 나섰다.

"맞아, 분위기가 그랬어. 부담스러운 건 나도 싫어, 어느 쪽이든."

가운을 벗어던진 서인희는 맨몸에 스커트와 브래지어를 먼저 입은 뒤 팬티를 집어 들었다. 전에는 브래지어에 이어 팬티를 입은 뒤 블라우스만 걸치고 한참 동안을 더 무슨 이야기든 하곤 했다.

"오해하지 않았으면 좋겠어. 난 다만 우리 관계가 탈 없이 이어지길 바라는 거야."

수혁은 돌아서 있는 서인희를 등 뒤로 껴안았다. 거부하는 기색은 없었다.

"언제라도 당신이 원하면 잡지 않겠지만 지금은 아니잖아."

"우리, 얼마나 됐지?"

"거의 사년이 다 됐지."

"어쩐지 점점 밋밋해진다 싶었어. 미안해, 내가 싫증을 빨리 느껴."

서인희는 수혁의 팔을 밀어낸 뒤 블라우스를 걸치고 침착하게 단추를 채우며 쓸쓸한 미소를 지었다.

"그래도 사년이면 수혁씨가 특별했던 거야. 후후. 추억 같은 건 기대하지 마. 나도 처음부터 수혁씨에게 그런 거 생각 안하고 시작했어."

끝이라는 것을 알 수 있었다. 크게 미련이 있는 것은 아니었지만 그래도 이렇게 끝난다는 것이 수혁으로서는 뭔가 들켜버린 기분이었다. 그렇다고 구구하게 변명을 늘어놓거나 붙잡고 싶지는 않았다. 어차피 서인희라는 여자에게 그런 행동은 아무 소용도 없을 일이었다.

옷을 다 차려입은 서인희는 등을 돌려 수혁을 정시했다. 아무런 감정도 담지기 않은 무표정이 어떤 것인지 수혁은 서늘하게 절감했다.

"이제 함께 자리를 하게 되더라도 최수혁씨에게 눈길이 가는 일은 없을 거예요. 먼저 나갑니다."

남자는 문을 나가는 여자를 멀거니 지켜볼 수밖에 없었다. 쿨. 여운은커녕 지난 기억조차 순식간에 지워지는 듯한 이 감정은 쿨이 아니라 엿 같은 찜찜함이거나 허탈함이었다.

커피 잔의 온기는 아직도 여전했다. 서인희의 감정도 아직은 그랬다. 하지만 끝을 되돌릴 생각은 추호도 없었다.

남자 품에 안겨보면 그의 밀도를 알 수 있는 법이다. 마음이 없는 몸은 미지근하고 지루하다. 진작부터 여자가 있다는 것을 짐작했다. 육체관계 따위는 중요하지 않았다. 어차피 함께하는 시간만이 중요할 뿐이다. 그러나 그 순간마저 남자는 점점 전부가 아니었다. 그래도 관계를 지속했던 것은 남자의 냄새를 찾을 수 있었기 때문이다. 땀으로 범벅되어도 그 살 냄새가 향기로 느껴질 때 사랑이든 관계든 유지된다. 아까 수혁이 등 뒤에서 껴안을 때 향기가 사라져가는 것을 알았다.

호텔 현관에 수혁의 차가 들어서고 있었다. 서인희의 인상이 차갑게 변했다. 직접 운전해 지하주차장으로 들어오지 않고 운전기사가 있을 때는 제법 시간이 걸리도록 어디든 보냈었다. 채 커피 잔이 식기도 전에 그의 차가 도착한다는 것의 의미는 모욕적이었다. 벌써 로비를 가로지른 수혁은 현관으로 나와 승용차 뒷좌석에 오르고 있었다. 짧은 미팅을 끝내고 바쁘게 돌아가는 대단한 경영자처럼. 그대로 옷을 입은 채 잠시 침대에 누워 있어 줬더라면 오래 가지 않을 여운이나마 간직한 것으로 여겼을 텐데.

커피는 거들떠보지도 않은 채 일어서는 서인희의 머리에 한 남자가 떠올랐다.

영업은 팽개치고 시간 맞춰 도시락을 챙겨 인하에게 다녀온 대식은 연신 고개를 갸웃거렸다. 몸은 거의 회복된 듯싶은데 아무래도 이상했다. 단순한 감기몸살이 아닌 것 같아 보였다. 마음에 탈이 난

건가? 도무지 그럴 일이 없는 친구이기는 했다. 그런데도 반쯤 넋
나간 사람처럼 문득문득 눈의 초점을 놓거나 다른 생각에 빠진 것
처럼 목소리 큰 자신의 말을 흘려보냈다. 생각해보면 휴가라는 것도
이상했다. 영국으로 가고 난 지난 칠년 동안, 휴가 때마다 어머니나
동생 인수네가 영국으로 갔지 인하가 귀국하지는 않았었다. 물론 임
신한 지 다섯 달 만에 유산으로 아이를 잃은 뒤 다시 들어서지 않
는 불행이 가경을 불편하게 할 수 있었으니 충분히 이해할 수 있었
다. 그런데 휴가라는 것도 느닷없었지만 끔찍이 아끼는 가경을 두고
혼자서, 게다가 일정도 명확하지 않은 채로 온 것은 뭔가 문제가 있
는 것이 틀림없었다.

　망설이던 대식은 수혁의 휴대전화 번호를 눌렀다.

"응, 무슨 일이야?"

"뭐 하나 물어볼라고."

"뭔데?"

"니 혹시 인하 일 아나?"

"……."

"감기몸살을 호되게 앓았는데."

"어느 병원이야?"

"아이다. 그건 아이고, 우리 마누라가 링거 놓고 해가 몸은 괜찮
아졌는데 아무래도 마음에 탈이 난 거 같다. 니는 혹시 아나?"

"그런 일 없어."

"아이다. 틀림없이 뭔 탈이 났다. 혹시 연구손가 거 뭔 문제가 있

어가 서울에 자리 알아보러 온 거 아이가?"

"쓸데없는 상상하지 마. 그리고 아무리 친구라도 그런 사생활에 지나친 관심 보이는 거 아니야. 끊어."

"봐라, 수혁아. 이런⋯⋯."

수혁의 반응이 뭔가 아는 것 같기도 하고 모르는 것 같기도 해 대식은 헷갈렸다. 그렇지만 전혀 길이 없는 것은 아니었다. 영국에 있는 가경씨에게 연락해보면 알 수 있을 터였다.

17

액정에 뜬 전화번호는 서울에 들어와 통화하고 있는 몇 안 되는 사람들의 번호와는 관련 없는 숫자였다. 귀찮기도 했지만 가능한 한 사람들과 만나는 걸 피하고 싶었다. 그런데도 벨은 집요하게 이어졌다. 인하는 어쩔 수 없이 잔뜩 이맛살을 구긴 채 전화를 받았다.

"김인하 박사님 전화 아닌가요?"

여자 목소리였다. 귀에 익은 것 같기도 하고 처음인 것 같기도 했다.

"그런데요."

"어디 불편하세요? 저 서인희에요."

"누구요?"

"홍승구 교수님과 같이 뵈었던 서, 인, 희, 요."

또박또박 끊어 읽는 그 이름이 생각났다.

"아, 어쩐 일이세요?"

"좀 뵙고 싶습니다."

지시처럼 들릴 정도는 아니지만 아주 단정적인, 꼭 그래야만 한다는 말투였다.

"무슨 일로요?"

인하는 최대한 퉁명스럽게 대꾸했다.

"만나서 말씀 나누죠."

"그럴 필요 없을 것 같습니다. 전 연구소에는 더 이상 관심이 없습니다."

"자리나 조건을 먼저 고려하시는 것 같지는 않던데요? 다시 영국으로 가시더라도 박사님이 처음 공부를 시작한 땅의 사람들이 무엇을 원하고 줄 수 있는지, 혹은 박사님이 무슨 생각을 갖고 계신지 들어볼 수조차 없게 문을 닫는 건 서운하고…… 실례입니다만 실망스럽기도 하네요."

도발적으로 느껴지기는 했지만 딱히 부인할 수도 없었다.

"전 오늘 저녁에라도 뵙고 싶습니다. 시간은 박사님 시간에 맞추죠."

"오늘은 좀 불편합니다. 내일 오후로 하죠."

"고맙습니다. 그럼 내일 다섯시에 박사님 숙소와 가까운 삼청동이나 인사동에서 뵙죠. 장소는 문자로 알려드리겠습니다."

식사 자리는 피하고 싶었는데 여자는 저녁까지 이어질 시간을 택해 일방적으로 통고하듯 말했다. 그날 여자의 눈빛이 어땠는지 인하는 기억이 나지 않았다. 아니, 눈길도 맞추지 않았던 것이 분명했다.

정오가 넘었으니 영국 시간으로는 밤 세 시가 넘은 게 분명했다. 대식은 그래도 미덥지가 않아 다시 휴대전화로 영국 시간을 확인했지만 틀림없었다. 그런데도 도무지 전화를 받지 않는 것이었다. 어제 밤부터 지금까지, 현지 시간으로 새벽부터 한밤중인 지금까지 족히 서른 통은 넘게 걸었을 것이다. 남편은 한국에 와 있는데 그 아내는 새벽에도 아침에도 밤중에도 집에 없다는 것이니 결국 이틀을 비우고 있다는 이야기였다. 대식은 그래도 그들 부부 사이에 문제가 있으리라고는 생각하지 않았다. 아니, 생각하기 싫었다.

가경은 대학시절 인하가 군대를 다녀와 만난 후배였다. 처음에는 둘이 연애를 하는지 어쩐지도 잘 몰랐다. 적극적이지 않다기보다 무엇에든 무리하지 않으려는, 좋게 말하면 상대 입장만 배려하는 인하의 성품 탓이었다. 결국 인하가 박사과정을 끝낸 뒤 불쑥 가경과 결혼한다고 했을 때 오히려 친구들이 믿으려 하지 않을 정도였다. 어쨌거나 둘이 살아가는 모습은 보기 좋았다. 불같은 뜨거운 느낌은 없었지만 활기차고 정겹고 따스한 기운이 넘쳐나는 것은 눈에 보였다. 활기와 정겨움은 활달한 성품의 가경이 만들어내는 것일 테고, 따스한 기운은 인하의 몫이었을 것이다. 그런 그들이…… 도저히 믿을 수 없었고 그래서 저돌적인 대식도 인하에게 대놓고 물어보기가 망설여졌다. 어쩌면 늦은 시간에 들어와 깊은 잠에 빠져 전화를 받지 못하는 것일 수도 있으니 새벽 시간까지 기다렸다가 다시 전화를 해봐야 할 것 같았다.

수저를 움직이는 작은 달그락거림조차 조심스러운 식탁이었다. 집에서 저녁을 하겠다는 전화에 아이들까지 모두 불러들였지만 현관을 들어서는 남편의 인상은 전에 없이 무겁고 어두웠다. 아이들도 그런 아버지의 기분을 재빨리 알아차렸다. 연선은 아이들조차 없이 혼자 깨작거리던 일상의 저녁이 차라리 더 속편할 것 같았다.

도무지 더러운 기분이 떨쳐지지 않았다. 그야말로 더러운, 똥이라도 밟은 기분이었다. 여자에게, 아니 누구에게도 그처럼 무참한 꼴을 당하기는 처음이었다. 그러면서도 주먹을 날리기는커녕 끽 소리조차 낼 수 없던, 뒤통수만 멍해지는 무기력감. 버림받았다는 생각 같은 것은 따질 것도 없었다. 자신이 먼저 돌아서야 한다는 생각도 없었다. 그렇지만 갖고 놀던 장난감이 불쑥 지겨워져 내동댕이치는 듯한 서인희의 태도. 완전히, 처음부터 계획된 농락에 말려든 듯한 자신의 어리석음이 새삼 치욕스러웠다.

"아무래도 뭔가 이상해요."

아내 연선이 조심스럽게 입을 열었지만 수혁은 들었는지 어쩐지 묵묵부답이었다.

"누군가 우리 집을 감시하는 느낌이에요. 밖에 나가면 누가 지켜보고 있다는 기분이 들어 섬뜩하고요."

"그럼 밖에 나다니지 마."

지금 귀찮아서가 아니라 평소 하고 싶었던 말을 대꾸라고 꺼내놓는 것 같았다.

"아니에요, 아버지. 저도 그래요."

아들 동철이 눈치를 살피며 끼어들었다. 수혁은 비로소 고개를 들고 눈길을 맞췄다.

"어제 친구들과 강남 클럽에 잠시 갔었어요. 분위기와 어울리지 않는 사람들이 여기저기 눈에 띄는데, 아무래도……."

"클럽? 너 그런 데 출입해?"

동철은 당황해 황급히 한 손을 내저었다.

"아, 아니에요. 어쩌다가, 육 개월에 한번이나 가는 정도에요."

노려보는 수혁의 눈빛이 차가웠다.

"정말이에요. 박차관님 아들하고 대평그룹 양회장님 딸도 있어 할 수 없이……."

동철은 기어들어가는 소리였지만 수혁은 잠시 생각을 가다듬었다. 그럴 수는 없다. 아무리 기분이 나쁘고 제멋대로인 성격이라지만 그렇게 당장 무슨 짓을 할 수는 없을 것이다.

"각자 처신 바로하고 다녀. 특히 동철이 넌 성적과 실력으로 방향을 잡은 거나 다름없으니 끝까지 지켜. 처음부터 다른 길이었다면 몰라도 이제는 그 길뿐이야."

수혁의 눈길이 보람을 향했다. 보람이는 얼른 고개를 내저었다.

"아니야, 아빠. 난 아무것도 이상한 거 못 느꼈어."

수혁은 다시 수저를 들고 눈길을 돌렸다.

연선은 저절로 비어져 나오는 한숨을 되삼켰다. 동철에게 다른 길 어쩌고 한 것은 보람이를 배려한 말일 수도 있지만, 한편으로는 동철에게 일등을 강요한 자신을 비꼬는 것처럼 들리기도 했다. 아무튼 뭔가 이상한 느낌인데 더는 그에 대해 입을 열 수 없게 되어버렸다.

식탁 위에 올려둔 휴대전화기가 진동소리를 내자 수혁은 인상부터 썼다. 대식이었다. 잠깐 망설이는 기색이던 수혁은 전화기를 들었다.

"왜?"

"어디고?"

"집에 들어왔어."

"아……."

난처한 신음이었다.

"왜?"

"잠깐 봤으면 해서. 내가 니들 아파트 앞으로 갈까?"

"무슨 일인데?"

목소리에 짜증이 묻어났다. 그런데도 대식은 주절거렸다.

"아무래도 인하 글마가 이상하다. 내가 런던 집으로 어제부터 수십 통 전화를 했는데 도대체 안 받는다. 내가 함부로 말할 거는 아이다만, 아무래도 인하고 가경씨가……."

"무슨 상상을 하는 거야! 아니, 설령 무슨 일이 있으면! 그럼 어쩔 건데?"

"그래도 글마는 친구 아이가."

"친구? 친구는 프라이버시도 없어? 쓸데없이 수선 떨지 마, 끊어."

오지랖도 지나치게 넓었다. 상대편 입장이나 생각은 도무지 고려하지 않고 불쑥불쑥 제 생각대로 내뱉는…… 피할 수 없는 인연만 아니었다면…… 도무지 마음 기댈 곳이 없었다. 집과 아내라고 찾아와 봐야 지친 자신에 대한 배려보다는, 아니 도무지 생각도 마음도 관심도 일치하는 것이 없었다. 차라리 제 멋대로 누리고 있는 그것에나…… 서주가 저절로 생각났다.

대식은 수혁이 몹시 지쳤나 보다 생각했다. 그럴 만한 자리였다. 십만이 넘는 임직원을 끌어나가는 것이 여간 일인가. 더구나 얼마나 치열한 경쟁 세계인가. 자신이라면 감히 엄두도 못 낼, 그래서 중국 음식점만으로 충분히 만족하며 살아가고 있지 않은가. 그렇지만 인하의 일은 아무래도 그냥 두고 볼 수가 없었다. 인하의 처남 태현이 생각났다. 지금은 부산 해군작전사령부에 소속되어 있지만 서울이나 인천에서 근무할 때는 수시로 손님들을 모시고 찾아오던 친구였다.

"응, 태현씨. 나 대식이야."

"아이고, 형님. 어쩐 일이십니까?"

"부산은 어때? 광안리, 거 죽이지?"

"뭐, 사람 사는 데 다 그렇죠."

어쩐지 기가 빠져 있었다. 뭔가 있는 게 분명했다.

"그래. 그런데 내가 인하 일로 뭘 좀 물어보려고 하는데, 기분 나쁘게 듣지는 말고."

"후."

하늘이 무너지는 듯 내뱉은 태현의 한숨소리에 대식은 가슴이 철렁했다.

18

그리 변할 것 없는 곳이라 생각했는데 칠년의 시간은 인사동에도 적지 않은 변화를 느끼게 했다. 문자메시지로 들어온 상호로는 찻집인 듯싶었는데 막상 찾아가보니 식당이었다.

"어디 찻집으로 옮기시죠."

어색하고 거북한 인하의 내색에도 서인희는 태연한 웃음을 지었다.

"지난번에 청국장 드시는 거 보고 어쩔 수 없구나 생각했어요. 그날 제가 리버스테이크니 뭐니 한 건 미련한 생각이었고요. 벌써 이렇게 센스가 없어졌나 싶어 한참 동안 우울하기까지 하더라고요, 호호."

"아닙니다. 아무튼 아직 저녁식사는 이른데."

"무슨 상관이에요. 요즘 우리나라 막걸리 바람 불고 있다는 건 아시죠? 여기 막걸리가 꽤 맛있었어요. 차 대신 우리 우선 그거 마셔요."

상대방이 저처럼 밝은 얼굴로 적극적이니 어쩔 수 없구나 하고 인하는 생각했다.

별로 진전된 것도 없는 이야기였다. 다시 만나 이야기할 까닭이 무엇인지 모를 정도였다. 기껏 굳이 학교를 원한다면 자리를 마련할 수 있으며 연구소장 자리는 반드시 관철할 수 있다는 정도의. 그래도 아직 몸 안에 남아 있는 열기로 인한 갈증 탓에 한 모금 두 모금 마신 술에 제법 취기가 올랐다.

"저는 인하씨 같은 인상을 참 좋아해요."

"고맙습니다."

"신뢰감을 주는 것도 그렇지만 무엇보다 끝까지 상대를 배려할 것 같아서요. 호호, 저 사람 잘 보죠?"

"다들 비슷합니다."

"무슨 말씀이에요. 요즘 남자들 그렇지 않아요. 아주 비겁해요. 특히 지난 세대는 식민지니 가난이니 해서 어쩔 수 없다고 하더라도, 우리 세대부터는 그나마 어지간히 보호받고 배려 속에서 자랐잖아요. 그럼 가슴에 한이란 걸 품을 이유는 없는데, 그 한이 무슨 대단한 보물덩어리라고 내내 끌어안고 있는 건지. 억지로 부여안고 있는 그 한이라는 거 버리면 무엇인가에 목을 맬 필요 없잖아요. 그러면 인생이 훨씬 쿨할 텐데. 안 그래요? 출세? 그게 뭔데요? 속은 텅 비어 있으면서 겉만 대단해 보이는 그거 붙잡자고 자기 인생을 거짓으로 살아요? 거지같아요. 난 우리 학생들을 그런 선생님들이 붙잡고 있는 게 마음에 안 들어요. 선생이 학생들에게 진심으로 존

경받지 못하는 근본 원인은 그거라고요. 어떻게든 잡아놓은 이 자리 놓지 않겠다, 무슨 수를 쓰든지 위로 더 올라 가보겠다. 그러니 양심보다 편법이 더 수월한데 타협 안 해요? 타협은 무슨, 오히려 앞서서 찾아내고 만들어내죠. 저는 인하씨 같은 사람이 우리 학생들에게 새로운 꿈을 줘야 한다고 생각해요. 여기 대한민국, 껍데기를 보면 희망이 없어 보이지만 안에 들어 있는 알맹이들은 아주 실해요. 그것들 골병들고 상처입기 전에 희망이 될 사람이 필요해요. 아, 잠깐 저 실례 좀."

배시시 웃는 웃음이 고혹적이었다. 일어나 방문을 열고 나가는 그녀의 발꿈치가 눈에 들어왔다. 맨발의 하얀…… 인하는 얼른 눈길을 돌렸다.

일리 있는 이야기이긴 하지만 왜 그런 이야기를 장황하게 늘어놓고 있는 것인지 의문이었다. 취했나 생각했지만 따져보니 여자가 마신 술의 양은 기껏 두어 잔 정도였다. 가경도 발이 예뻤다. 아주 작지 않은 발이었는데도 뽀얀 살결과 어우러진 자두처럼 동그란 살굿빛 발꿈치는 앙증맞았다. 아주 춥지 않으면 대부분 맨발이었던 가경은 한 겨울에도 집에만 들어오면 스타킹이건 양말이건 벗어던졌다. 가경이 소파 위에 드러누워 책이라도 보고 있으면 인하는 바닥 카펫 위에 앉아 그 발을 어깨에 올려놓고 지냈었다.

다시 방문이 열리고 여자가 들어서고 있었다. 쉬폰 천의 빨간색 원피스는 무릎 위에서 끝이 났고 가슴은 브이 자로 깊게 파진 반팔이었다. 맞은편 자리에 허리를 숙이고 앉는 여자의 가슴골이 그대로 드러났다. 인하는 눈길을 돌렸지만 목이 간질거렸다. 얼른 잔을 들어 또 비웠다.

"인하씨 부인 이름이 가경씨인가 봐요?"

"예, 남가경."

목이 막혔다. 그새 여자가 따라놓은 잔을 또 비웠다.

"아주 많이 사랑하시는 것 같아요. 안 봤지만 예쁠 것 같아요, 두 분 사랑하시는 게."

"무슨……."

"한국에 있는 동안 우리 가끔 만나요. 인하씨 여기 이런저런 정보에 어두울 텐데, 전 그래도 제법 귀가 넓은 편이랍니다, 호호."

"뭐, 그냥 살면 되는 거죠."

"왜 그렇게 저한테는 눈길을 안 주세요? 부인이 얼마나 미인이시기에, 저 같은 건 눈길 줄 가치조차 없다는 건가요?"

인하는 황급히 손사래를 쳤다.

"아, 아닙니다. 그런 뜻은."

여자는 인하의 눈길이 가자 기다렸다는 듯 눈을 흘겼다. 유혹을 느낄 수 있었다. 원피스보다 더 진한 빨간색 립스틱 입술이 촉촉했다. 곤혹스러움에 인하는 가슴이 답답했다.

멍하니 텔레비전 드라마에 눈길을 주고 있던 대식은 슬며시 아내를 돌아봤다. 진숙은 드라마에 푹 빠져 두 눈에 눈물이 그렁한 채 포도주를 홀짝거리고 있었다. 심장에 조금 문제가 있다는 병원 검사 결과가 나온 후 밤이 되면 한두 잔씩 포도주를 마시고 있었다.

"여자도 바람을 피우나? 유부녀가?"

힐끗 돌아본 진숙은 무슨 시답잖은 소린가 하는 표정이었지만 금방 다시 텔레비전으로 시선을 돌렸다.

"여자는 사람 아니야? 저런 드라마 보면서도 몰라?"

"아니, 남자가 문제 일으키고 그것 때문에 속이 상하면 그럴 수 있다고 쳐도, 전혀 그런 문제가 없는 경우에도?"

"그렇지 않는 경우가 어디 있어. 남자들 다 똑같지."

"아니다. 남자라고 어디 다 똑같나? 우리 친구들 중에도 그런 친구 있잖아."

"누구? 수혁씨?"

"그래, 수혁이도 그렇고."

"피, 그걸 어떻게 알아."

"그게 뭔 소리야! 수혁이가 어떤 놈인데!"

"흥, 그 속 들여다봤어? 알 게 뭐야. 설마 술집에 가서도 면벽하고 있는 건 아닐 테지?"

진숙은 여전히 텔레비전에 눈길을 고정한 채로 시큰둥하게 대꾸했다.

"그거야 일 때문에 어쩔 수 없으니 그렇지. 그럴 때는 남자가 접대부다."

"그럼 아가씨는?"

"접대 도우미. 그래, 맞다. 상대편 비위 맞추느라 쓸개를 빼놓고도 모자라서 도움을 받는 거다."

"어이구, 둘러대기는."

"그래, 뭐 그건 그렇다고 쳐도. 아예 그렇지 않은 사람도 있잖아."

"그런 남자가 어디 있어? 누구, 인하씨?"

"맞다, 인하 같은 놈도 있잖아."

휙 고개를 돌리는 진숙의 두 눈이 화등잔만 했다.

"뭐, 뭐야? 가, 가경씨가?"

"아이다, 아이다, 이 마누라야. 이 마누라가 정신이 있나 없나, 무
슨 소리고!"

질겁하며 두 팔을 황급히 내젓는 대식의 하는 양은 누가 봐도 제
발에 저린 도둑 꼴이었다.

"뭐야? 빨리 말해봐. 그렇지 않아도 내 인하씨 그 날 아픈 게 그
냥 감기몸살은 아닌 것 같았어."

"뭐? 그런 것도 알 수 있나?"

"그걸 말이라고. 빨리 말해. 뭐가 어떻게 된 거야?"

진숙은 아예 텔레비전까지 끄고 대식을 마주보고 앉았다. 꼼짝없
이 걸려든 대식은 먼저 손가락을 펴 입술 앞에 세웠다.

"절대, 이건 절대로 비밀이다."

"알았어. 내가 한두 살 먹었어?"

아내의 채근에 대식은 어쩔 수 없다고 생각하고 확인한 몇 가지
일을 털어놓았다. 그래도 태현과 나눈 이야기는 아예 들먹이지 않
았다.

"맞아. 그거 바람이야. 그런데 가경씨가 왜?"

진숙은 믿기지 않는다는 표정으로 고개를 내저으며 눈을 끔뻑거렸다.

"그렇지? 그럴 리 없지? 그래, 아닐 거야. 잠시 다른 데 간 거야."

"하긴, 뭐 공부하고 있으니까 그 때문에 남편 없을 때 현지답사 같은 걸 갔을 수도 있겠지."

진숙은 다시 텔레비전 리모컨을 찾아들었다.

"그런데, 만약에 그런 경우에도 바람이 날 수 있나, 여자는?"

"전혀 불가능한 건 아니지."

텔레비전을 켜는 대신 리모컨으로 턱을 받친 진숙은 다시 고개를 갸웃거렸다.

"나는 이해가 안 되지만 여자들에게 그런 마음이 있다는 이야기는 들었어."

"무슨?"

"모든 것을 갖추고 사랑도 듬뿍 받는데 자신도 까닭을 모르게 마음이 허전해서 일탈을 꿈꾸는 거."

대식은 마른 침을 꼴깍 삼키며 진숙의 다음 말을 기다렸다.

"멋있기는 할 거야. 인생에서 하나쯤 그런 일탈의 비밀이 있으면 사는 게 얼마나 짜릿할까? 안 그래? 히히히."

"그래, 혹시 비밀이라면 그럴 수도 있겠다."

"뭐야? 나한테도 그런 비밀의 기회를 주는 거야?"

"비밀 안 들킬 자신 있으면 한번 저질러보던가."

장난기 가득한 진숙의 질문에 대식은 꺼져라 한숨을 내쉬며 일어나 주방으로 향했다.

"왜? 뭐하게?"

"소주나 한잔하고 잘란다."

어깨까지 축 늘어진 대식의 뒷모습을 보면서도 진숙은 벌써 가경을 들먹였던 조금 전 일은 까맣게 잊어버리고 있었다.

19

꿈을 꾼 것 같지는 않은데 어렴풋한 잠결이 끔찍했다. 화들짝 놀라 정신을 차렸지만 아무것도 생각나지 않았다. 그러나 자신이 부끄럽다는 느낌은 선연했다. 여자를 떠올렸던가? 자신에게 가경이 아닌 다른 여자를 생각할 수 있는 여백이 있었다는 건 믿을 수 없는 일이었다. 정말이었다. 단 한번도 다른 여자를 여자로 생각한 적이 없었다. 그런데 불쑥 누군지도 모를 여자를 떠올린 것 같으니. 더구나 지금은 가경이 힘든 때가 아닌가. 인하는 진작부터 자신보다 가경이 더 힘들 것이라 생각하고 있었다. 입안이 텁텁했다. 막걸리의 뒤끝이기도 하겠지만 개운치 않은 만남의 여운 때문이기도 할 것이었다.

양치질을 하고 돌아와 침대머리에 등을 기대는데 전화벨이 울렸다. 알 수 없는 번호의 그 국제전화였다. 인하는 뭔가 들켜버린 기분이었지만 얼른 전화를 받았다.

"응, 나야."

"뭐했어?"

역시 가경이었다.

"누워 있었어."

"저녁은?"

"일찍 먹었어, 인사동에서. 막걸리도 한잔 했고."

"누구? 아, 아니야."

인하도 가경의 하다만 질문은 못들은 척 외면했다.

"춥지 않아?"

"왜 아니야, 추워. 아무리 껴입어도 그래. 하룻밤도 따뜻하다는 느낌이 없었어."

"그러니까 뭘 걸치고 자."

"바보."

"응?"

"그렇게 몰라?"

"……?"

"나 인하씨 옆 아니면 다 껴입고 자. 우리 만나서도 결혼 전까지는 내내 그랬어. 인하씨와 함께하면서 따뜻해진 거야, 몸이."

가슴 저 아래에서 무언가가 울컥 치밀어 오르더니 와락 눈물이 솟구쳤다.

"그런데 이제 다시 차가워졌어. 영원히 그렇게 될지 모른다는 생각이 들어서 무서워."

그만 돌아와, 소리가 목구멍 끝까지 올라오는데 인하는 터지려는 울음소리와 함께 되삼켰다. 서두른다고 돌아올 사람도, 달랜다고 슬며시 타협할 성품도 아니다. 지금껏 매사 스스로 납득할 수 있어야 마음과 몸을 움직였다. 가경이나 인하 자신이나 이유나 탓을 그리 중요하게 여기지는 않았었다.

"그래, 나도 이제 알겠어. 왜 추웠고 감기까지 찾아들었는지."

"……."

"내 몸의 36.5도는 나를 위한 체온이 아니었어. 당신의 36.5도도 다르지 않을 거야. 36.5도가 온전히 자신만을 위한 것이었다면 우린 누구도 사랑할 수 없었을 거야. 36.5도에서 조금만 체온이 올라가도 아픔이 찾아들고, 의식을 놓치기도 하고, 기어이 목숨까지 잃어버리기도 하는데. 그래도 우리는 날마다 서로 36.5도를 더해서 포근한 꿈을 꾸고 싱그러운 아침을 맞았잖아. 한번도 화상을 입거나 아픈 적도 없었고. 오히려 서로 체온을 느끼지 못하는 날에는 따뜻한 대지의 공기 속에서도 어느 결에 잔뜩 웅크린 자신의 몰골을 볼 수 있었고. 사람은 36.5도라는 체온을 갖고 있으면서도 영하는커녕 조금만 기온이 떨어져도 추위에 떨며 옷을 껴입거나, 때로는 자신의 체온마저 잃어 목숨을 버리기도 하지. 그건 그의 체온이 그의 것이 아니었다는 증거일 거야. 너무 오래 추위에 떨지 마. 당신의 체온만 잃는 것이 아니라 다른 누군가의 체온도 식어버리게 하는 거야."

"그래서 이처럼 추운 거야?"

"아마……."

가느다랗게 가경의 흐느낌 소리가 들려왔다.

"아직도 눈높이의 별을 보고 있어?"

"응, 아직 그대로 있어. 별로 가고 싶은 곳도 없고. 아니, 마땅히 갈 곳이 없어."

"당신에게 내 다리를 올려놓은 채 눈 뜨던 아침이 그리워. 그렇게 눈을 뜨면 참 가뿐했어. 마치 어제의 짐을 모두 내려놓은 것같이. 그래서 또 시작하는 하루가 새로웠고. 당신은 무거웠어?"

"아니. 이상하게도 처음 같이 아침을 맞던 그 날부터 무거웠다는 느낌이 없었어. 오히려 얼마 뒤부터는 인하씨가 출장을 가거나 해서 옆에 없으면 겨울 이불이라도 꺼내 덮어야 했지."

"다행이야. 난 혹시 무거우면 어쩌나 걱정했는데."

"그러니까 바보지. 무거운 게 아닌데 무거울까봐 걱정이나 하고. 그러니까 내가 인하씨한테 미안해지는 거잖아."

"미안한 건 난데? 난 당신에게 지키지 못한 약속이 많아."

"무슨 약속?"

"사보이 호텔 스위트룸에 재워주겠다고 했던 약속. 날마다 리젠트 공원을 산책하자던 약속, 그것도 장미가 활짝 피는 계절에."

"바보야, 그런 건 약속이 아니야."

"약속이 아니면?"

"내가 약속으로 받아들이지 않았으니까 그건 약속이 아닌 거야."

"왜 약속으로 받아들이지 않았어?"

"그런 건 중요한 게 아니잖아. 우리가 함께한다는 게 중요한 거지."

"고마워. 그래도 내가 당신에게 미안한 게 많아. 티파니 앞을 지나칠 때마다 당신에게 선물하고 싶은 반지를 보면서도 그러지 못했고, 당신에게 아주 잘 어울리는 옷도……."

"언제부터 그렇게 유치해졌어?"

"처음부터 그랬어."

"나 속았다. 그런 사람인 줄 알았으면 사랑 안했을 텐데. 난 우리가 너무너무 부자여서 그런 건 눈에 들어오지도 않았는데."

"갈 곳이 없다고 했어?"

"……"

"이제 별은 그만 봐."

불쑥 터져 나오는 소리를 그대로 놓아버린 것을 후회하는데 가경의 숨소리가 잠시 멈추는 듯싶었다.

"아빠가 도와주겠다고 안 해?"

인하는 머릿속이 텅 비어버리는 느낌이었다.

"알아, 그 마음. 또 나도 그러고 싶어. 그렇지만 나 인하씨에게 우리 만나던 처음 그대로, 전부의 마음이 아니면 아무것도 할 수 없다는 거 알잖아. 그러니까 내가 인하씨에게 미안하지 않게 했어야지. 바보. 내 뜻 따라줘. 혹시 조금 시간이 흐른 뒤, 그때의 가경으로 다시 인하씨 만나 사랑할 수 있게 되면, 차라리 그게 나을 거 생각했어."

"가경아, 그렇게 우리 소중한 시간을……."

"미안해. 더 미안하게 하지 말아줘. 그러면 훗날에도 나 인하씨 사랑하지 못하게 될 수 있어. 나 그러고 싶지는, 정말, 않아."

전화는 끊겼다.

인하는 후회했다. 가경은 인하가 서둔다는 느낌을 받았을 것이다.

인하의 어머니는 몹시 심란했다. 불쾌하고 불안했다. 기억도 나지 않는 꿈자리가 밤새 끔찍하도록 사나웠다. 게다가 오전에 들린 도우미 여자의 말도 마음에 걸렸다.

효명암에서 울려 퍼지는 목탁소리만 들어도 마음이 편해졌는데 오늘은 그저 가쁜 숨만 턱에 차오르고 다른 날보다 힘이 더 들었다. 그래도 어서 부처님 전에 배拜라도 올리지 않으면 짓누르는 불안감에 가슴이 터질 것 같아 발길을 재촉했다.

"스님."

단번에 목소리를 알아들은 효명은 목탁 두드리던 손길을 멈추고 잰걸음으로 법당에서 나왔다.

"이렇게 이른 시간에 어쩐 일이십니까?"

"부처님을 좀 뵈려고요."

이마에 땀방울이 송송 맺힌 노인의 얼굴에는 불안과 긴장이 뒤엉켜 있다.

"제가 도와드릴까요?"

불공을 드리려는 뜻이라면 곁에서 목탁이라도 쳐주려는 것이었다.

"아니, 우선 잠깐 배부터 올리고요."

"그러시죠. 저는 차를 준비하겠습니다."

오신 길이니 불단에 정성을 소홀히 할 리 없는데 잠깐 절부터 하겠다는 것은 하실 말씀이 있다는 뜻이다. 효명은 나름대로 짐작을 해보았지만 아무래도 그 일만은 아닌 것 같았다. 그 일뿐이라면 저처럼 긴장하여 서둘 리 없다. 정자에 차탁과 찻물을 준비하며 효명은 그날 인하와 수혁이 서먹해하던 표정을 떠올렸다.

"내가 나이가 들어도 불경스러운 구석이 있어요. 우선 삼배만 드렸는데 탓하시지는 않을지."

금세 법당을 나와 합장하는 어머니는 몹시 민망한 낯빛이었다.

"법당 부처야 나무토막에 불과한걸요. 차부터 드시죠, 목이 마르신 듯합니다."

"예, 고맙습니다."

어머니는 단숨에 찻잔을 비워냈다. 효명은 다시 찻잔을 채웠다.

"꿈자리라도 사나우셨습니까?"

"예, 스님. 눈을 뜨면 생각도 나지 않는데, 밤새 깼다 잠들었다 했습니다."

"다른 일은 없고요?"

"아침에 그 사람 어미 되는 사람이 와서 이상한 소리를 하더군요."

"무슨?"

"하늘이 무심한 게 아니라면서 반드시 무릎을 꿇게 될 거라고 하더군요. 그렇지 않으면 피눈물을 흘리게 될 거라는데 왠지 괜한 소리로 들리지가 않았어요. 혹시 우리 인하가 수혁이에게 무슨 이야기를 했는지요?"

"인하 성품에 그냥 듣고 흘리지는 않았을 겁니다."

"그런데 왜 가만히 있는 것인지."

"수혁이 성품이 워낙 그렇지 않습니까. 게다가 그 친구는 몰랐던 일인 모양입니다."

"그럴 테지요. 그만한 자리에 있는 사람이 어떻게 아랫사람 그런 일까지 일일이 관여하겠어요."

"예. 하지만 다 업보 탓인데 차라리 어머님은 모르는 척하시지 않으시고……."

"인연이 있어 찾아온 사람일 텐데 어떻게 모르는 척하겠습니까."

"그렇기는 하지만 원망이 튈까 염려스럽습니다. 수혁이 부모님께서 워낙 그러신지라."

"할 수 없지만 한쪽만 탓할 수도 없더군요. 제 집을 드나들면서도 눈속임이 있었는데 절박하니 어쩔 수 없으려니 하고 넘겼습니다."

인하 어머니가 수혁이 부모 집에서 내친 장선호 어미를 받아들인 것은 절박한 그네들 사정도 사정이었지만 미움으로 가득 찬 마음을 달래주려는 뜻이었다. 하지만 그녀는 마음을 고쳐먹기는커녕 푼돈까지 눈속임하여 인하 어머니에게 실망과 안타까움만 더해주었다.

"허허, 세상일이란 게 다 피장파장이지요."

역시 그 일 때문으로만 오신 것이 아니었다. 효명은 다시 인하의 기색을 되짚어 생각했다.

"인하가 불안하십니까?"

"휴우."

한숨이 깊었다. 효명은 차를 우리며 말씀이 이어지기를 기다렸다.

"스님이 보시기에는 어땠습니까?"

"뒤늦게 생각하니 마음에 걸리는 구석이 있었습니다."

"무슨?"

"허전해 보였습니다."

"아침에 일어나 영국 집으로 전화를 해봤는데 받지 않더군요, 한밤중이었을 텐데."

효명도 미처 거기까지는 생각해보지 못했었다.

"어찌 해야 할지요?"

"어찌 하실 생각입니까?"

"약한 아이들이 아니니 맡겨둘까 싶기도 하고요."

"마음이 그러하면 그렇게 하시죠. 다만 무슨 일이 있더라도 어머님이 기력을 잃어서는 아니 됩니다. 여차하면 한을 남겨주게 됩니다."

"마음대로 눈 감을 수도 없는 게 부모 된 업보라더니 그런 모양이군요."

"그건 업이 아니라 보시죠."

"스님께서 번거롭지만 다독거려 주시면 해서 허겁지겁 나섰습니다."

"백번이라도 어렵지 않습니다만 제가 무슨 힘이 될는지요. 나무관세음보살."

어머니의 눈가에 물기가 서리고 있었다. 효명은 자신의 업도 간단치 않다는 생각에 마음이 한층 더 무거웠다.

잠시 마음을 달래듯 숨을 고른 어머니는 다시 법당으로 향했다. 매번 거르지 않는 백팔배를 하려는 것이리라.

20

"저**하고** 점심이라도 같이 해주셔야겠습니다. 약속이 있더라도 바꿔 주시죠."

기업 입장에서 언론사, 더구나 영향력 있는 중앙 일간지 기자와 껄끄러운 관계가 되어서는 안 되지만, 그리 매끄럽지는 못한 사이로 지내는 기자였다. 그가 소속된 신문사는 자본 독점과 집중에 비판적 자세를 견지했고, 그 기자 또한 다르지 않았다. 다만 사시社是에 충실한 것과는 별도로 불쑥불쑥 드러내는 개인적 야심과 고압적으로 느껴질 만큼 뻐딱한 태도가 두 사람 사이를 데면데면하게 했다. 어쨌거나 그런 그가 역시 뻐딱한 말투로 마치 시간을 내주지 않으면 크게 탈이라도 날 것처럼 말하니 다른 도리가 없었다. 그나마 예정되어 있는 점심 자리가 자신이 빠져도 크게 결례가 될 자리는 아니라는 게 다행이었다.

약속 장소로 정한 삼청동 카페는 젊은이들의 찻집이나 저녁의 가벼운 맥주집이었지 점심 식사를 할 만한 장소는 아니었다. 그나마 언덕에 자리해 주변 경치를 둘러볼 수 있다는 게 위안거리였다.

먼저 도착한 수혁이 차림표를 훑어보고 있는데 기자가 들어섰다. 약속 시간을 십여 분 넘기고도 미안하다는 말조차 없이 맞은편 자리에 앉은 그가 역시 뻐딱하게 말했다.

"볼 것도 없어요. 여긴 오므라이스가 괜찮은데 그걸로 하죠. 미안합니다. 이런 곳으로 부회장님을 모셔서."

수혁은 차라리 황궁으로 오라고 할 것을 하고 생각했다. 그날 대식에게 지나치게 퉁명스럽게 대한 게 마음에 걸려 아직 전화조차 못하고 있었다.

"저는 괜찮은데 양기자님께 소홀한 것 같아 죄송하군요. 뭣하면 다른 곳으로 옮기시죠."

"먹고 나면 다 똥인데 그렇게 알뜰히 챙길 거 뭐 있습니까. 우린 입이 싸구려라서요."

"허허."

역시 사람을 머쓱하게 만드는 그였다.

오므라이스가 나오고 먹는 동안 양기자는 특별한 내용도 없는 화제를 꺼내 잠시도 입을 쉬지 않았다. 수혁은 건성으로 대꾸하며 그의 본론이 무엇일까 생각했지만 짚히는 구석이 없었다. 물론 그저 밥이나 먹자고 시간을 내라고 강권하지는 않았을 테지만 은근히 불쾌한 생각까지 치밀었다.

게걸스럽게 그릇을 비운 그가 가벼운 트림까지 하며 물잔을 들자 수혁도 절반쯤 비운 그릇 위에 수저를 내려놓았다.

"왜, 입에 안 맞으세요?"

"아니오, 적당히 먹었어요."

"아, 소식小食? 예, 그게 건강에 좋기는 하다더군요. 그런데 전 군대에서 허겁지겁 먹는 게 버릇이 돼서, 배가 부르다고 느끼는 순간에는 이미 과식이 되어 있죠. 허허, 버릇이라는 게, 참."

"……."

"아, 내가 본론은 여태 꺼내지도 않았군요. 이놈의 건망증이란, 허허."

"항상 특별한 일이 있어야 만날 수 있는 건 아니잖습니까. 언제 제대로 술 한잔 합시다."

"좋지요. 원남동 사거리에 기가 막힌 순댓국집이 있습니다. 입에 맞으면 한번 가시죠."

"뭐, 어디든."

후식으로 나온 커피에 설탕을 넣어 한 모금 마신 그가 비로소 낯빛을 고쳤다. 여전히 뻐딱한 웃음은 머금은 채.

"요즘 회사에서 도덕 경영을 말씀하신다면서요?"

수혁은 머리 정중앙으로 뭔가 찌릿한 전류가 흘러가는 느낌을 받았다.

"기업 규모가 커지니 소비자의 요구도 많아지더군요."

"예, 그거야 당연한 일이죠. 소비자들 입장에서는 자신들의 소비로 큰 기업이니 내 기업이라 여길 수 있고, 그러면 지금의 비도덕적인 자세에서 벗어나기를 바랄 수도 있지 않겠습니까?"

가시가 불거지고 있었다. 그러나 수혁은 그와 논쟁하는 것은 도움은커녕 오히려 새로운 빌미가 될 뿐이라는 것을 잘 알고 있었다. 어서 자리를 벗어나고 싶었다. 솔직히 부회장인 자신이 직접 상대할 급도 아니었다.

"허허, 생각은 다양할 수 있으니까요. 아무튼 그와 관련된 홍보자료는 지금……."

양기자가 한 손을 들어 말을 가로막았다.

"예, 압니다. 지금 홍보팀에서 열심히 자료 준비하고 있다는 거. 또 그런 일로 제가 감히 부회장님을 뵙자고 할 만큼 무례하지는 않습니다."

"……?"

"오늘 아침 전화를 한 통 받았습니다. 부회장님께서 탐탁지 않게 여기실 저를 특별히 지목한 걸 보면 조금은 회사 사정을 아는 사람 같더군요."

"탐탁지 않다니 무슨 그런……."

이번에도 양기자의 한 손이 올라갔다.

"뭐, 저도 믿지는 않습니다만 뜻밖에도 최수혁 부회장님의 도덕성에 대한 자료를 갖고 있다고 하더군요."

"예?"

수혁의 눈초리가 매섭게 치켜 올라갔다.

"말씀 드렸잖습니까? 저도 믿지는 않는다고요."

"그런데 왜 저를 보자고 하신 거죠?"

"우리가 아무리 데면데면한 사이라도 한솥밥 먹은 게 몇 년인데 의리는 지켜야 하지 않겠습니까? 허허."

느끼한 웃음소리에 속이 뒤집어질 것 같았다. 그러나 문득 서인희가 떠올랐다.

"솔직히 불쾌하군요. 무슨 자료를 받았는지 모르지만."

"아, 자료 같은 거 받지 않았습니다. 솔직히 그건 개인의 사생활인데 우리가 그런 가십거리에 흥미나 갖는다면 창피하지 않겠습니까? 저는 다만 그런 일이 있으니 주변을 한번 살펴보시라는 뜻으로, 정말 의리로 뵙자고 한 겁니다."

"말씀만으로도 고맙습니다. 하지만 저는 그런 치졸한 짓에는 어떤 타협도 하지 않을 겁니다."

"뭐 저도 그렇게 말해줬습니다. 그런 짓은 여차하면 협박이나 공갈죄가 될 수 있으니까 착하게 살라고요. 그렇지만 사실 부회장님 정도 위치가 되면 전화로 목소리 한번 듣는 것도 어려우니 서운하게 생각하는 사람들은 그 오해를 풀 길조차 없기는 하죠. 소통. 그런 것도 일종의 소통인데 우리 사회는 너무 막혀 있다는 게 문제예요. 특히 위로 갈수록. 안 그렇습니까? 허허. 아무튼 저는 할 이야기 다 했으니 먼저 일어납니다. 밥값은 제가 낼까요?"

"아닙니다."

"허허, 고맙습니다. 덕분에 잘 먹었고요."

인사하는 것조차 뻐딱해 보이는 그는 성큼 카페를 나가 문 앞에 세워둔 낡은 구형 소나타 승용차를 운전하고 휑하니 사라졌다.

서인희에게 이런 유치하고 치졸한 부분이 있다는 게 믿기지 않았다. 그러나 한편 생각하면 그녀는 권력과 힘에 익숙한 여자였다. 그리고 그런 부류의 이들이 대부분 그러하듯 타인의 상처보다 자신의 감정만 소중하고 우선일 테니 무슨 짓이든 거리낌 없이 저지르고도 남을 터였다. 참으로 더러운 기분이었다. 하지만 눈앞이 캄캄하다거나 불안하지는 않았다, 어차피 그녀 자신도 지켜야 할 것이 많았다. 오직 순간의 감정으로 윽박지르고 농락해보고 싶은 것일 테지. 그래서 더더욱 기분이 더러운 것이다.

수혁은 전화기를 꺼내 서주를 찾았다.

"이 시간에도 학생들이 있어?"

"당연히 없죠. 학교 안 가는 학생은 저도 안 받는답니다."

유쾌하고 선선했다.

"커피 마실까?"

"예? 어딘데요?"

"가회동."

"어쩐 일로. 아, 황궁에서 점심 드셨어요?"

"아니야, 맛도 모른 채 오므라이스 조금 건드리다 말았어."

"하하, 웬 오므라이스? 배고프겠네요?"

"그런 대로 견딜 만해."

"커피보다 라면 먹을래요?"

"끓여주려고?"

"무슨, 아이들도 집에 없는데. 옆에 분식집 라면 잘 끓여요."

"됐어, 커피 마셔."

"아니에요. 그럼 언덕 위 조그만 공원 알죠? 거기로 가 계세요. 컵라면 가져갈게요."

"뭐? 아니, 됐어."

"먹어봐요. 공원에서 먹는 컵라면은 맛이 달라요."

수혁은 벌써 유쾌한 기분이 되어 운전기사의 전화번호를 눌렀다. 근처 어딘가에서 대기하고 있을 터이니 잠시 다른 곳으로 심부름이라도 보내 눈길을 피해야 했다.

줄기식물로 햇빛을 가린 공간에 나무벤치 몇 개 놓은 게 전부였지만 주변 나무들과 어우러져 도심의 작은 쉼터로는 무난했다. 서주는 편의점 하얀 비닐봉투에 물을 부은 컵라면 두개와 나무젓가락을 담아 들고 금방 나타났다. 챙이 큰 모자로 햇빛을 가리고 생뚱맞게 뽀빠이와 올리브가 그려진 헐렁한 흰색 티셔츠에 하늘빛 긴 면 치마 차림이었다. 꽤 오래 신은 듯한 하얀색 비닐 샌들 앞으로 드러난 맨발에는 엄지발가락에만 빨간색 매니큐어가 발라져 있어 수혁은 공연한 웃음을 지었다.

"왜 웃어요?"

"아니야, 그냥."

"동네 아줌마 같다고 흉보는 거죠?"

"그런 생각 안 했어."

"좋아요, 믿을게요. 걸음이 느려서 조금 퍼졌겠지만 어서 들어요."

서주는 컵라면을 꺼내 뚜껑을 3분의 2쯤 열더니 나무젓가락과 함께 수혁 앞에 놓아주고 얼른 제 것을 한 손에 들고 후루룩 소리를 내기 시작했다. 수혁도 덩달아 뜨거운 국물을 후후 불어가며 바쁘게 면발을 입 안에 밀어 넣었다.

"컵라면 드실 줄 아네요?"

"무슨 소리야?"

"컵라면은 그렇게 바쁘게 밀어 넣어 먹어야 맛있는 거예요."

"뭐? 하하."

여러 소리 더 나눌 것도 없었다. 면발이 꽤 불어 있는데도 서주는 지켜보는 사람까지 군침이 돌도록 정말 맛나게 먹었고, 수혁도 그 속도를 따라 금세 컵을 비웠다.

"소라, 미라도 컵라면 좋아해?"

"좋아는 하지만 한 달에 한개 이상은 절대 안줘요. 오빠네 집에서는요?"

"응? 글쎄."

신혼 초 몇 번을 제외하고는 거의 먹어본 기억이 없다. 아마 동철이와 보람이도 저들끼리 바깥에서는 몰라도 집안에서는 비슷할 것이다.

"그런데 어쩐 일이에요? 한참 일하실 시간에?"

수혁은 또 서인희가 떠올랐다.

"근처에서 점심 식사가 빨리 끝났어."

"아, 그래서 잠시 시간 때우기로요? 뭐 상관없어요. 나도 혼자 점심으로 뭘 먹나 고민하고 있었으니까요."

잠깐이지만 서인희에게 위로를 느낀 적이 있었다. 이를테면 격정의 순간이 지나고 잠깐 눈을 붙였다가 떴을 때, 여전히 곁에서 물끄러미 자신을 들여다보고 있는 두 눈과 마주치면 얼마동안 따뜻하고 편안한 감정을 유지할 수 있었다. 사랑 받고 있다는 느낌은 확실히 그 무엇보다 위로가 되는 것이었다. 그러나 위로는 그리 오래가지 못했다. 서인희의 감정이 온전한 것이 아니라는 것을 이내 깨우쳤기 때문이다. 물론 사랑이라 말할 수 있는 감정도 전혀 없지는 않았을 것이다. 하지만 서인희는 격정과 냉정의 구분이 정확하고 단호했다. 그것도 어떤 두려움 때문에 움츠러들어 구분 짓는 것이 아니라 처음부터 예정하고 실행하는 단호함이었다. 소위 쿨 한.

사실 그 부분은 서인희에게만 잣대를 들이대서는 안 되었다. 수혁 자신도 감정에 앞서 아무런 부담이 없다는 계산을 먼저 했으니 말이다. 결국 두 사람 다 조금도 다르지 않은 거래였고 한시적 유희였던 셈이다. 그런데도 서인희가 방을 나가던 그 순간 밀려든 불쾌감의 실체는 무엇이란 말인가, 끝나면 그것으로 한시限時의 종료인가 보다 생각하면 그만인데. 책임감이라 말하기에는 뭣하지만 어쨌든 부담 없는 유희의 끝이 확인되는 순간의 허탈함으로 불쾌했던 것은 아니었을까? 만약 그렇다면 부담은 싫으면서도 너무 부담스럽지 않은 깔끔함에 허탈함을 느끼는 것은 또 무슨 돼먹지 않은 심보란 말인가?

아내 연선과도 특별한 문제가 있거나 큰 불만이 있는 것은 아니었다. 물론 명품에 대한 집착이나, 별다른 취향도 없으면서 어느 날 갑자기 시작한 예술품 구매가 오직 지명도와 소문을 추종하는 격格 낮은 행태를 보이는 데에는 눈살이 찌푸려졌지만, 그쯤은 남편으로서 눈길을 돌려줄 수 있는 일이었다. 그럼에도 아내에게 위로를 받는다는 것은 이제는 기대조차 하지 못하게 되어버렸다. 자식들도 별반 다르지 않았다. 애틋한 마음이나 아끼는 마음은 여전하지만 벌써 품안을 떠난 자식이라는 생각이 날이 갈수록 확연해지니, 그것은 어쩌면 책임을 다했다는 허탈함 때문인지도 모를 일이다. 다만 무엇이, 어디까지가 책임인지는 명확하지 않지만 말이다.

아무튼 수혁은 서인희에 대한 감정도 그런 맥락에서 마음에 담아 두지 않으리라 가볍게 생각했다.

"무슨 생각을 그렇게 골똘히 하세요?"

서주의 목소리에 수혁은 상념을 털었다.

"응, 미안해. 뭘 좀 생각하느라고."

"괜찮아요. 그래도 아까보다는 훨씬 얼굴이 편해 보이네요."

"내가 그랬어?"

"예. 처음 볼 때는 웃기는 했지만 아주 스산해보였어요."

"그래? 허……. 그런데 서주는 내가 뭘 도와줄 게 없을까?"

서주의 동그래진 눈에 의혹과 실망이 스치는 듯싶었다.

"아니야, 다른 뜻은 없어. 굳이 말하자면 뭐랄까? 응, 그래, 심심해서."

"풋, 심심해서요?"

어이가 없다는 듯 서주는 실소를 지었다.

"그래, 나 정말 심심해. 일이야 바쁘지만 스물네 시간 일만 하는 건 아니잖아. 남들이 들으면 배부른 소리라고 할지 모르지만 잠깐씩 심심하다고 느낄 때가 있어. 그럴 때……."

마땅한 말이 생각나지 않아 머뭇거리는데 서주는 피식 웃었다.

"그럴 때 저 찾아오는 거라고요?"

"뭐 꼭 그런 건 아니지만."

"오시는 건 괜찮은데 괜한 생각은 마세요. 저 여기 가회동에서 살기 시작하며 진짜 행복해요. 저도 한 때 욕심이란 걸 가져본 적이 있는데, 그게 얼마나 웃기는 거였는지 여기 와서 알았어요. 아무리 좋은 걸 가질 수 있다고 해도 지금과 바꾸기는 싫어요."

"그래, 내가 실수했어. 그런데 뭐가 그렇게 좋아?"

"그냥 다요. 햇빛, 구름, 빗줄기, 눈, 아이들 피아노 치는 소리, 우리 소라 미라 웃는 소리, 불쑥 오빠가 들려주는 피곤하거나 재미없는 목소리까지요. 하하하."

햇빛처럼 밝은 웃음이었다. 부담 없는 것도 다르지 않았고, 책임 없는 것이 책임을 다한 것과 비슷하다면 그 또한 다르지 않은데 이상한 일이었다. 서주의 웃음은 언제나 눈이 부시도록 밝게만 보였으니.

21

어머니는 아직 무슨 일인지 자세히 알지 못하지만 자식에게 뭔가 불편한 일이 있다는 게 믿기지 않았다. 도무지 그럴 까닭이 없는 애들이었다. 아이 문제라면 하늘의 뜻에 맡기기로 결론 지은 터였다. 굳이 후사가 아니더라도 자식은 사랑의 결실인데 그것을 보지 못하고 있는 허전함이야 더 말해 무엇 하랴. 그러나 인하와 가경에게는 그것 이상으로 깊고 두터운 사랑이 있었다.

자신이 세상에 태어나 가장 잘한 일이라면 자식을 그르지 않게 키운 일이라고 자부해왔다. 큰자식 인하는 더 말할 것도 없이 자랑스러웠다. 남편을 잃고 혼자되었을 때 가장 두려웠던 것은 아비의 부재로 심성 한 곳이 비뚤어져 언젠가 부모를 원망하게 되지 않을까 하는 것이었다.

어머니는 세상이 무어라 하고 어떻게 돌아가든 자식을 돈이나 헛된 명예의 노예가 되지 않도록 기르려 했다. 끝없는 유혹에 진배없는 허상을 좇는 삶은 허기일 뿐이라는 것을 너무도 잘 알기 때문이었다. 그렇다고 명분뿐인 안분지족安分知足을 말하려는 것은 아니었다. 다만 더 많이 가지려는 욕심으로 추한 꼴이 되기보다 편안한 마음으로 땀을 더 흘리라는 것이었다. 어차피 욕심이란 자신의 능력을 벗어나는 데에서 비롯하는 것이니 제 능력을 알아 그 한계 내에서 즐거이 노력하면 부족하지 않을 것이기에 말이다.

그 다음 마음 써서 가르친 것은 사람을 대하는 태도였다. 그것에는 사람이 소중하니 사람을 귀하게 여기라는 뜻과 함께 사람에 대한 집착으로 사람을 잃어버리지 말라는 뜻도 포함되어 있었다. 사랑이니 뭐니 그럴듯한 이름으로 시작하지만 결국 집착에 이르는 결말을 숱하게 보아왔다. 사실 사람을 귀히 여기는 것보다 사람에게 집착하지 않는 것이 더 어려운 일이기는 하다. 집착은 상대와 더불어 하지 않고 자기만 생각하는 이기심에서 온 것인데, 사람이 그 마음을 버리기란 결코 쉽지 않기 때문이다.

다행히 인하도 인수도 어미 말을 따라 잘 자라주었다. 저마다 평생 함께할 짝도 바르게 얻었다. 더구나 가경은 얼마나 귀엽고 예쁜지 지금껏 친딸로 여겨왔다. 가경이 심성 곱게 자란 것은 부모를 잘 만난 덕도 있지 제 혼자만의 노력과 수양의 결실은 아닐 것이다. 그래도 좋은 인연을 얻은 것은 제 복이고 가르침을 받아들이는 것은 제 심성이니 그 얼마나 예쁜 노릇인가. 그런데 무엇인가 문제가 있는 것 같으니 가슴은 채 곡절을 알기도 전에 벌써 찢어지듯 아팠다.

늦은 밤에 걸려오는 전화는 거의 없는지라 갑자기 울리는 벨소리에 어머니는 가슴부터 철렁했다.

"예."

"⋯⋯."

"여보세요? 누구세요?"

"어머니⋯⋯."

단박에 알아들을 수 있었다.

"가경이구나?"

"예, 어머니."

막상 목소리를 듣고 나니 말문이 막혔다. 미처 생각하지 못했기에 어떻게 이야기를 풀어가야 할지 선뜻 떠오르지 않았다. 가경이도 마찬가지인 모양이었다. 아무런 말이 없었다. 어머니는 마른 침을 삼켜 목을 가다듬으며 정신을 차리려 애썼다.

"그래, 집에 들어갔니? 전화를 받지 않더구나."

"죄송해요."

그리고 더 잇지 않았다. 언제든 전화하면 밝은 음성으로 계속 종알거려 어떤 때는 전화를 끊고 나서야 정작 할 말은 잊어버렸다는 것을 알고 혼자 웃은 게 한두 번이 아니었다. 가경은 여전히 언제 들어간다는 말이 없었다. 비로소 곡절의 깊이가 짐작됐다.

"아니 들어갈 거냐?"

아무런 대답도 들려오지 않았다. 가슴이 미어지고 정신이 어질했다. 그래도 어머니는 기운을 잃지 않으려 눈을 부릅뜨고 허리를 곧추세웠다.

"인하가 서울에 나온 것도 그 때문이냐?"

"그럴 필요까지는 없어요, 어머니."

"그래도 인하가 나온 건 그런 뜻이 있어서가 아닐 테냐? 내가 너희를 믿지 못하는 것은 아니다만 그래도 무슨 까닭인지 알고 싶구나."

"어머니 죄송해요. 제가 인하씨에게 미안하게 되었어요."

"무슨 일로? 너희가 말로 다툴 사람은 아니고, 혹여……."

어머니도 차마 말을 잇지는 못했다. 그러나 가경이 미안해 할 일이라면 남자와 관련된 일이 아닌가 싶었다.

"예, 제가 철이 없었어요. 정말 잘못했고 죄송해요. 흑흑."

가경의 울음이 그치기를 기다리며 어머니도 소리 없이 흐르는 눈물을 훔쳤다.

"가경아……."

"예……."

"나도 여자다. 비록 일찍 지아비를 여의기는 했다만 여자인 것은 다름이 없었다. 이제 세상도 많이 다르지 않으냐. 또 내가 너를 모르지 않는다. 여자로서 몇 가지 묻는 말에 답을 해줄 테냐?"

"예, 어머니."

"인하는 알고 있느냐?"

"제가 이야기하지 않았으니 자세히는 모를 겁니다."

"인하에게 무슨 불만이 있었더냐?"

"인하씨에게 그럴 일 없다는 거 어머니도 모르지 않으시잖아요."

"그럼 다행이고 안타깝구나. 인연이 깊더냐?"

"아니에요."

"집을 나올 때도 인연이 있었더냐?"

"그렇지 않아요."

"이제 끝이 난 거냐?"

"끝나고 말 것도 없었어요. 잠깐……."

가경은 또 말을 맺지 못했다. 실수였다고 둘러대고 싶지는 않았다. 그것이야말로 스스로도 용서하지 못할 너저분한 변명이 될 것이다. 순간이었지만 인하를 생각하지 못할 만큼 감정에 휘둘렸었다.

"인하에게 숨기지 못하는 마음 때문인가 보구나?"

"……."

가경의 침묵에 어머니는 한숨을 내쉬었다. 여자로서 가경을 바라보는 마음과 시어머니로서 며느리를 보는 마음이 같을 수 없는 한계가 답답했다. 그러나 어머니는 가경의 정직한 마음을 받아들이기로 했다.

"그럼 됐다. 밖을 떠돈 지 얼마나 되었느냐? 내가 네 목소리를 듣는 게 몇 달은 된 것 같은데?"

"죄송해요."

"그건 나도 마찬가지다. 목소리를 듣지 못하면서도 멍청하게 인하 말만 믿고 있었으니. 네가 자주 전화한 것도 기억 못했다니 사람 구실이 끝나가는 모양이구나."

"그런 말씀하지 마세요, 어머니."

"얼마나 더 그러고 있을 테냐?"

"……."

"알았다. 너도 네가 겪어야 한다고 생각하면 그만큼은 겪도록 해라. 그래야 미진함이 없을 테지. 내 인하에게는 모르는 척하마. 그러면 아마 그 아이도 뭐라 둘러대기는 할 것이다. 하마 서울에 머물 눈치가 보이기도 하더라만 그런 지경에 무슨 낙이 있어 더 머물려고 하겠냐. 대신 넌 아무 때고 마음이 달래지면 살던 집으로 들어가거라."

"어머니, 그건……."

"어미로서, 여자로서 하는 이야기다. 거역하지 말거라."

단호한 어조에 가경은 입을 다물었다.

"내가 너에게 마지못해서라도 붙잡을 수 있는 끈이 된다면, 사람으로서 마지막 누릴 수 있는 기쁨이 되는 것이니 그리 하거라."

흐느끼는 소리만 가냘프게 들렸다. 어머니는 오랫동안 수화기를 든 채 그 울음소리를 가슴으로 안았다.

여자로 살기에 참으로 기구한 세상이었다. 도덕이라는 이름에 얽매어 터무니없이 희생하고, 어이없는 조롱에도 분노 한번 내뱉지 못한 채 이어가는 그 한恨은 진즉에 끊어 내동댕이쳤어야 할 악습이고 굴레였다. 그렇다고 어머니가 자기 삶에 한을 품었다는 뜻은 아니었다. 자신 또한 선택을 하기 전에 겪은 갈등은 누구에게도 말할 수 없을 만큼 힘겨운 것이었지만, 결국 어떤 강요나 다른 사람 눈치에 의해서가 아니라 온전히 자기 결단으로 내린 선택이었고, 그로서 당당히 살아왔다.

선택은 바라는 것을 위해 다른 무엇을 버리는 것이다. 그렇지만 아무리 소중한 것을 얻더라도 버리는 고통이 더 크게 와닿는 것이 사람 마음이다. 하지만 고통 때문에 선택하지 못하는 삶은 비루해 질 수밖에 없으니, 그것은 하나를 선택하지 못하는 자는 둘을 얻을 수 없기 때문이다. 하여 어쩔 수 없이 비루한 삶을 맞게 됐다면 누 구를 원망하기 전에 먼저 자신을 돌아봐야 하고, 그 비루함도 기꺼 이 감수해야 하는 것이다. 다만, 그래도 어머니는 하필이면 내 자식 이 그런 아픔을 겪어야 하는지 그 안타까운 마음은 어쩌지 못했다.

서울에 왔다는 효명의 전화는 조금 의외였다. 대식이 Y시에 내려 간 길에 저녁을 같이 하자고 강압하다시피 끌어당기지 않는 한 좀 처럼 산문을 떠나지 않는 그였다. 그래도 인하는 스님으로서 볼일이 있나 보다 여겼는데 효명은 고속버스터미널에서 곧바로 숙소로 찾 아와 머뭇거림도 없이 어머니 이야기를 전했다. 인하는 가슴이 아렸 다. 말 그대로 생채기를 바늘로 찌르듯 속살을 쑤실 때의 아픔 그대 로였다.

오직 너희 잘 사는 것이 효도라는 부모 말을 멍청이처럼 곧이곧대 로 받아들여 제 삶에만 매달려 살아왔다. 그러고도 제 삶마저 제대 로 간수하지 못해 탈이 나고, 그 아픔에 허둥대느라 바로 곁에서도 어머니 생각은 하지 못했었다. 그런데 어머니는 벌써 자식의 발걸음 과 눈빛만으로 곡절을 짐작하여 애를 태우고 있었다니.

"무슨 일인지는 몰라도 누구도 인하 자네 속만은 못하겠지만 어머니는 한 몸일세."

"부끄럽습니다, 스님."

"자네도 속이려는 마음은 아니겠지만, 감추려 해도 감춰지지 않는 게 부모자식 인연의 자락 아니겠나."

"어머니가 다른 자세한 말씀은 안하셨는지요?"

"설령 아신다 한들 내게 말씀하시겠나, 자네에게 하시겠나? 알고 모르는 게 중요한 게 아니라 마음에 받아들여 삭일 수 있는 고리가 중요할 테지."

"건강은 어떠하던가요?"

"그래도 자네보다는 덜 수척하시네. 이게 뭔가, 얼굴은 반쪽이 되어서는. 나무관세음보살."

"내일이라도 내려가서 봬야겠습니다."

"그러시던가."

"어이, 효명! 어쩐 일로 서울에를 다 왔어?"

들어서는 대식은 반가움에 소리부터 쳤다. 인하는 얼른 눈짓을 해 보였다.

"아, 스님께 내가 말버릇이 고약했나? 히히히."

효명은 머리를 절레절레 내두르면서도 입가에는 웃음이 가득했다.

"됐다. 대식이 네 앞에서는 나도 중질 포기했다."

"뭐? 그래, 그거 잘했다. 그렇지 않아도 효명하고 둘이 있으면 부처님이 뭐라고 하시든지 눈치가 안 보이는데, 인하나 수혁이하고 같이 있으면 요 입이 영 불편했다."

"네놈한테는 인하와 수혁이가 친구가 아니라 부처님인 모양이지?"

"뭐? 아니, 그건 아닌데? 둘 다 대머리도 아닌데 무슨."

"예끼! 하하하."

"히히, 그런데 진짜 효명이 어쩐 일이야?"

대식이 자세를 바로 해서 묻자 효명도 정색을 했다.

"수혁이는 어때?"

"수혁이? 글쎄 나도 요 며칠 연락 안 해봤는데? 인하 너는?"

"응, 나도."

인하는 무심한 듯 대답했지만 효명의 태도로 보아 뭔가 일이 벌어지고 있다는 것을 짐작했다.

"하긴, 며칠 전 내가 뭘 좀 물어보느라고 전화를 했더니 아주 예민하더라. 회사에 무슨 일이 있는가 보지."

덤덤하게 말하며 인하를 돌아보는 대식의 눈빛이 어쩐지 처연해 보였다. 인하는 대식에게도 무슨 일이 있나 생각했다.

"어쩌면 수혁이에게 무슨 일이 있는지도 모르겠다."

효명의 말에 인하는 눈길을 내리깔았지만 영문 모르는 대식은 두 눈을 부릅떴다.

"무슨 일이라니? 그게 무슨 말이야?"

효명이 그간의 일을 전했다. 특히 장선호 어머니라는 사람의 뜻 모를 이야기에는 인하도 눈살을 찌푸렸다.

"장선호? 그게 누군데?"

"나야 알 수 없지. 아무튼 이제 서른 초반쯤 된 젊은 사람인 모양이던데."

"그럼 결국 우리 후배라는 이야기 아니야? 도대체 어떤 새끼야, 새카만 놈이!"

효명의 대답에 대식은 불같은 성질을 드러냈다.

"허허. 여전하구만, 그 성정."

"그래, 화부터 낼 일은 아니야. 그 친구도 절박하니까 못된 마음을 먹었겠지."

"절박은 무슨 절박! 제 놈이 잘못해놓고 엉뚱한 앙심을 품는 건 도둑놈보다 더 못한 심보지! 내 당장 내려가서 그놈을!"

수혁의 일도 수혁의 일이었지만 대식은 인하 일은 어떻게 해야 할지 답답하고 막막했다.

22

며칠 사이 어머니는 눈에 띄게 수척해 있었다. 숨기지 말고 매사 정직해야 한다는 원칙을 부정하는 것은 아니지만 이런 경우에는 결코 그대로 따를 수 없었다. 들어서 마음만 아플 뿐 아무런 방법도 없는 일로 공연히 괴롭히기만 하는 것은 자식으로서 할 짓이 아니었다. 그러나 작정하고 무엇을 숨긴다는 것이 쉽지 않은 노릇이니 인하는 공연히 집안을 서성거리며 좌불안석이었다. 어머니도 그런 자식 속내를 모를 리 없었다.

거실 창밖으로 화단에 꽃봉오리를 피운 장미를 바라보고 있는 인하의 등 뒤에서 어머니가 말을 붙였다.

"이제 외국 생활은 그만 청산하고 서울에 자리를 잡아보는 게 어떨까 싶구나."

조금 뜬금없다 싶기는 하지만 어머니로서는 충분히 할 수 있는 생각이었다. 인하는 등을 돌렸다.

"예, 그렇지 않아도 홍교수님과 상의하고 있습니다."

"그래. 그리고 만약 네가 서울에 빨리 자리잡게 되면 가경인 그대로 영국에서 공부를 마치도록 해라."

머릿속이 쩌릿했지만 인하는 설마, 하고 생각했다.

"여자라고 자기 삶이 없겠냐. 존중해 주거라."

"예, 그거야……."

아무래도 이상했다. 이야기할 때는 언제나 눈길을 맞추고 분명하게 말씀하시는데 오늘은 처음부터 자꾸 외면한다 싶더니 지금도 그랬다.

"가경이에게 전화는 자주 하고?"

"예? 아, 예……."

그리고 보니 어머니와 가경이 직접 통화한 지 꽤 오래되었다. 어쩌면 어머니가 벌어진 일을 알고 있을지도 모른다는 생각이 들었다. 태연하게 잘 대처하고 있다고 스스로 다독여왔지만 결국 어머니마저 잊을 정도로 열병에 빠져 있었던 것이다. 더는 감출 수 없다는 생각이 들었다.

"저기, 어머니……."

문득 고개를 돌렸다가 눈길이 부딪치자 어머니는 순간 당황한 빛을 드러냈다. 그러나 이내 엄한 표정으로 돌아간 어머니는 인하에 앞서 말을 꺼냈다.

"나도 참 사는 게 많이 두려웠다. 너희 형제를 내 인생 전부로 삼자고 결심은 했었다만 그래도 문득문득 내가 여자라는 사실을 깨달을 때가 있었어. 그때마다 난 너희 아버지가 일찍 가신 게 내 탓일지 모른다는 자책으로 나를 달랬다. 그것은 내가 너희 눈을 속이거나 내 자신을 비루하게 느끼지 않도록 하기 위해 쓴 마지막 방법이었다."

처음 듣는 이야기였다. 인하는 마른 침을 삼킬 정도로 긴장했다.

"나는 정말이지 저승에 가서 다시 만날 너희 아버지에게 잘못했다는 소리는 하고 싶지 않더라. 사람이 미안하다는 소리는 할 수 있을지라도, 차마 잘못했다는 소리는 하고 싶지 않더구나. 그건 내 자존심이 아니라 어미의 자존심이었다. 비루한 어미 밑에서 자라 그 비루함에 익숙해지는 자식은 어미가 볼 꼴이 아닌 듯싶더구나. 난 너와 가경이 살아가는 모습이 인수네보다 더 보기가 좋다. 어미로서 자식을 구분하는 건 옳지 않다만 그래도 마음이 그렇게 가는 건 어쩔 수 없더구나. 다른 것은 모두 접어두더라도 가경이가 타고난 그 복과 정직함이 그랬다. 사람이 누군들 비루해지고 싶겠냐. 그런데도 개중에는 아무리 애를 쓰고 조심해도 그리 되는 경우가 있더구나. 그것은 어쩔 수 없는 그이의 타고난 복이 그뿐이어서 그럴 게다. 욕심이라 해도 좋다만 나는 너희가 그런 복이 없더라도 좋은 복을 타고난 사람과 짝이 되어 더불어 누렸으면 하고 바랐다. 다행히 가경이가 그런 것 같더구나. 그 아이가 꾸밈없이 정직한 것도 아마 그런 타고난 복이 있어 그리 할 수 있는 것일 게다."

어머니는 잠시 말을 멈추고 인하의 얼굴을 지그시 바라보았다. 만감이 교차하는 그 눈길에는 어머니로서 자식의 모든 것을 품어 갈

무리하겠다는 푸근함과 의지가 담겨 있었다. 인하는 그 눈길을 더 감당할 수 없어 고개를 숙였다.

"살다가 다툴 일이 있더라도 아내에게 잘못했다는 말을 기대하거나 들으려 하지는 말어. 잘못이라는 말을 입에 담는 사람은 거짓을 말하기도 쉬워지는 법이야. 그러니 서둘러 잘못이라는 말로 마무리할 생각은 말고 천천히 상대를 배려하는 여유를 가져라. 사람이 살다 그까짓 미안한 일이야 있을 수 있잖니."

말을 마친 어머니는 자리에서 일어나 주방으로 향했다. 다른 이야기는 듣지 않겠다는 뜻일 것이다.

어쩌면 가경이 전화했을지도 모른다는 생각이 들었다.

열병은 자신만이 앓고 있는 것이 아니었다. 더 큰 고통의 열병을 앓고 있는 것은 가경일 것이다. 그저 모르거나, 혹은 모르는 척하거나, 모든 것을 받아들이면 된다는 생각은 자기 편의만을 염두에 둔 임시방편일 수 있었다. 굳이 따져 알아야 할 필요는 없지만 더 큰 열병은 그만큼의 시간과 이해가 더 필요할 것이다. 미안하게 하지 말라는 가경의 말뜻을 비로소 알 것 같았다. 여자이기에 여자를 이해하는 어머니를 보고 어머니도 여자라는 사실을 새삼 깨달았다.

"어머니!"

대문 두드리는 소리와 함께 우렁찬 대식의 목소리가 들려왔다. 인하가 어머니를 뵈러 간다고 하자 저도 장선호를 만나봐야겠다며 앞장서 나선 터였다.

"만났어?"

"그 나쁜 놈의 자식! 없대, 서울 갔대!"

그런데도 벌겋게 달아오른 얼굴로 식식거리는 모양새는 아무래도 무슨 소란이 있은 듯싶었다.

"그런데 왜?"

"그 아버지라는 사람, 내 참!"

"장선호 아버지?"

"그래, 기가 막혀서 원. 아니, 내가 좋은 말로 장선호 연락처를 좀 알려달라고 했더니 수혁이가 보내서 온 거냐고 묻잖아. 그래서 보내서 온 게 아니고 친구라고 했더니 다짜고짜 수혁이 부모님 욕을 해대면서……"

"그래서 같이 멱살잡이라도 한 거야?"

"그거까지는 아니다만……"

"그렇게 말로 되는 사람들이었으면 처음부터 문제를 만들지도 않았을 걸세."

주방에서 나오는 어머니 모습에 대식은 벌떡 자리에서 일어섰다.

"안녕하세요, 어머니?"

"앉게. 그리고 그 일은 자네나 여기 인하가 나서서 풀 수 있는 문제가 아닐 걸세. 수혁이더러 한발 물러나서 풀라고 하게. 절박한 사람들 억지인데, 그걸 무슨 수로……"

"어머니, 아무리 절박하다고 해도 그게 말이 됩니까? 제 잘못을 생각해야지, 왜 억지를 씁니까. 그 사람들도 수혁이는 알지도 못하는 일이라는 걸 모르지 않는 눈치였습니다. 그런데도 고향이 같다는 이유로 떼를 쓰는 겁니다. 아니, 고향이 같으면 더 이해하고 도와줘야지! 그리고 막말로 수혁이가 잡힐 약점이 어디 있습니까?"

"그 사람들이 옳다는 게 아니라 오죽 절박하면 저럴까 하는 생각도 해보라는 걸세."

"예, 어머니 말씀하시는 뜻을 모르는 건 아닙니다만, 세상이 잘못 돌아가는 겁니다. 정말 억울해서 길거리에 나서고 목소리를 높이는 사람들도 있지만, 뭔가 조금 손해 봤다 싶으면 떼부터 쓰는 사람들이 더 많습니다. 저보다 잘난 사람 보는 게 배가 아파서 억지를 피우는 사람들이 부지기수라는 겁니다. 그 사람들이 원수처럼 여기는 이들이 전부 도둑입니까. 나름대로 열심히 노력하고 인내한 사람들이 더 많습니다. 수혁이가 어디 나쁜 짓해서 그 자리까지 올라갔습니까. 어머니도 잘 아시지만 수혁이, 얼마나 열심히 노력하고 조심했습니까? 자기에게 아무런 이익이 없더라도 마음속으로 축하하고 교훈으로 삼아서 더 노력을 해야지 어떻게…… 설령 수혁이 부모님께 서운한 감정이 있다고 하더라도 그건 다른 문제 아닙니까."

"그래, 자네 말도 맞네. 다만 남다른 재능을 타고난 사람은 그렇게 태어나지 못한 부족한 사람에게 마음을 쓸 줄 아는 자세도 필요하다는 걸세."

이미 가경의 일은 까맣게 잊은 듯 초연한 어머니의 태도에 인하는 더욱 부끄러웠다. 그리 크지도 않은 키에 꽃대처럼 가녀린 몸매면서도 마음속 근기만은 강철보다 더 강인한, 어머니이기 이전에 여자인 그이가 다시 기둥이 되어주고 있었으니.

누구를 가르치는 것은 함부로 나설 수 없는 두려운 일이었기에 그동안 있었던 몇 차례의 제안은 모두 거절했었다. 그러나 함께 배운다는 마음가짐으로 임한다면 새로운 시각을 접하며 신선할 것 같았다.

사실 그간 몸담아 온 연구소 생활은 지극히 단조롭지만 내면적으로는 다른 어느 곳보다 긴장을 늦출 수 없는 치열한 곳이었다. 뛰어난 사람들이 모여 최신 정보를 근거로 현재를 분석하고 미래를 예측해야 했으니 저마다 다양한 시각과 논리에 따라 의견이 분분했다. 그런 가운데에 자기 생각을 납득시키고 관철해내기란 그리 쉬운 노릇이 아니었다. 더구나 미래를 예측하는 것은 꽤 오랜 시간 결론을 확인할 수도 없고, 도중에 예측하지 못한 돌발 변수가 나타나 오랜 연구 결과를 일거에 백지장으로 만들기도 했다. 어쩌면 그런 긴장이 생활에서 명확히 드러나지 않아 의식할 수 없었겠지만 가경에게 적지 않은 영향을 끼쳤으리라는 생각도 들었다.

인하는 서인희의 전화번호를 찾아놓고도 통화 단추를 누르지 못하고 망설였다. 홍교수에게 자신의 결정을 밝혀도 어차피 서인희를 통하게 될 테니 번거로운 절차는 거르는 것이 나을 것이다. 그러나 그날 일이 마음에 걸렸다. 특별한 일이 있었던 것은 아니었다. 다만 자신만의 생각인지 모르지만 서인희에게서 유혹을 느꼈다. 아니, 여자의 유혹이 마음에 걸리는 것이 아니라 그 유혹을 느낀 자신이 문제였다.

생각해보면 외로웠던 적이 거의 없었다. 비록 아버지를 일찍 여의기는 했지만 그 빈자리는 어머니의 사랑으로 충분히 메울 수 있었다. 친구들도 곁을 지켜주었다. 특히 고등학교에 들어가면서부터 대식이 그랬고 수혁이 그랬다. 지금은 효명스님이 된 현규도 있었다. 어쩌면 나이 들 때까지 사랑에 목매지 않았던 것도 미처 외로움을 느낄 틈이 없었기 때문인지 모른다. 그리고 만난 가경은 한 남자에게 이성의 사랑으로는 넘치고도 남을 여자였다. 그런데 겨우 몇 달 짧은 외로움에 명확하지도 않은 유혹을 느끼는 것은 스스로 도발한 측면도 있다는 뜻이다. 아직 가경에 대한 사랑의 감정에는 조금도 변함도 없다. 그것은 너무도 확실하고 분명했다. 그렇다면 이 이중의 감정은 무엇이란 말인가. 아니, 무엇보다 먼저 얼마나 이기적인 생각이고 나약한 꼬락서니인가 말이다. 정작 내가 사랑하는 여자는 목숨을 건 열병을 치르고 있는데, 기껏 자신은 아량을 갖고 있다고, 아니 그게 과연 아량이 되기나 한 것인지. 인하는 참담한 심정이었다.

"무슨 생각을 그렇게 해?"

운전대를 잡은 대식이 흘끔거리며 돌아보고 있었다.

"응? 아, 아니야."

"전화를 걸 거면 걸지. 왜, 내가 있어 불편해? 그럼 갓길에라도 세워주고."

"아니야, 그런 건."

"……"

평소와 달리 말수가 적어진 대식의 태도에 인하는 전화기를 도로 넣기가 망설여졌다. 마음을 다졌다. 차라리 그날 자신의 행동이 순간적인 감정과잉이었음을 스스로 확인하는 편이 나을 것 같았다. 인하는 통화 표시를 눌렀다.

"예, 인하씨. 어쩐 일이세요?"

인하씨라는 호칭이 거슬렸다. 친밀감을 과장하는 게 아니라 일부러 그러는 것이 분명했다.

"통화하시기 괜찮습니까?"

"물론이죠. 더구나 인하씨라면 언제라도요."

"고맙습니다. 다름이 아니라 학교 관계로 잠깐 뵈었으면 합니다. 홍교수님을 모시는 게 좋으시면 제가 연락을 하겠습니다."

"홍교수님 학회 세미나로 출국하셨어요."

"아, 저는 몰랐습니다. 그럼 돌아오시면 다시 연락드리겠습니다."

"아니에요. 어차피 우리 둘이서 이야기를 나눠야 해요."

"예. 그럼 언제 시간이 괜찮은지요?"

"전 당장이라도 좋아요."

"그럼 내일쯤 연락드리고 학교로 찾아뵙든지 하겠습니다."

"아니, 그러실 것 없어요······."

통화가 이어지는 동안 대식은 연신 인하를 힐끔거렸다. 얼핏얼핏 흘러나오는 소리를 들어서는 친근하게 대하는 상대와 달리 인하는 지나치게 딱딱하게 대하고 있었다.

"예, 거기서 뵙겠습니다."

인하가 전화를 끊었다.

"누군데?"

"응, K대 교수."

"목소리는 나이가 젊어 보이던데?"

"응, 우리와 비슷할 거야."

"그런데 뭘 그렇게 공손해? 아니, 사무적이야?"

"그랬어?"

건성으로 대꾸하는 인하의 태도에 고개를 갸웃하던 대식은 문득 드는 생각에 조심스럽게 물었다.

"왜? 학교에 자리잡으려고?"

"응."

"가경씨는?"

"뭐 당분간은 시작한 공부 마쳐야 하니까."

"무슨 일이 있는 거야?"

"아니야. 어머니도 그러시고, 연세도 점점 많아지시잖아."

대식은 터져 나오려는 한숨을 누르며 입을 다물었다. 우상 같은 친구들에게 왜 터무니없는 일들이 일어나는 것인지…….

23

"저희에게 말씀해주시면 전해드리겠습니다…… 예, 외부행사 중입니다. …… 전화번호는 알려드릴 수 없습니다……."

집무실을 나와 비서실 앞을 지나던 수혁은 걸음을 멈췄다. 가끔씩 있는 전화이기는 하지만 양기자의 말이 생각났던 것이다.

비서실 여직원이 난처한 얼굴을 했지만 수혁은 계속 받아보라는 시늉을 했다.

"성함을 말씀해주세요. …… 장선호씨 맞습니까? …… 그럼 전화번호를 주시면……."

수혁은 여직원의 수화기를 가로챘다.

"내가 김수혁이오."

"허, 바로 옆에 계셨구면요."

"당신 전화번호를 주시오. 내가 전화하겠소."

상대가 장선호라는 사실은 뜻밖이었다. 일고의 가치도 없는 인간이라 여겼지만 만약 양기자에게 전화한 것이 그라면 문제가 조금 달랐다. 서인희는 또 어떻게 그런 종류의 인간과 연결된 것인지.

집무실로 되돌아온 수혁은 장선호의 번호를 천천히 눌렀다.

"비서실 인간들은 어째 그 모양입니까? 덮어놓고 없다고 거짓말이나 하고."

"내게 할 말이 뭐요?"

"요즘 한국정보에서 도덕 경영을 기치로 내세운다고요? 흥, 도덕 경영은 무슨. 정말 도덕 경영을 하려면 윗물부터 깨끗해야 제대로 할 수 있는 거 아닙니까?"

"무슨 이야기를 하고 싶은 거요? 장선호씨, 당신 일은 내가 별도로 보고까지 받았는데, 조사결과나 징계결정에 문제가 있다고 생각되지는 않았소. 거기에 무슨 이의가 있는 거요?"

"그까짓 한국정보, 더 다니고 싶은 생각도 없습니다."

자신의 비위 사실에 대해서는 할 말이 없다는 뜻일 것이다.

"그럼 됐지, 무슨 일로 날 찾은 거요?"

"내가 옳았다는 소리는 나도 안 하겠습니다. 그렇지만 개인적인 감정으로 부하 직원을 뒷조사하도록 하는 건 옳은 짓입니까? 부회장님 부모님도 엄밀히 말해 한국정보 직원은 아니니까, 그것도 일종의 청탁일 테고요."

"이봐요, 장선호씨. 그게 억지고 터무니없는 소리라는 건 당신 자신이 잘 알고 있을 텐데요? 당신 비위는 내 지시가 아닌 외부의 진정에 따른 조사가 아니었소?"

"흥, 그런 정도야 초등학생들도 얼마든지 꾸며낼 수 있지요."

차라리 요구하는 게 뭐냐고, 얼마면 되겠냐고 소리치고 싶었다. 그러나 수혁은 감정을 억눌렀다.

"어쨌거나 장선호씨 당신이 몸담았던 직장이오. 조사팀이 당신을 사법기관에 고발하지 않고 내부처리로 종결한 것도 서로 체면과 명예를 고려한 때문으로 알고 있소."

"흥, 체면과 명예? 웃기는 소리 하지 마십시오. 우리 부모의 입이 겁났던 거 아닙니까?"

"뭐라고? 이봐요, 장선호씨!"

"아들 직장의 높은 분 집이라고, 궂은일 자청해가며 잘 좀 봐줬으면 하는 그 순진한 엄마의 마음을 당신 아버지라는 사람이 이용해 희롱하지 않나, 그 어머니라는 사람은 머리채를 잡아 흔들며 손바닥만치 좁은 바닥에서 다시 얼굴을 못 들게 매도를 하지 않나!"

수혁은 오물을 뒤집어 쓴 듯한 치욕스러움에 온몸이 떨려왔다. 평생의 걸림돌, 어떻게 해볼 수 없는 태생의 굴레!

"부회장님도 그 피라서 그런지 다를 거 없더군요. 그만하면 꽤 미인에 교양도 있는 부인을 두시고, 무슨……."

"이봐, 당신!"

"아, 사치가 좀 심하기는 하더군요. 그것도 사회지도층이 보여야 할 모범은 아니죠. 아드님도 난잡하기는 다를 바 없고."

수혁은 빠드득 이를 갈았다.

"장선호, 당신 그거, 협박죄에 해당한다는 거 알아!"

"흥, 대단하다는 사람들은 어찌 그리 하는 짓이 똑같은 거요? 기자라는 인간도 그 소리를 하더구먼. 자본의 도덕성 어쩌고 해서 좀 다른 줄 알았더니 똑 같이 협박 운운하기에 내 한 통속인 줄 알았지. 왜, 그 기자가 전화는 받아주라고 합디까?"

"그래서? 그래서 뭘 어떻게 하겠다는 거야!"

"오, 이제야 얘기할 마음이 생기는 모양이군요? 그래요. 난 잃을 게 없는 사람이고 부회장님은 잃을 게 많은 사람이니까, 이런 게임에서는 가진 사람이 위험하죠. 호호."

"그럼 당신 마음대로 해보시오."

"흥, 튕기신다? 아, 자존심이라는 게 있으니까? 좋습니다, 좋아요. 그 정도는 나도 이해합니다. 아무튼 일단 당신 부모가 우리 부모님께 무릎 꿇고 용서를 비는 것부터 시작합시다. 그래야 얘기가 시작되죠."

더는 들어줄 수 없었다.

"마음대로, 네 멋대로 해봐, 이 망할 자식아!"

수혁은 수화기를 내던져버리고 말았다.

서인희였다. 여자라면 서인희뿐이었고, 누구도 알아챌 수 없도록 철저하게 가려가며 나눈 밀회였다. 밀회. 참으로 더러운 단어! 온몸이 오글거리도록 치욕스럽고, 가슴을 찢어버리고 싶을 만큼 후회가 밀려들었다. 징그러운 뱀 같은 년! 욕정과 표독함으로 가득 찬 더러운 년! 음흉한 함정을 파놓고 반질거리는 웃음으로 농락을 즐기는 악마 같은 년! 그렇지 않고서는 장선호 따위가 그 비밀을 헤집을 수 없지 않은가!

수혁은 서인희의 번호를 눌렀다.

"어쩐 일이십니까, 최수혁 부회장님."

여전히 비릿한 웃음의 조롱하는 말투라니. 수혁은 깊은 심호흡으로 치미는 분노를 억눌렀다.

"이게 무슨 짓이야!"

"무슨 말씀이신지요?"

"좋소, 일단 만납시다."

"제가 왜 부회장님을 만나야 하죠? 그럴 일이 없는 것 같은데요?"

"만나!"

서인희가 잠시 대답을 미루었다. 수혁도 그대로 숨을 삭이고 있었다.

"좋아, 룸을 잡자는 건 아닐 테고, 어디서 만날까?"

"소공동 호텔 라운지로 와, 지금."

"왜 이러시나? 우리가 무슨 특별한 관계라고 호텔을 출입해? 전에는 커피숍에서 차 한잔 하는 것도 거절하지 않았나?"

"그럼 어디서 봐!"

"음…… 그래, 평창동 미술관이 좋겠네. 평일이니 관람객도 별로 없을 테고, 주변에 조용한 벤치도 있고. 혹시 부회장님 사모님을 만나더라도 우린 우연히 마주친 걸로 하면 될 테고. 난 그림 보러 온 걸로 할 테니 그쪽은 적당히 둘러댈 말이나 준비해."

아내까지 들먹이는 것으로 봐서 역시 서인희 짓인 게 분명했다.

수혁은 혹시 싶어 아내 연선에게 전화를 해보았다. 압구정동 백화점에 있었고, 청담동 뷰티숍에 들렀다가 곧장 집으로 들어갈 예정이라니 거기까지 함정을 판 것은 아니었다.

언제나 눈에 띄는 묘한 분위기를 불러일으키는 차림새였는데 오늘은 감색 투피스에 하얀 블라우스의 평범하고 단정한 옷차림이었다. 처음이었다. 수혁은 그 가증스러운 가면에 구역질까지 느끼며 서인희가 앉아 있는 벤치에 걸터앉았다.

"어쩐 일로 저 같은 사람을 다 보시자고?"

선글라스를 벗으며 뒤틀린 웃음을 보이는 서인희를 수혁은 당장 뺨이라도 한 대 후려치고 싶었다.

"뭐하자는 짓이야?"

"짓이라? 알아듣게 말해."

"장선호와 뭐하는 짓이냐고?"

"장……?"

그러나 서인희는 금방 수긍한다는 듯 어깨를 으쓱했다.

"그래서?"

"언제 무슨 사진을 찍은 거야? 처음부터 작정하지 않고서야 어떻게 그런 짓을 할 수 있어? 뭘 바라는 거야?"

서인희는 어이가 없었다. 그러나 다른 여자가 있다는 자신의 느낌이 틀리지 않았다는 것이 새삼 불쾌했고, 뭔가 일이 벌어지고 있다는 데 짜릿한 쾌감을 느꼈다.

"뭘 줄 건데?"

"설마 그 잘난 사람이 이혼을 바라지는 않을 테고? 뭐야, 돈도 아닐 테고?"

서인희는 구역질을 느꼈다. 고작 이 정도 인간이었나, 그럼에도 그처럼 독야청청 위선을 부렸나 싶었다. 하긴, 설마 하면서 던진 유혹에 기다렸다는 듯 자신을 품을 때부터 어쩔 수 없는 수놈이구나 생각은 했었다.

"이혼? 그거 좋겠네. 나도 다시 사모님 소리 한번 들어보고 싶었어. 돈? 그것도 괜찮지. 얼마나 있는데? 하긴, 이빨 빠진 우리 아버지가 가진 그마저도 잘난 수놈 형제들 탓에 전부 내 건 아니니까. 그런데 어쩌나, 난 어릴 때 그놈의 돈지랄, 웬만큼 해봐서 크게 매력은 없는데?"

같이 파멸하자는 생각은 아닐 것이다. 그러기에는 서인희 역시 지켜야 할 것이 많은 여자였다. 순간의 감정에 오기를 부리는 것이리라 수혁은 생각했다.

"그만하자. 그날 내 말이 기분 나빴다면 사과하지. 서로 품위를 지키자."

서인희는 내심 웃었다. 안달복달하는 내심을 숨기는 초라한 모양새라니.

수혁의 전화기가 울렸다. 대식이었다. 서인희는 슬며시 고개를 돌려주었다. 받지 않으면 뭔가 피하는 것처럼 보일 것이었다.

"응."

"내다. 니 바빴겠지만 글마 일 좀 생각해봤나?"

"누구? 인하?"

"그래."

"인하 일은 신경 쓰지 말라고 했잖아. 영국에 더 있기 싫어서 온 건지도 모르는데 왜 자꾸 그래? 설령 가경씨와 무슨 일이 있더라도 그건 두 사람의 사생활이야. 모르는 척해."

서인희는 귀가 번쩍 뜨였다. 재미있는 놀이판이 벌어질 것 같았다. 수혁의 헛소리는 더 들을 것도 없었다. 벤치에서 일어난 서인희는 아래쪽 미술관을 향해 걸음을 옮겼다. 수혁은 더 따라오지도 못할 것이다.

24

세상 풍설을 다 믿는 것은 아니지만 떠도는 것들 대부분 '아니 땐 굴뚝에 연기 날 리 없다'는 말처럼 전혀 근거 없는 소문만도 아니라는 것은 알았다. 서인희에 대한 소문을 듣게 된 것은, 아니 정직하게 말해 소문을 듣기 위해 K대가 설립하려는 연구소와 서인희의 관계를 몇 곳에 물어보았다. 역시 홍교수 소개였던 만큼 연구소 설립에 서인희가 그럴 만한 권한을 갖고 있다는 데는 모두 이의가 없었지만 서인희 개인에 대한 평가는 조금씩 갈렸다. 특히 '안티'라는 느낌이 들만치 반감을 보이는 쪽에서는 그녀의 난잡한 행실이 여기저기 드러나 늙은 아버지가 격노했다는 말도 했다. 그래서 지금 그녀가 쥐고 있는 권한도 조만간 잃게 될지 모르니 지나치게 가까이 하는 것은 해가 될 수 있다는 조언까지 덧붙였다.

커피숍 입구에 서인희의 모습이 보였다. 감색 투피스에 하얀 블라우스의 단정한 차림이었다. 아니, 차림보다 그녀의 걸음걸이까지 단

정하고 조신하게 보였다. 순간적이지만 풍설이 전부 근거 있는 것은
아니라는 생각과 그날 자신이 느꼈던 묘한 느낌도 오직 자신의 착
각이었을 것이라는 생각이 들었다.

"먼저 도착하셨네요. 죄송해요, 김박사님."

바뀐 호칭도 언제나 그랬던 것처럼 자연스러웠다.

"아직 시간도 되지 않았는데요. 앉으시죠."

레모네이드나 아이리시 커피를 주문할 것 같은 서인희는 녹차를
시켰고 인하는 커피를 주문했다.

"마음은 정하셨나요?"

"예, 뭐, 저는 연구소보다는 학생들과 함께 생활하고 싶습니다."

"아쉽습니다. 저는 김박사님을 모시고 우리 연구소도 영국의 연구
소 못지않게 만들고 싶었는데요."

"그거야 저말고도 얼마든지 많은 분들이 계신걸요."

"지나친 겸손은 결례입니다, 김박사님."

"무슨, 아닙니다."

"그럼 이렇게 하시죠. 기왕 결심하신 거니 저희 학교에서 강의를
해주시죠."

"그게 당장 가능하겠습니까?"

"이번 학기는 어차피 얼마 남지 않았습니다만, 다음 학기부터는
가능할 겁니다. 다만 대우가 문제인데, 학부를 원하시는 겁니까?"

"뭐 학부건 대학원이건 상관없습니다."

서인희는 잠깐 생각하는 듯하더니 이내 말을 이었다.

"대학원이라면 우선 부교수로 모시는 방법을 강구해보겠습니다. 대신 연구소 일에도 관여를 좀 해주시고요."

"연구소에 관심이 많으신 모양입니다?"

"예, 전 이제 강의보다는 연구소 일에 전념하고 싶습니다. 꼭 정치는 아닙니다만 통일 문제의 실무적인 일에도 관여해보고 싶고요."

섣불리 드러내지 않을 속을 드러내 보이고 있었다. 그러나 야심이라기보다는 순수한 열망같이 느껴졌다. 인하는 어느새 긴장을 풀고 있었다.

"나쁘지 않은 생각입니다."

"김박사님은 어떠세요? 그만한 경력이면 정부에서도 환영할 텐데요?"

"천만에요. 전 그쪽에는 애초에 관심이 없었습니다. 학생들과 함께 공부나 계속할 계획입니다."

"호호, 그렇지 않아도 홍교수님께 특별하시다는 말씀 들었습니다. 박사학위 취득하고 곧바로 교수님과 함께할 수 있는 기회도 칼처럼 거절하셨다고요."

"능력이 부족한 걸 제 자신이 잘 알았으니까요."

"정말 특별하십니다. 우리 학생들이 복이 있네요. 김박사님 같은 분을 모실 수 있게 됐으니."

역시 소문은 소문일 뿐이구나 싶었다.

"커피가 다 식은 것 같네요."

"아니, 괜찮습니……."

인하 앞에 놓인 찻잔을 살피려는 그녀의 손과 사양하려는 인하의 손가락이 잠시 스쳤다. 인하는 움찔하며 황급히 손을 물렸지만 서인희는 그 기색을 눈치도 채지 못한 듯 덤덤했다. 인하는 자신의 과도한 긴장이 부끄럽기까지 했다.

"이봐요, 한서주씨……."

자정이 넘었고 전화기로도 술 냄새가 풍길 것처럼 몹시 취한 말투였다.

"어쩐 일이에요, 이 시간에?"

"잤어? 잤구면."

"그럼요. 몇 신지나 아세요?"

"그게 무슨 상관이야. 우리 커피 마시자, 길거리에서."

"그만 들어가세요. 가회동은커녕 오 분도 못 있어 잠드실 거 같네요."

"오 분이면 네가 나올 수 있잖아."

"뭐요? 어디에요?"

"여기, 카페 테라스."

"가회동요!"

서주는 비로소 벌떡 잠자리에서 일어났다.

"벌써 문을 닫았어, 빌어먹을! 그렇지만 의자하고 테이블은 있어. 아! 길 건너에 자판기도 있네, 하하하!"

"금방 나갈게요."

잠옷을 갈아입을 시간도 없었다. 정말 잠이라도 들면 낭패였다. 서주는 잠옷 위에 손에 잡히는 대로 카디건 하나만 걸치고 바쁘게 방을 나섰다.

불 꺼진 카페 앞 목제 테라스에는 파라솔도 접힌 철제탁자와 의자 두 개가 놓여 있었고, 야외수영장에나 어울릴 하얀색 플라스틱 의자 위에 수혁은 구겨진 종이상자처럼 쪼그려 앉아 있었다.

"무슨 술을 이렇게 드셨어요? 자동차는 또 어떡하고요? 집에 가셔야죠. 집이 어디예요?"

당황한 서주는 금방이라도 쓰러질 듯 위태로운 수혁을 어떻게 할지 몰라 허둥거렸다. 그러나 수혁은 팔을 들어 길 건너편을 가리켰다.

"커피……."

서주는 달랑 열쇠 하나만 들고 나온 터였다.

"어떡해요, 나 빈 손인데."

"여기……."

수혁은 주머니 속 장지갑을 꺼내 내밀었다. 동전이 들어있을 리 만무했다. 할 수 없이 곁으로 다가가 주머니 속을 뒤졌지만 동전이나 천 원짜리 지폐 같은 것은 없었다.

"잠깐 기다려요."

서주는 다시 집으로 뛰어갔다.

"자, 커피!"

"응, 그래, 커피."

수혁은 거물거리는 눈동자에 헤벌쭉 늘어지는 웃음까지 지으며 종이컵에 든 커피를 받아 홀짝거렸다.

"취하셨으면 집으로 가시지, 차하고 운전하는 이는 어디 있어요?"

"우리 조대리? 홍, 보냈지, 진즉에."

"그럼 차는요? 대리운전 불러드릴게요."

"없어. 오늘은 차도 일찍 보내버렸어!"

"집은 어디에요? 그런데 이 밤중에 여긴 왜 오셨어요? 황궁, 친구 집에서 드셨어요?"

"뭐, 황궁? 아, 대식이! 흐흐, 아니야. 나 여기서, 여기 길거리에서, 이렇게 커피 마시고 싶어서 왔지."

그 마음을 모르지 않았다. 그만한 위치에 있는 사람은 길거리 커피숍에 앉아 차 한 잔 나눌 자유도 없으리라. 더구나 그 앞자리 사람이 이성이라면 보는 이의 마음에 따라서는 수많은 상상이 가능하고, 완전히 다른 이야기로 각색된 풍문이 될 수도 있었다.

"그렇게 여기서 커피가 드시고 싶었어요?"

"응, 햇빛 아래에서 느긋하게. 후후, 밝은 전등 아래도 좋고."

"여기보다 더 예쁜 데도 많고, 근사한 곳도 많이 다니잖아요."

"서주, 한서주……."

울음이라도 터트릴 듯 처연한 목소리에 서주는 가만히 입을 다물었다.

"그래, 여기보다 비싸고 근사하다는 곳 많이 다녔지. 그렇지만 이런 사람이 어울리는 곳은 한번도 다녀보지 못했어. 나는 사람들 속에서 사는 게 아니라, 계산기, 마네킹, 허울, 체면…… 그런 것들하고만 살아. 그게 얼마나 답답하고, 역하고…… 거지같은 기분인 줄 알아?"

"……."

"내가 어렸을 적에 말이야, 가슴이 답답하고, 그 어린 나이에도 죽어버리고 싶다는 생각이 들 때 뭘 했는지 알아? …… 난 비가 내리기를 기다렸어. 그러다가 비가 내리면, 흐흐, 미친놈처럼 빗속을 뛰고 걷고 했어. 펑펑 쏟아지는 눈물이, 장대 같은 빗줄기와 뒤섞이면, 소리만 삼키면 됐거든…… 그렇게 죽도록 뛰다 아무도 없는 곳에 털퍼덕 주저앉으면, 누군가가 참 그리웠어. 그런데 빌어먹을! 누군가 그립기는 한데 그리운 사람이 없는 거야. 흐흐…… 그래서 참 오랫동안 꿈을 꿨지. 나중에, 커서, 어른이 되면…… 이렇게 비가 많이 쏟아지는 날, 불쑥 집 앞에 찾아가 나 목말라 하면, 따뜻한 차를 사줄 사람을 만들어야지, 꼭! 눈이 내려 무진장 추운 날에 무작정 전화 걸어 나 추워! 하면 아무리 먼 길이라도 단박에 달려와 따뜻한 커피를 사줄 사람을 가져야지, 꼭! …… 그런데, 없어, 씨……."

"제가 사드렸잖아요."

"누구? 서주가?"

수혁은 손에 든 종이컵을 들여다보며 맥없이 실실 웃었다.

"그러네, 커피네. 그런데, 그런데 임마! 비가, 비가 안 오잖아! 흐흐……."

울음소린지 웃음소리인지 모를 기이한 소리를 수혁은 눈물도 없이 한참 토해냈다.

"무슨 안 좋은 일 있었어요?"

"안 좋은? 흐흐, 내게 그런 일이 뭐 있겠어. 그런 거 없어. 그런데 추워……."

풀어헤친 넥타이, 두 개나 열린 와이셔츠 단추. 무엇보다 그의 마음이 열려버린 것 같았다.

"그만 일어나세요. 택시 잡아드릴게요. 택시 타시면 집에 전화해서 기사 바꿔드리세요. 그럼 잠드셔도 괜찮을 거예요."

"집? 응, 가야지. 그런데 나 너무 춥다. 한번, 한번, 안아주라……."

종이상자처럼 구겨진 남자가 너무도 처연했다. 여자는 의자에서 일어나 맞은편 남자의 등 뒤로 다가가 가만히 껴안았다. 별빛이 너무 많았다. 비가 내리기는 틀린 날이었다.

"흥, 드디어 걸렸군. 잠옷 차림의 여자와 술 취한 남자라……"

장선호는 파인더 속 그림을 향해 연신 셔터를 눌렀다.

25

대식은 장선호를 찾기 위해 동분서주했지만 행적이 묘연했다. 한국 정보에서 비위로 해임된 뒤 아직 아이가 없던 그는 처의 이혼 요구를 받아들여야 했고 가깝던 몇몇 친구들과도 연락을 끊은 모양이었다. 그럴 수 있었다. 특별히 가진 것 없는 집안에서 태어나 머리 하나로 직장을 얻어 생활하던 사람에게 직장을 잃어버린다는 것은 곧바로 삶의 터전을 잃어버리는 것이 되기도 한다. 더구나 비위 전력이 있으니 그간 쌓아온 사람 관계는 물거품이 되었을 것이고, 친구도 그 이름이 무색하게 먼저 다가갈 수 없게 되었을 것이다. 그것은 스스로 부끄러워서이기도 하겠지만 이미 친구라는 존재가 그저 일상에서 자주 만나는 정도의 관계였지 그의 흠과 상처까지 보듬어 안아줄 만큼은 아닌 세상이기 때문이다.

우정이라는 말이 귀에 설게 된 것이 언제부터인가. 굳이 우정이라는 단어를 쓰지 않고 친구라는 말로 포괄하여 얼버무리는 세상이 되었다. 그러나 우정이라는 단어가 이제는 무협지에서나 찾아볼 수 있을 것 같은 순진하고 치기어린 느낌이라면 친구라는 이름은 이해타산 앞에서는 무기력해지는 관계가 되어 있었다. 장선호 또한 그런 인간관계 속에서 살아왔던 듯하다.

한편 생각하면 가엾지 않은 것은 아니었다. 살아가야 할 날은 많은데 희망은커녕 꾸는 꿈마다 악몽이 되어 있을 터이니. 그렇지만 아무리 가여운 점이 있다 하더라도 공연한 억지와 그악스러움으로 내 친구에게 해를 끼치려 한다면 그것은 묵과할 수 없는 일이었다.

"넌 요즘 가게도 자주 비우고 무슨 일을 하고 다니는 거야?"

일부러 황궁을 찾은 인하는 걱정스러운 얼굴로 대식에게 물었다. 며칠 동안 전화도 없었고 가게 앞을 지나칠 때 대식의 자동차도 보이지 않았기 때문이다.

"장선호 그놈의 자식을 찾으려고 하는데 오리무중이다."

"장선호는 찾아서 뭐하게?"

"수혁이한테 해코지 못하게 막아야지."

"수혁이가 해코지 당할 일이 뭐 있겠어."

"그래도 워낙 이상한 세상이잖아. 남 잘되는 거 어떻게든 흠집 내고 끌어내리고 싶어 안달인데, 누가 그럴 듯한 먹이 하나만 던져 봐라. 진실이 뭐든 신이 나서 물어뜯어 걸레를 만들어 놓을 거다. 나는 수혁이 그렇게 되는 꼴, 눈 뜨고는 못 본다."

"생각은 알겠는데 찾아서 뭘 어떻게 하려고?"

"결국은 고향 후배인데, 알아보니까 가여운 구석도 있더라. 어머니가 절박한 처지라던 그 말씀이 맞아. 그러니 잘 달래서 사람 만들어야지. 뭣하면 고향에서 조그만 장사라도 할 밑천이라도 내줄 생각이다."

"네가?"

"그래야지, 수혁이가 그 자존심에 내 생각 받아들이겠어? 당장 내가 굶어죽는 것도 아닌데, 살다가 영 형편 어려워지면 그때 수혁이한테 돈 좀 달라고 하지 뭐."

대견하고 고마웠다.

"얼마나 줄려고 생각하는지는 몰라도 나한테도 조금 여유는 있으니까 말해."

"그 정도는 나 혼자서도 할 수 있어. 혹시 알아? 내가 어려워서 돈 좀 달라고 하는데 수혁이 없다고 할지?"

"그럴 리도 없지만 그러니까 나도 보탤게."

"너하고 나는 다르지. 나는 수혁이가 그러면 죽는 소리로 빌려달라고 한 다음에 입 싹 닦을 거다. 그런데 넌 품위 유지상 그게 안 되잖아, 하하하."

든든했다. 아무리 상처가 생겨도 덧나지 않고 아물 수 있을 것 같은 기분에 인하는 오랜만에 마음 편히 웃었다.

신혼 초 몇 번 그처럼 술에 절어 들어온 적이 있기는 했지만 난폭하지는 않았다. 그런데 어제 새벽 남편 수혁이 자신을 뿌리치는 손길과 외면하는 눈길은 거칠고 과격했다. 까닭을 알 수 없었다. 게

다가 오늘은 집에 들어오는 길로 다짜고짜 돈 씀씀이까지 탓했다. 연선은 참으로 어이없고 서러웠다.

한바탕 태풍처럼 자기 속을 쏟아놓은 남편은 이제 거실로 동철을 불러내 마주앉아 있었다.

"넌 클럽을 다니며 무슨 짓을 하는 거야?"

"그냥 친구들과 어울려 노는 정도지 별다른 건……."

전에 없던 일이어서인지 동철은 벌써 주눅 든 기색이었다.

"여자들은?"

"가끔 함께할 때도 있지만 다들 알 만한 집안 아이들이라서……."

"난잡한 짓을 하는 상대도 그런 애들이야?"

"아버지, 난잡한 건……."

"잘못은 용서해도 거짓말은 용서 못해!"

동철은 고개를 숙였다. 아버지가 저렇게 이야기하는 것이라면 이미 알아볼 것은 알아봤다는 얘기다. 빠져나갈 구멍이 없었다.

"난 너희가 나보다 더 반듯한 인생을 살아주길 원했다. 더 이상 그 무엇도 바라지 않았어. 그런데 벌써 그 모양으로 싸구려 짓을 해!"

"아버지, 전 그래도 제 할 일은 다 했는데 싸구려라고 말씀하시는 건 너무……."

공부와 성적을 말하는 것이었다. 수혁은 이것이 한계인가 싶어 실망스러웠다.

"네가 어떤 대학을 다니고, 아무리 뛰어난 성과를 얻는다고 해도 그것은 네 몫이고 네 인생일 뿐이야! 네가 살아갈 길을 만드는 걸로 자식의 의무를 다했다고 생각하지 마. 결국 넌 나를 딛고 네 길을 만들어가는 것이니까. 그렇다고 내가 너희에게 다른 무엇을 바라는 건 아니야. 난 너희를 자유롭게 놓아줄 거야. 한 순간이라도 부모라는 이름으로 너희에게 부담을 지우거나 걸림돌이 되지는 않아. 그렇기에 너희는 내게 지켜야 할 최소한의 의무는 다해야 돼."

차가웠다. 어떤 일에서든 철저하고 냉정한 분이라는 것은 알았지만 자식에 대한 마음까지 저처럼 서늘할 줄은 몰랐다. 그래도 동철은 그리 놀랍지는 않았다. 이미 각오하고 단련되어 온 터였다. 그렇지만 마음 한구석 서러운 생각이 영 없는 것은 아니었다.

"너희가 내게 지켜줘야 할 의무는 내가 내 삶을 욕되게 느끼게 하지 말라는 거다. 너희에게 미안한 일이지만 너희에게도 한계가 있다. 그것은 돈이나 명성, 지위 같은 걸로 뛰어넘을 수 있는 게 아니야. 전통이라고 하면 쉽게 알아들을 수 있을지 모르겠다. 전통까지 쌓아서 너희에게 주었으면 좋았겠지만 그것은 내가 타고나지 못한 것이기에 어쩔 수 없었다. 전통은 하루아침에 이룰 수 있는 것이 아니라 오랜 시간 동안에 쌓아야 가능한 것이니까. 내가 너희에게 기회를 만들어 준 것은 스스로 그것을 쌓아가라는 것이었다. 너희 의무는 그것을 쌓고 이어가는 것이야. 그러려면 천박한 욕망 따위는 버려야 한다. 일등에 기뻐 날뛰며 만족하고, 일등만 좇는 것 또한 마찬가지다. 하루아침에 남을 배려하고 베푸는 품성을 갖는 것이 쉽지는 않지. 솔직히 나도 그 부분은 형식만 갖출 뿐 진심으로 기쁨이나 만족을 느끼지는 못한다. 너희가 나를 뛰어넘어야 할 부분이 바로 그런 것이야. 다시 내 귀에 난잡한 행동 따위 이야기가 들려오면 용서하지 않겠다. 너희는 퇴보하기에는 너무 많은 것을 누렸으니까."

마주 앉아 듣고 있는 동철보다도 뒤에서 듣는 연선이 오싹 소름이 끼칠 정도였다. 그것은 동철에 대한 경고만이 아니라 자신에 대한 경고이기도 했다. 당분간 화랑을 비롯한 외출을 자제하라는 느닷없는 요구 밑바닥에는 자신의 행동을 천박하게 여기고 있었다는 뜻이 아닌가. 동철을 대하는 태도나 말투도 아버지가 자식에게 충고하는 게 아니라 타인을 상대로 거래하는 것 같았다. 언제나 메마르고 냉랭하던 태도는 타고난 성품에서 비롯한 어쩔 수 없는 것이 아니라 처자식을 비웃고 포기한 데서 나온 것이었나 보다. 연선은 설움이 아니라 분노의 눈물을 흘렸다.

심란했다. 그저 그럴 수 있으려니 했다. 동정이든 연민이든 결국 자기만족이니 남자는 위로라는 느낌을 얻을 수도 있을 것이라고 생각했다. 살면서 누군가에게 그런 위로의 대상이 되어주는 것쯤이야 상처나 미련이 남을 것도 아니니 굳이 꺼릴 것도 없었다. 물론 그가 남자라는 사실은 의식하지 않을 수 없었다. 하지만 남자가 될 수 없는 현실 또한 명확했으니 오히려 편한 마음이었다. 스치는 바람처럼 문득 찾아와 선선한 기운으로 이마의 땀방울이나 식혀주고 여운도 없이 사라져가는 정체 없는 그것은 어느새 자신에게도 여유가 되어주고 있었다. 그런데 그가 위험해 보였다.

서주는 등 뒤에서 껴안았을 때 그 어깨의 서늘함이 놀라웠다. 당당하고 화려하고 눈이 부실 것 같은 남자의 정면正面 뒤에 그런 지치고 위축되고 외로움에 찌든 모습이 있을 줄이야. 정말이지 순간 장대 같은 비라도 내려주었으면 하고 간절히 바랐었다. 남자에게 눈물이 필요할 줄이야. 마치 잔뜩 찌푸린 채 천둥과 번개만 쿵쿵거리고 번쩍거릴 뿐 도무지 빗방울은 쏟아내지 못하는 검고 메마른 하늘 같았다. 가여웠다.

하릴없이 방황하는 걸음처럼 불쑥 상암동 하늘공원에 나타나던 그날, 어색함에 종내 쭈뼛거리면서도 좁은 방안에 끼어 앉아 콧등에 땀방울이 송골송골 맺히는 것도 모른 채 국물을 후루룩거리던 그 시간, 언덕배기 작은 쉼터에서 멋쩍은 얼굴로 컵라면을 깨끗이 비우던 그때도 남자는 몹시 외로웠을 것 같았다. 그러나 그때까지만 해도 남자는 자신을 온전히 지켜내고 있었다. 무너질 산은 아니었기에 염두에 두지도 않았었다. 하지만 한순간에 산이 아니라 모래성이 되어버린 남자였다.

지켜주고 싶었다. 보호해주고 싶었다. 아주 위험한 감정임을 모르지 않으면서도 자꾸 마음이 쓰이고 흔들렸다. 한 자락 두려운 것은 잠시 머무는 바람임을 알면서도 태풍처럼 아주 쓸려가 버리기 바라는 자신도 모르는 마음이었다.

26

학교재단에 대한 그녀 아버지의 기여와 영향력이 적지 않다더니 서인희는 불과 며칠 만에 인하의 임용에 필요한 절차와 몇몇 관계자와 인사를 나누기 위한 자리를 만들었다는 연락을 해왔다. 지나치게 빠른 진행과 호의가 부담스럽기는 했지만 기왕 시작된 일이니 그녀의 걸음에 발을 맞출 수밖에 없었다.

빨간색 쉬폰 원피스의 고혹적 화려함이 본래 모습인가 싶더니 하얀 블라우스에 감색 투피스의 단정함으로 안정감을 주었던 서인희는 오늘 또 다른 모습으로 변신해 있었다. 온몸을 꽉 조이는, 중국인의 치파오처럼 허벅지 아래까지 한쪽 솔기가 터진 검은 원피스에 스타킹을 신지 않은 하얀 살결의 맨다리. 미처 화장기를 느끼지 못할 만큼 싱그러운 피부의 얼굴에 핏빛의 진한 립스틱만이 도드라지는. 둘러앉은 사내들은 그녀가 자리에서 일어설 때마다 또렷하게 드러나는 군살 하나 없는 몸매의 윤곽과 미끈한 다리를 경쟁이라도 하듯 곁눈질로 힐끔거리기에 바빴다.

서두르지 않아도 되는 수인사와 필요한 서류들, 인하의 연구 성과에 대한 입에 발린 경탄, 아니 그마저도 서인희의 선창에 후렴처럼 토해내는 의례적인 자리가 왜 마련된 것인지 의아했다. 그래도 저녁 자리의 술잔은 바쁘게 돌았고, 제법 취한 기색의 서인희가 자리를 옮기자고 제안하자 모두가 경배하는 여신의 교시를 따르듯 환호와 박수로 추종했다. 인하는 이미 그 제의의 제물이 된 듯 옴짝달싹할 수 없이 무리 속에 갇힌 처지였다.

지하 레스토랑에서 올라와 호텔 로비를 가로질러 다른 편 지하의 팝으로 향하는 동안에도 이미 황홀경에 도취된 사내들은 도무지 주변은 의식하지 않은 채 달아오른 열기를 토해내기에 바빴다. 인하는 문득 주위의 따가운 시선을 느꼈지만 여신과 교도들은 그런 것은 개의치 않는 것인지 미처 의식하지 못하는 것인지 자신들의 예배에만 열중했다.

다시 맥주잔이 돌기 시작하고, 무대 위 필리핀 가수가 유창한 한국말로 한국 노래를 구성지게 열창할 때쯤 탁자 한쪽 구석에 양주병이 보였다. 하나도 변한 것이 없었다. 게걸스럽게 먹어대고, 죽기살기로 마셔대고, 여신에 대한 충성과 아부는 경쟁하듯 목청 높게 이어지고…… 그렇지만 내일 아침이면 벌써 여신은커녕 미친년, 천한 년, 색기 흘리는 년 따위로 제 껄떡거리던 욕망의 아쉬움을 위로할 게 뻔했다. 차라리 학문이니 선생이니 하는 이름이나 들먹이지 말 것이지, 그래도 번쩍 정신이 들어오는 순간에는 잊지 않고 인하를 향해 알아듣지도 못할 소리를 지껄이며 여신의 눈치를 살피는 체면까지 차렸다. 치미는 욕지기가 목구멍에 이를 때쯤 인하는 화장실로 향했다.

밝은 조명 아래 하얀 대리석으로 꾸민 화장실 밖 복도 벽에 서인희는 취한 듯 등을 기댄 채 망연히 서 있었다. 하얀 대리석 벽과 까만 원피스, 단정하게 틀어 올렸던 검은 머리카락은 풀어헤친 채.

발걸음 소리에 고개를 돌린 서인희는 별로 놀라는 기색도 없이 마주서며 풀어헤쳐진 머리카락을 가볍게 말아 올리고 핀을 꽂았다. 치켜 올리는 양팔을 따라 딱 달라붙은 스커트 자락도 허벅지를 드러내는 순간 인하는 고개를 돌렸다.

"괜찮아요?"

"예, 전……."

다시 고개를 돌린 인하는 눈길을 내린 채 대답했다.

"지루하죠, 저 인간들?"

조롱기 묻은 말투에 고개를 들지 않을 수 없었다.

"예……?"

팔짱을 끼고 한쪽 어깨를 벽에 기댄 서인희는 도발을 감추지 않겠다는 눈빛이었다.

"저런 거지같은 인간들을 내가 어떻게 믿어요?"

다가온 서인희는 가슴골이 드러나도록 파진 원피스 가슴 속으로 손을 넣어 무엇인가를 꺼내더니 인하의 손에 쥐어줬다.

"나 취하면 데려다줘요."

238

서인희는 인하의 어깨를 스치며 팝을 향해 걸음을 옮겼다. 인하의 손에 쥐어진 것은 방 번호가 선명한 호텔 키였다. 화들짝 놀란 인하가 고개를 돌리는 순간 서인희도 걸음을 멈추고 등을 돌렸다.

"최수혁씨와 친구신가요?"

"예?"

"호호, 우리 재미있는 인연이에요."

"그게 무슨?"

"나 한국정보 사외이사에요."

"아……."

무슨 뜻인지도 모를 소리에 건성 고개를 끄덕이는데 등을 돌린 서인희는 팝으로 들어가버렸다.

이건 아니었다. 모욕감마저 느낄 수 없는 황당하고 어설픈 유혹이라니! 인하는 대리석 바닥 위로 호텔 키를 있는 힘껏 내던져버렸다.

빠른 템포의 음악이 귓전을 자극했다. 여신이 그 장엄한 성가를 흘려들을 수는 없었다. 자리로 향하던 여신의 걸음이 무대를 향해 방향을 바꾸자 강림을 기다리던 넋 나간 신도들은 벌써 경배의 환호와 박수를 보내기 시작했다. 때맞춰 바뀌는 현란한 조명, 도드라지는 타악기의 빠르고 요란한 울림, 휘파람 소리…… 박자를 따라 몸을 흔들고 비틀고 꼬는 여신의 머릿속에 최수혁과 김인하의 얼굴이 겹쳤다. 처음 본 순간부터 사랑해보고 싶은 남자였지만 이제는 복수를 위해, 아니 오직 최수혁을 엿 먹이기 위해! 하룻밤을 고스란히 희롱으로 지새워 볼 요량이었다. 서인희는 생각만으로도 뜨거워지는 몸뚱이의 열기에 어느새 숨까지 헐떡이기 시작했다.

　전화를 받은 대식은 쏜살처럼 달려 나갔다. 마침내 장선호의 거처
가 파악된 것이다. 아무리 도시가 넓고 미로는 복잡해도 뛰어야 벼
룩이었다. 혼자서는 살아갈 수 없는 것이 인간사의 법칙. 터전을 잃
어버린 놈은 제가 나온 자궁에 기댈 수밖에 없는 법. 장선호의 동창
하나가 연락을 준 것이었다.

　놈은 기껏 변두리 싸구려 여관방에 몸뚱이를 의탁하고 있었다.
대식은 다짜고짜 방문을 걷어차고 쳐들어갔다.

　"누, 누구신데!"

　미처 고함소리도 마무리하지 못한 채 장선호는 하얗게 질려 두
손부터 내저었다.

　"니 내가 누군줄 아나?"

　고개를 가로젓는 장선호의 낯빛이 사색이었다.

　"내 수혁이, 최수혁 부회장 친구다!"

　"아, 예, 무슨?"

　"니 대한루大韓樓라고 중국집 아나? 자장면집."

　"예? 아, 예……."

　"내 그 집 아들 대식이다. 황대식이."

　악명까지는 아니어도, 새카만 후배들에게까지 장대한 덩치에 메
가톤급 주먹과 의리가 전설로 전해지는 신神급 선배였다. 사시나무
떨 듯 사지를 후들거리는 녀석의 꼬락서니에 대식은 마음을 누그러

트렸다.

"오늘은 내 니 안 패고 싶다. 소주나 한잔 할라카이 존 말 할 때 조용히 따라 오이라."

"예, 예……."

그래, 어차피 나도 살아야 한다. 게다가 생각 같아서는 단매에 요절을 내도 시원치 않겠지만 마누라, 자식새끼 다 팽개치고 뒤늦게 여태껏 한번도 안 가본 교도소 구경을 가기에는 장선호, 네가 너무 값싸다. 태생이 말보다 주먹이 빠른지라 점잖은 말재주는 없어도 너 하나 정도는 윽박질러서라도 두 손 들게 할 자신이 있다. 터벅터벅 내딛는 대식의 걸음 뒤로 장선호는 숨마저 죽인 채 잘도 따라오고 있었다.

삼겹살이 자글자글 익기 시작하자 대식은 맥주잔을 들어 장선호에게 건네고 소주를 가득 채웠다.

"마셔!"

주눅 든 녀석은 대꾸도 못한 채 겁에 질린 얼굴로 단숨에 잔을 비웠다.

"다 익었다, 먹어."

"아니, 저는……."

"이눔의 시키가 선배가 무라 카면 처물 일이지!"

대답 대신 장선호는 삼겹살을 집어 식히지도 않은 채 입에 넣고 꿀꺽 삼켜버린다. 대식은 비어져 나오려는 웃음을 참았다.

"니 술 잘 묵나?"

"아닙니다, 그냥 조금."

장선호에게는 소주잔을 건넨 대식은 소주로 채운 제 맥주잔을 들어 잔을 부딪치고 단숨에 비워냈다.

"묵고 살기 힘드나?"

"예에……."

"그란다고 선배에게 몹쓸 마음 처무면 뒈진다."

"그게 아니고 우리 엄마가……."

"이눔의 시키가, 다 커가 무신 어매 핑계고!"

입은 다물었지만 표정은 떨떠름했다. 아무래도 윽박지르기만 해서 될 일은 아닐 것 같았다.

"좋다, 그것도 아주 무시하지는 않컀다. 하지만 임마, 그건 부모들 일이다. 니도 영 모르지는 않을 기다. 수혁이도 그 부모 때문에 마음 고생 적지 않았던 거. 자식이 우째 할 수 없는 거, 그기 업보라 카는 기다. 니가 밥 묵고 살면서 덕을 쌓아라. 그래야 다음 생에는 꼬라지가 좀 풀릴 거 아이가. 그라고 내 듣자카이 니 놈이 회사 댕기면서 못된 짓 했다 카대. 명색 부회장이 쪽팔리게 니 같은 놈 뒷조사 시키겠나? 엉뚱한 수작부리지 말고 이제부터라도 단디 살 생각해라. 괜시리 니 명 짧아지고, 애먼 내 같은 놈 감옥 구경하는 꼬라지 난다. 알겠나?"

"예에……."

대답이야 하겠지만 대책 없는 위협으로는 잠시 덮어두는 꼴에 불과할 것이었다.

"니 그 나이에 취직은 어려울 기다. 까놓고 말해가 니같이 분탕친 놈 받아줄 데는 더 없고. 뭘 해서 묵고 살기고?"

"……."

"자슥아, 뭘 하고 싶나 말이다? 생각이 있어야 도와줘도 도와줄 거 아이가!"

장선호는 그제야 눈을 동그랗게 떴다.

"개나 소나 하는 겉만 번지르르한 사업 말고, 실제 묵고살 수 있는 장사 계획 세워봐라. 주딩이 말고, 몸뚱이 움직이고 땀 흘리는 걸로 말이다. 내 도와주마."

"……?"

믿기지 않는다는 눈치였다.

"수혁이는 모르는 일이다. 주딩이 나불대면 국물도 없이 뼈만 추린다."

"예, 고맙습니다."

"니 수혁이 괴롭히는데 뭐 물적 증거 그딴 거 있나?"

"어, 없습니다."

"알았다. 니가 그캐도 뭔가 있겠제. 오늘 밤에 당장 불 싸질러라. 내일이라도 장사 계획 서면 날 찾아오고."

"예……."

"마시자. 내 니놈 인간되면 동생으로 여겨준다."

"고맙습니다, 형님."

술잔은 돌고 밤은 깊어가고 있었다.

27

약속만 지켜준다면 그쯤으로 물러날 수 있었다. 약속을 지킬 사람으로 보이기도 했다.

악에 바쳤다기보다는 살아갈 길이 막막했다. 없는 놈은 한번 쓰러지면 다시 일어설 수 없는 세상이 아닌가. 희망이 없자 가장 먼저 돌아선 것은 아내였다. 미처 통장에 돈이 떨어지기도 전이었다. 물론 통장 잔고보다 빚이 많기는 했지만 그래도 전세금마저 위자료라는 명목으로 챙겨 그렇게 돌아설 줄은 몰랐다. 살을 섞으며 하룻밤에도 열댓 번을 속삭이던 사랑도 그 모양인데 하물며 사람끼리 정이니 의리니 하는 따위야……

모르지는 않는다. 영원히 발각되지 않으리라 자신하며 방심한 것이 착각이고 실수였지만 자신이 행한 비위가 얼마나 계획적이고 치밀했는지. 그런 전력을 알고서도 일자리를 내줄 곳이 없다는 것은 당연했다. 뒤늦게 후회했지만 당시로는 너무도 절박했다. 한번 제대로 살아보자는 욕심으로 빚까지 끌어들여 여기저기 투자랍시고 한 것이 원인이었다. 아무렇거나 하루아침에 친구들마저 그렇게 슬금 슬금 피할 줄은 몰랐다. 제 놈들에게 신세진 것은 없었다. 아니, 만나서 대부분 자신이 지갑을 열 때에는 해가 지기도 전에 전화가 이어졌고, 친구와 의리를 술잔 숫자만큼은 외쳤을 것이다. 친구? 웃기는 이야기다!

어쨌거나 죽을 수는 없었다. 그렇다고 노숙자가 될 수도 없잖은가. 구슬땀 쏟아지는 공사판, 기름때 묻히는 공장. 생각해보지 않은 것은 아니었다. 하지만 그렇게 해서 언제 빚쟁이의 독촉을 면할 수 있으며, 그래도 대학을 졸업하고 대기업 사원으로 자리를 잡았다고 기세등등하던 부모 얼굴을 어떻게 보겠는가. 때맞춰 비위가 발각되기 직전 엄마가 머리채를 잡히는 소동이 일어났다. 일단 문제의 발단을 그쪽으로 돌려 핑계 삼는 것으로 당장의 수치를 얼버무리려 했다. 정말이다, 그것으로 돌아올 비난이 흐지부지해지기만을 바랐다. 그런데 기대가 컸던 부모 입에서 원망이 끊어지지 않는 사이 문득 살아갈 터전을 마련할 길이 떠올랐다. 못된 짓이기는 하지만 딱 한번만 더 양심을 속이고 눈을 감자. 그러면 눈을 떠서 감을 때까지 종일토록 원망과 넋두리를 입에서 떼지 않는 그 부모 곁에서 죽은 듯 농사지으며 살아가야 하는 최악은 면할 수 있을 테니.

작정하고 준비에 들어가니 어느새 그리 양심에 가책 받을 것도 없다는 생각이 들었다. 자고나면 순례하듯 이곳저곳 쏘다니며 물 쓰듯 돈 쓰는 것으로 낙을 삼는 마누라, 공부는 제법 하는 모양이나 제 손으로 돈 한 푼 벌어보지 않은 아들놈은 끼리끼리 몰려 돌아치며 벌써 모텔도 아닌 호텔을 들락거리는 시건방. 뭐 특별히 대단한 것이라도 있는 줄 알았더니 기껏 돈이 좀 많다는 것뿐, 먹고 싸는 건 마찬가지였다. 귀하고 천한 것이 기껏 가진 돈 차이라면…… 그래, 겨우 그거라면 그놈의 돈을 주체하지 못하는 인간들에게서 목숨이 왔다 갔다 하는 절박한 인간이 최후의 발악으로 얼마쯤 뜯어낸들…… 게다가 온통 원칙과 신뢰로만 가득 차 있는 듯 근엄하기 이를 데 없던 남자에게도 여자가 있지 않던가. 다만 무슨 희롱을 하자고 그렇게 뜸을 들이는 건지, 여태껏 건진 것이라고는 한밤중에 술이 떡이 되어 뜨거운 포옹을 받는 사진 몇 장뿐이기는 했지만 그래도 돈을 우려내는 데는 별 문제 없으리라 생각했다.

하지만 이제는 남아 있던 양심 한 조각을 지킬 수 있게 된 셈이었다. 사실 그 정도 사진으로 거래를 하기에는 위험한 구석도 없지 않았다. 여자와 말을 맞추고 경찰에 협박이나 공갈죄로 신고라도 한다면 법은 언제나 가진 자의 편이 아니던가. 그런데 불쑥 쳐들어온 그의 친구 된다는 선배는 자세히 따지지도 않고 도와주겠다고 하니 죄가 될 리도 없잖은가.

막 메모리칩의 사진을 삭제하려는데 노크소리가 들렸다.

"누구세요?"

"택배 왔어요."

여관 주인남자의 목소리였다.

"무슨 택배가 와요?"

"내가 알겠소? 택배하는 사람이 장선호씨에게 전해달라니 받았지."

내미는 누런 봉투가 제법 두툼했다. 봉투 바깥에서 만져지는 느낌만으로도 사진이라는 것을 알 수 있었다. 봉투를 뜯어본 장선호는 경악과 함께 눈빛이 달라졌다. 얘기가 달라진다. 그까짓 장사, 몇 푼…… 인생이 바뀔 수도 있었다. 로또의 인생역전이 눈앞에 그려졌다.

칠년 전 영국으로 떠날 결심을 한 데에는 그 피곤한 행태도 한 원인이었다. 함께 어울리지 않으면 눈치가 보였고 자리를 함께하면 편이 되어줘야 했다. 섣불리 다른 뜻을 비쳤다가는 적이 되지 않으면 의심을 받아야 했다. 한 사람이 나서 자리에 없는 누군가를 비난하면 까닭을 몰라도 맞장구치거나 최소한 그럴 듯한 표정으로 고개는 끄덕여야 했다. 순서가 돌아오면 기다린 듯 노래를 불러야 했고, 윗사람이 마이크를 잡으면 열심히 박수라도 쳐야 했다. 때로는 내 기분이나 흥과는 상관없이 무대로 끌려나가 되지도 않는 춤을 춘다고 두 다리를 흔들기라도 해야 했다. 참으로 너저분한 짓거리였다.

박사, 선생을 대단하게 내세우자는 뜻이 아니다. 타고난 성품이 그랬다. 차분히 앉아 공부하고, 거리낌 없이 의견을 말하고, 때로 반대의 목소리도 내고 싶었다. 해가 지면 집으로 돌아가기 위해 예정에 없는 만남 같은 건 마음 편히 거절할 수 있고, 아내와 가족이 누구보다 먼저인 것에 눈치 보고 싶지 않았다.

서인희는 다시 떠올리고 싶지도 않았다. 마치 몸까지 내던져 청탁이라도 하는 꼴이 되어버린 게 아닌가. 함정도 아니고 도대체 그게 무슨 짓이란 말인가. 구역질을 넘어 치욕스러움에 치가 떨렸다. 설령 술에 취한 실수라 해도 그것은 사람을 대하는 자세가 아니었다. 정말이지 두 손, 두 발에 머리까지 내저을 만큼 질려버렸다.

가경과 통화하고 싶었다. 어머니 말씀이 맞다. 런던의 집은 언제라도 가경이 돌아갈 곳이 되어야 한다. 그렇지만 이제는 자신도 돌아갈 곳은 오직 그곳밖에 없게 되어버렸다. 이 절박함을 상의할 사람은 그녀뿐이었다.

수혁은 금방 전화를 받았다.

"응, 바빠서 내가 전화도 못했네."

"아니야, 뭐 부탁이 있어서."

"뭐?"

막상 말을 꺼내자니 부끄러운 생각이 들었다. 그러나 친구니까…….

"가경이, 아직도 연락할 수 있을까?"

"아마. 며칠 신경을 못 쓰기는 했는데 알아볼게."

수혁의 억양에도 특별한 변화는 없었다.

"그래, 부탁 좀 해."

"하루쯤 걸릴 거야. 저녁에는 시간 어때?"

"응, 난 특별한 거 없어."

"그래, 봐서 연락할게. 가능한 대식이와 저녁이라도 같이 하자."

"억지로 애쓰지는 말아."

인하는 전화를 끊으며 비로소 수혁은 별 일 없는 모양이구나 생각했다. 다행이었다.

"부회장님, 우편물이……."

여비서는 몹시 조심스러운 표정으로 말끝을 흐트렸다. 손에는 황색 서류봉투가 들려 있었다.

"발신인이 장선호씨로 되어 있어서 열어보지 않았는데……."

대부분 서류와 우편물은 비서실에서 개봉하여 내용을 검토한 뒤 직접 보아야 할 것만 책상 위에 올린다. 그런데 봉투를 열지 않은 채 들고 와 뜻을 묻는 것이라면 이미 비서실에서도 눈치채고 있다는 말이다. 그리고 그런 경우 좋지 않은 일이라면 빤한 것이었다. 수혁은 내용보다도 비서실의 틀리지 않은 판단에 더욱 불쾌했다.

"두고 나가요."

여비서가 나간 뒤 수혁은 한참 봉투를 뚫어져라 쳐다보기만 했다. 사진일 것이다. 그쯤에서 끝낼 줄 알았는데. 서인희를 생각하자 화부터 치밀었다.

봉투를 뜯는 거친 손길에 내용물이 와르르 책상 위에 쏟아졌다. 힐끗 내려다 본 수혁의 입이 경악으로 벌어지며 순식간에 낯빛이 하얗게 바랬다.

제각각 주차장으로 들어오는 자동차와 내리는 모습, 엘리베이터에 오르고 내리는 모습, 객실을 들어가고 나가는 모습, 다시 차에 오르고 주차장을 빠져나가는 모습. 수혁과 서인희 두 사람이 한꺼번에 잡힌 사진은 단 한 장도 없었지만 누가 보아도 둘이 한 객실에서 만나고 나왔다는 사실은 의심할 여지가 없었다. 그것도 한두 차례가 아니라 아주 여러 번. 어쩌면 그처럼 오랜 시간 드러나지 않게 철저하게 지켜왔다는 것이 사람들에게는 교활함으로 비쳐 더욱 공분을 불러일으킬 것이다. 물론 직접적인 사진은 없으니 이런저런 핑계로 모면할 방법도 영 없지는 않을 것이다. 하지만 그렇게 만신창이가 되어가면서 지켜야 할 것이 무엇이란 말인가.

무섭도록 집요하고 전문적인 추적이었다. 도대체 이해가 되지 않았다. 무슨 까닭으로 장선호는 자신의 비위가 발각되기 훨씬 전부터 이런 추적을 해온 것인지. 아무리 아버지와 어머니가 고향에서 빈축을 사고 있다지만, 장선호 어미라는 사람과의 관계도 문제가 불거지기 전까지는 누구도 눈치는커녕 관심조차 갖지 않았는데. 또한 자신도 고향 장학회나 지역 행사 등에 의례적이기는 하지만 적지 않은 기여를 하고 있는데. 게다가 생뚱맞은 사진까지 몇 장 있었다. 술에 취한 서인희가 어디인지 알 만한 호텔 팝 무대에서 색정 넘치는 춤을 추고 있는 사진이었다. 도대체 그건 무슨 의미인지.

무엇보다 중요한 것은 사진 찍힌 각도나 의도로 보아 서인희도 자신이 촬영 당하고 있는 것을 모르는 것이 분명했다. 만약 자신이 촬영을 지시한 것이라면 어딘가 그 흔적이 남아 있을 텐데 아무리 찾아도 그런 모습은 보이지 않았다. 갑자기 섬뜩했다. 어쩌자고 그런 낙관에 사로잡혀 있었던 것인지. 서인희와 장선호가 연결될 고리가 도무지 없지 않은가.

휴대전화가 울렸다. 뜻밖에도 서인희였다.

"미안해요."

수혁의 침묵에 서인희가 먼저 다소곳이 말했다. 전에 없는 침울한 목소리였다.

"어쩐 일이오?"

"사진이 가지 않았어요?"

"……."

"나도 몰랐던 일이에요. 수혁씨 이야기 듣고 다른 여자 일이려니 생각했어요."

"그럼 그렇게 이야기를 하지 그랬소?"

"나도 여자잖아요."

여자를 그처럼 몰랐다니, 헛똑똑이가 따로 없었구나 하는 생각이 들었다. 서인희가 말을 이었다.

"어쨌거나 장선호인가 하는 사람은 내가 만날게요. 사진은 그쪽과는 상관없는 일이니 돈이면 될 거에요."

"그게 무슨 소리요?"

"나 미국으로 가기로 했어요."

"그 결정이 이 일과 관련이 있는 거요?"

대답이 없었다. 수혁은 화가 치밀었다. 한때 깊은 인연을 맺었던 사람이 이런 치졸한 짓을, 하는 생각에서였다.

"그 사람이오?"

"상관하지 말아요. 단정 짓지도 말고요. 난 여자기도 하지만 엄마기도 하고 누군가의 딸이기도 해요."

아버지나 집안의 누군가일 수도 있다는 이야기였다. 수혁은 한숨을 내쉬었다.

"그렇지 않아도 너무 많은 굴레로 여자를 가두려는 이 땅이 싫었어요. 당신은 그런 숨 막히는 처지의 내 생명수였고요. 즐거웠어요. 그리고 다시 말하지만 진심으로 미안해요."

"장선호는 내가 처리하겠소."

"나로 인해 불거진 문제니 괜한 피해 입히고 싶지 않아요."

"괜찮아요."

"쉽지 않을지도 모르는데요?"

수혁은 별 뜻 없는 소리로 들어 넘겼다.

"상관없어요."

"그래요. 다른 사연도 있을지 모르니 저는 일단 모르는 척하죠."

마지막 순간까지 질투인가 싶어 수혁은 쓴웃음을 지었다. 서인희는 더는 말없이 전화를 끊었다.

서인희가 춤추는 사진의 의미를 비로소 알 수 있었다. 더 이상 인연을 이을 가치도 없는 여자라는 권고일 것이었다. 유치했다. 자신의 여자였거나 가족인 사람인데, 체면을 위해 그렇게까지…… 어쩌면 자신도 그와 비슷하지 않을까 생각하면서도 수혁은 고개를 가로저었다.

28

내키지 않지만 장선호와 직접 접촉하기로 결심한 것은 여자에게 약속한 말을 지키려는 남자의 자존심 때문이기도 했지만 아버지와 그 여자와의 풍문이 찜찜해서였다. 그렇다고 사실의 진위에 관심이 있는 것은 아니었다. 다만 고향에서만 떠돌다가 묻혀야 할 소문이 혹시라도 다른 곳까지 번질까 하는 우려 때문이었다.

빌어먹을 자식은 만나자는 전화에 거드름까지 피웠다. 약속 장소를 한강 하구 둔치로 정한 것은 쓰레기 같은 인간과는 마주앉아 차한 잔 나누는 것조차 끔찍하고 비위가 상해서였다.

"사람들 눈이 무섭기는 한가 보네요? 이런 조용한 곳에서 보자고 하시는 걸 보니."

놈이 빈정거리기부터 하니 수혁은 어서 끝내고 싶은 생각뿐이었다.

"가지고 있는 자료부터 내놓으시오."

"협상의 귀재라는 부회장님이 왜 그리 서두시는 건지, 원."

"이게 협상 대상이오?"

"그럼, 뭐 저를 협박이라도 하려고 나온 겁니까?"

"길게 얘기하지 맙시다. 자료부터 내놔요."

"허, 그럼 나는 무슨 낙동강 오리알이라도 되라는 겁니까?"

"당신도 한국정보에 몸담았던 사람이오. 최소한의 믿음은 가져야죠."

"믿음? 그거 좋죠. 하지만 난 정확하게 어떻게 해주실지 그걸 먼저 알아야겠습니다."

"구좌번호도 함께 줘요. 들어가는 즉시 입금시켜 주겠소."

"얼마나요?"

"……."

"가진 사람들이 의외로 더 짜다는 거 제가 잘 압니다. 확실하게 합시다."

돈의 액수로 밀고 당기기를 할 사안이 아니었다. 그것이야말로 자신의 부끄러움을 덮기 위한 타협이 된다. 수혁은 그렇게까지 비참함을 맛보고 싶지 않았다.

"이봐요, 장선호씨. 나, 당신이 생각하는 그런 사람 아니에요. 그리고 돈의 액수로 타협하게 되면 당신은 그야말로 공갈범이 되는 거요."

"흥, 공갈범? 하하, 부회장님. 저 막다른 인생입니다. 내 잠깐 징역살이와 부회장님 개망신을 비교하면 누가 더 잃는 게 많을까요?"

"날 믿어요."

겨우 그 말밖에는 할 수가 없었다. 잃는 것이 크다는 말은 맞았다. 모든 것을 잃어버리는 것이었다.

"믿어요? 흥, 부회장님도 결코 믿을 수 없죠. 사실 지난번 통화했을 때 우리가 만났더라면 훨씬 쉬웠을 겁니다. 그때는 그래도 사모님이나 아드님보다는 부회장님이 훨씬 훌륭하다고 생각했으니 믿을 수 있었겠죠. 그렇지만 이제는 아닙니다."

뭔가 좀 이상하다는 생각이 들었다.

"부회장님이 더 야비하시더군요, 사모님이나 아드님은 철이 없어서 그렇다 치더라도."

"무슨 소리요?"

"시침 떼지 마시죠. 하루이틀 지켜본 줄 아십니까? 아주 교묘하게 제 눈을 속이신 분이니까 둘뿐만이 아닐 수도 있겠죠."

가슴이 철렁했다. 수혁의 목청이 높아졌다.

"알아듣게 얘기해요!"

"정말 교활하시군요. 좋습니다. 따로따로 계산합시다. 사진 속 여자는 벌써 전화가 왔더군요. 전 몰랐는데 잘난 사람들은 이런 일에도 믿지 못해 서로 나서더군요. 덕분에 배웠습니다. 통장에 입금부터 시키십시오. 제가 부족하다고 생각하면 양쪽에서 받도록 하죠. 그렇게 공갈범 운운하시니 저도 액수만 만족스러우면 조용히 폐기하겠습니다."

"양쪽이라니 무슨 소리요?"

"왜? 가회동은 모르는 줄 알았습니까?"

수혁은 머릿속이 하얘졌다. 말도 안 되는 짓이었다.

"이봐! 그 여자가 무슨 상관이야!"

"흥, 정말 웃기는 부회장님이시네. 한밤중에 술이 떡이 되어 잠옷 바람으로 나온 여자와 뜨겁게 포옹하시는 사이가 무슨 사이일까요? 어린 애들까지 데리고 같이 시장가고, 백화점에서 옷 사주고, 집을 드나들고요? 아, 혹시 부회장님 숨겨논 아이들? 허······."

"이봐, 그런 거 아니야! 그건 오해야!"

"내가 왜 그 생각을 못했을까. 그럼 계산이 완전히 틀린데요. 피아노학원은 형식이고, 그쪽도 꽤 탄탄하겠습니다."

"봐, 봐요, 장선호씨······."

"구좌번호 문자로 찍어드리죠. 또 뵐지 어쩔지는 모르겠고요."

"장, 장선호씨······."

기세양양해진 장선호는 뒤도 돌아보지 않고 당당한 걸음으로 멀어져갔다.

모든 것이 무너져버린 기분이었다. 아니, 이미 모든 것이 무너져 있었다. 천박한 출생답게 천박하게 무너져 내렸다. 이제 남은 것은 쌓아온 모든 것이 가면이 되어버리는, 그 가면이 참모습이었는지 스스로도 황당해하며 두 눈으로 지켜보는 것뿐이었다. 그래도, 그렇지만 죄 없는 한 사람만은 무슨 수를 쓰든 지켜줘야 했다. 한서주. 그 여자는 아무런 죄도 없었다. 그 선한 눈동자와 포근한 가슴만은 지켜줘야 했다. 아무런 일도 없었던 듯, 아무것도 알지 못하도록, 미풍조차 스쳐간 느낌이 없도록, 그래서 여전히 선한 눈동자와 포근한 가슴으로 살아갈 수 있도록.

오후 늦게 수혁이 알려준 전화번호는 가이드의 전화가 아니라 호텔 전화라고 했다. 내몽고를 떠나 지금은 북경의 한 호텔에서 묵고 있다던가.

"헬로우?"

가경의 목소리는 조금은 밝아진 듯했다.

"나야."

움찔하는 기운이 전해져왔다.

"미안해. 서둘러 방해하고 싶지 않았는데 일이 좀 있어."

"일? 무슨?"

놀라는 기색이었다.

"아니, 특별한 건 아니야. 놀랄 건 없어."

"말해."

막상 어떻게 말해야 할지 생각이 막혔다.

"난 나쁜 일인가 생각했는데 됐어. 그렇지만 인하씨도 그저 전화한 건 아니라는 거 알아."

"그래, 고마워. 혹시 어머니와 통화했어?"

"응."

"언제?"

"얼마 전에 한번 했고, 그저께인가 또 했어. 바보같이 나도 어머니가 집으로 전화하실 거란 생각은 미처 못 했어."

영국 집을 쓰라는 말씀을 하셨을 것이다.

"나 당신과 함께 있으면 안 될까? 당신 편해질 때까지 한국에 있으려고 했는데 적응을 못할 것 같아. 당신이 날 위해서…… 그리고 힘이 들어, 아주 많이. 당신 곁에서 아무 생각도 안 하고 푹 자고 싶어, 너무 피곤해. 나 당신……."

"그만해."

아무런 감정도 들어 있지 않았다. 인하는 가슴이 막혔다.

"미, 미안해……."

"나중에 전화할게."

여전히 감정 없는 억양으로 가경은 전화를 끊었다. 너무 서둘렀다는 생각이 뒤늦게 들었다. 도망치고 싶다는 제 생각만 하느라 여린 가경의 마음은 고려하지 못한 것이다.

전화벨이 울렸다. 화들짝 놀라 액정을 들여다봤지만, 서인희였다. 인하는 잠시 망설였다. 피할 이유는 없었다. 아니, 제안을 철회하기 위해서라도 통화는 해야 했다.

"예."

"서인휘입니다. 어제는 아주 죄송했습니다."

풀이 죽어 몹시 조심스러운 말투였다. 그래도 믿지 못할 여자였다.

"괜찮습니다. 그보다……."

"제가 먼저 말씀드리죠. 김박사님이 최수혁 부회장님 친구라는 사실 때문에 잠깐 못된 생각을 했었습니다. 깊이 사과드리겠습니다.

그렇지만 김박사님에 대한 좋은 인상은 진심이었습니다."

인하는 무슨 소리인지 이해할 수 없었지만 이해하고 싶지도 않았다.

"상관없습니다. 저는 다만……."

"저는 곧 미국으로 떠납니다, 아주 떠나는 겁니다."

뜬금없고 황당한 느낌이었다.

"……?"

"김박사님 임용이나 연구소 일은 그대로 진행됩니다. 어제 모시고 나왔던 분들은 괘념치 마십시오. 제가 못된 오기로 장난치느라 불러낸 사람들일 뿐입니다. 보시기 불편하셨겠지만 그렇지 않은 분들이 더 많습니다. 김박사님 일은 총장님을 비롯한 훌륭한 몇 분이 직접 나서주실 겁니다. 좋은 인연이 될 뻔했는데 제 불찰로 여기서 끝나는 것 같습니다."

"아닙니다. 저도 영국으로 돌아갈 계획입니다."

"그러지 않으시면 좋겠습니다. 그리고 최수혁 부회장님과 오랜 친구분이신 것 같은데 그분께 친구분들이 필요하실 겁니다. 그럼 이만 끊겠습니다."

아직 가경과 통화를 한 여운이 남아 있는 인하에게 서인희는 여전히 일방적이고 무례한 인상이었다.

카페 테라스에 미리 자리를 잡고 앉아 있는 수혁은 이전과 다름없어 보였다. 서주는 그날 밤 일은 까맣게 잊어버렸나 보다 생각했다.

"오늘 저녁에는 회사 행사도 없나 봐요, 오빠."

특별히 오빠라는 호칭에 억양을 높인 것은 옆 자리 사람들을 의식해서였다. 수혁도 알아차렸는지 거리낌 없는 낯빛으로 환하게 웃어보였다.

"어서 와. 소라하고 미라는?"

"숙제해요."

"그래도 잠깐 데리고 나오지 않고. 차는?"

"내가 가져올게요. 녹차라테요?"

"아니야, 오늘은 에스프레소 한잔 마시고 싶은데."

"그건 안 돼요. 진짜 잠 못 자면 언니가 싫어할 거예요."

"허허, 그럼 아무 커피나 알아서 가져와."

힐끔거리던 사람들도 이제는 관심을 기울이지 않았다. 커피 두 잔을 들고 온 서주가 슬쩍 속삭였다.

"여기에 그렇게 앉고 싶었어요?"

"좋잖아. 시원하고, 사람도 보고……진짜 사람 사는 것 같잖아."

"어휴, 어쨌거나 드디어 원 푸셨네요."

"그래, 이제 해보고 싶은 건 다 해본 거야."

"술은 안 드셨어요?"

"후후, 그날 일은 아주 많이 미안해. 그렇다고 잠옷 바람으로 쫓아 나오면 어떡해?"

"어머, 기억하세요?"

"그럼, 기억하지 않고. 내가 그렇게 정신 놓고 사는 사람 같아?"

서주의 낯이 살짝 붉어졌다.

"이래서 잘난 사람들은 별로 재미없다니까요."

"그래, 내가 별로 재미없지. 그렇지만 잘난 건 아니야, 다들 똑같아. 사람탈 쓰고 사는 것뿐이지. 아니다, 서주는 진짜 사람이다."

"왜 갑자기 그래요? 저 비행기 태워주려고 자책까지 하시는 거예요?"

"자책이 아니라 진짜 그래."

뭔가 느낌이 이상했다. 서주는 또 말 못할 우울함이 있나 보다 생각하며 하늘을 올려다봤다. 오늘도 비가 내리기는 틀린 날씨였다.

"기사분 없죠?"

서주는 카페 앞 도로변에 서 있는 수혁의 승용차를 힐끔 돌아보며 물었다.

"응, 들어갔어."

"대리운전 시키실래요?"

"왜?"

"호프집에서 맥주 한잔 하게요."

수혁은 잠시 머뭇거렸지만 금방 고개를 가로저었다.

"가봐야 할 곳이 있어."

"이 시간에요?"

"오늘은 집에 일찍 가서 애들 들어오는 것 좀 보려고."

"그래요. 다른 일이라면 나도 오늘은 떼를 좀 써보고 싶은데, 아쉽네요."

"나도 정말 아쉽네. 그러고 보니 우리 여태 같이 맥주 한잔 못 했네."

"그러게요."

"우리 이런데도 터무니없는 소문을 내는 사람이 있으면 어떡하지?"

"나야 소문만으로도 좋죠. 오빠는요?"

"그야말로 나는 상관없지만……."

말끝을 흐트리는 수혁의 모습에 서주는 눈을 동그랗게 떴다.

"왜, 무슨 일 있어요?"

"아니야, 이거……."

수혁은 주머니 속에서 무엇인가 꺼내 내밀었다. 손바닥 위에 놓인 것은 목걸이였다.

"이게 뭐예요?"

"보면 몰라? 목걸이."

서주는 실소를 터트렸다. 군인들의 군번줄 같은 작은 쇠구슬 줄에 매달려 있는 것은 모양은 예쁘지만 숫자가 적힌 플라스틱 패찰 하나와 열쇠였다.

"무슨 목욕탕 옷장 열쇠 같은 이걸 목에 걸고 다니라고요?"

"아니, 서주 말고 소라."

"아휴, 아이들이 더 까다로워요."

"그래도 하고 다니라고 해. 정 창피하면 서랍에 넣어두던가. 그거 그래도 대한은행 앞에서 주은 거야."

"뭐요, 주웠다고요?"

"응. 혹시 알아, 대한은행 본점에 있는 비밀금고 열쇠라도 될는지."

과장된 표정에 어깨까지 들썩거리는 수혁의 행동에 서주는 더욱 큰소리로 웃고 말았다.

"못 말려. 애들한테는 차라리 요 앞 문방구에서 천 원짜리 구슬목걸이를 사주는 게 낫지, 이게 뭐예요?"

"그럼 도로 줘."

"됐어요. 내가 하고 다닐게요. 아유, 창피해."

서주는 목걸이를 목에 걸며 더욱 깔깔거렸다. 수혁의 표정이 쓸쓸해지는가 싶더니 슬며시 자리에서 일어섰다.

29

겨우 다 끝냈다 싶은데도 시간은 이제 겨우 오후 네 시를 넘기고 있었다. 어쨌든 개운했다. 지금 당장 누가 시작해도 아무런 차질은 없을 것이다.

노크소리에 뒤이어 여비서가 들어왔다.

"부회장님. 오늘 저녁 금식인 거 아시죠? 아홉 시부터는 물도 드시면 안 되고요."

"그래? 내일이 검진이야?"

"예, 병원 부원장님도 조금 전에 전화하셨어요."

"허허, 그런데 내가 부회장이라고 부원장이 전화하는 거야? 원장님이 전화하시면 안 된데?"

"예?"

농담인 것은 분명한데 그런 농담이라고는 들어본 적이 없었기에 여비서의 두 눈이 동그래졌다.

"하하하!"

뭐가 그렇게 즐거운지 유쾌한 웃음도 낯설었다. 그래도 여비서는 어색하나마 웃음을 지어보인 후 고개를 숙였다.

"그럼 전 이만."

"아니야, 잠깐."

"……?"

"출출하지 않아?"

"예?"

"이 시간이면 배가 좀 고프지 않냐고? 가만, 으음……그래, 난 자장면이 먹고 싶은데, 자넨 어때?"

"예에?"

뜨악함을 넘어 당장 기절이라도 할 것 같은 여비서의 표정에도 아랑곳없이 수혁은 고개를 끄덕였다.

"그래, 자장면이 좋겠군. 자네 나하고 자장면 먹으러 가자고. 황궁 어때? 거기 자장면 맛있지 않아?"

"예? 아, 예, 맛있기는……."

"어차피 저녁은 못 먹는다면서? 지금 먹어두는 건 괜찮을 거 아니야?"

"예? 아, 예."

"가자고, 지금."

"지금요?"

"그럼."

당장 나갈 기세로 수혁이 의자에서 일어서는데 비서실의 인터폰이 울렸다.

"부회장님, 양기자라는 분이 꼭 통화를 원하시는데요?"

"응, 바꿔. 자넨 나가서 준비해. 금방 전화 받고 나갈 테니까."

"예? 예……."

지난번 양기자와 통화한 뒤 분명 불쾌한 기색이었는데 지금은 그도 아니었다. 여비서는 보이지 않게 고개를 갸웃거리며 부회장실을 나갔다.

"예, 최수혁입니다."

"어이구, 기분이 좋으신 것 같습니다."

"뭐 나쁠 것도 없잖습니까?"

"……."

보지 않아도 알 만했다. 고개를 갸웃거리거나 당황한 눈동자로 머리를 굴리거나.

"어쩐 일이십니까?"

"아, 뭐, 지난번에 말씀드린 그 친구가 또 전화를 했더군요. 사진을 보낼 테니 당장 인터넷 판에라도 올릴 수 있는지 해서요."

"뭐, 그러라고 하시죠."

"예? 아니 전 다른 뜻이 아니라, 그런 경우에도 상대편 입장을 확인하지 않고 곧바로 보도할 수는 없다고 했죠."

"아, 그렇군요. 그럼 사진 받고 전화 주십시오. 제가 그때 입장을 말씀드리죠. 그럼 되는 거죠?"

"예? 아, 물론……."

"예. 그럼 전 지금 제 비서와 자장면을 먹으러 가기로 해서요."

"예?"

"하하, 제가 내일 건강검진이라 저녁부터는 금식이거든요."

"아, 예에……."

"그럼 제가 먼저."

전화를 끊은 수혁은 등을 돌려 창밖을 내다봤다. 하늘빛은 그저 그렇고 길거리는 여전히 복잡했다. 세상의 흐름은 그 어떤 강물의 물살보다도 더 도도한 것이었다. 거스르기는커녕 흐르는 물결도 제대로 타지 못하면서 마치 물줄기를 돌리기라도 한 것 같은 착각에 빠져 우쭐했던 꼬락서니라니…… 그저 흐르는 물살에 몸을 내맡기고 겸허하고 또 겸허한 마음으로 몇 십 년을, 몇 대代를 조심하고 또 조심해야 제 길을 가는 물결 위에 얹혀 한숨이나 돌릴 수 있는 것을.

뻔했다. 어제 오후부터 줄기차게 제 구좌번호를 문자로 보내고 있지만 아무런 반응을 보이지 않자 나름대로 압박을 하겠다고 잔머리를 쓰는 것이었다.

돈이 아까운 것은 아니었다. 이미 꼭 나눠줘야 할 사람들에게는 최소한으로 적당한 분배를 생각했고, 나머지는 모두 평생 처음으로 아주 기쁘고 홀가분한 마음으로 기부각서를 써둔 터였다. 그렇지만 그 또한 물살을 거스르는 짓이라서 더 큰 벌을 받는다고 할지라도 그런 치에게 머리를 숙이고 싶지는 않았다. 미움도 없었지만 연민도 느끼지 않았다. 자신의 행동에 아무런 책임의식도 없는 그런 사고로는 백번을 도와줘도 일어설 수 없는 것은 물론이고 오히려 해악만 남길 것이다. 그것이 비록 그의 의지와는 상관없이 오직 타고난 비루한 운명 탓이라 할지라도, 운명을 대하는 이의 자세에 따라서는 그 가혹함이 조금 덜해지기도 하는 것이 운명이니, 온전히 운명 탓만 할 것도 아니었다.

수혁 자신은 그래도 조금은 운명의 가혹함을 덜었고 그로 인해 자식들은 조금 더 나은 운명으로 살아갈 수 있으리라 생각하니 보람을 느꼈다. 홀가분했다. 이제 곧 황궁에 가서 자장면을 맛있게 한 그릇 다 비우리라. 여비서를 다시 회사 앞에 내려준 뒤에는 비서실 직원들이 다 퇴근할 때까지 조대리의 신세를 지며 삼청동과 가회동 언저리를 느긋하게 돌아볼 것이다.

수혁은 가볍게 인터폰을 눌렀다.

"자장면 생각나는 사람들 다 일어나요, 나 지금 나가요."

보통 이른 저녁을 먹는 편이니 이쯤이면 돌아왔겠구나 생각하며 전화를 걸었는데 가경은 벌써 오전에 체크아웃을 했다는 것이었다. 인하는 몸이 달았다. 아예 종적을 감추자고 들면 못할 것도 없지 않은가. 자신의 입장만 생각하며 서두른 것이 가슴을 치도록 후회스러웠다.

수혁은 도무지 전화를 받지 않고 있었다. 기댈 곳이라고는 거기밖에 없는데 초조함에 발을 구르다 못한 인하는 대식의 전화번호를 눌렀다.

"왜? 저녁 먹으러 올래?"

"아니야, 수혁이 좀 찾아줘봐."

"수혁이? 왜, 전화 안 받아?"

"응, 한 시간도 넘었어."

"회의 중일 수도 있지. 왜, 급한 일이야?"

"회의? 혹시 운전하는 그 친구 전화번호 몰라?"

"조대리? 알지. 가만, 내가 알아보고 전화해줄게."

인하의 전화가 연이어 오고 있었다. 무슨 급한 일일까? 아, 가경씨
일이겠구나. 그런데 이제는 전화를 받을 기운도 없었다.

어떻게 목숨을 그렇게 쉽사리 버리느냐고 비난하는 사람도 있을
것이다. 심지어는 배가 불러 건방을 떤다고 욕하는 사람도 있을 것
이다. 그래, 저마다 입장과 시선에 따라 무슨 소리인들 나오지 못할
까. 그러나 각자에게는 저마다 쓸쓸함과 고단함과 허망함이 있다.

이겨보겠다는 마음이 아니었다. 뛰어넘겠다는 것은 더더욱 아니
었다. 솔직히 부러웠다. 부끄럽지 않은 것, 점잔 떠느라 입에 담지 않
았지만 솔직히 말하자면 쪽팔리지 않는 것, 넘치는 것이 아니라 그
리 불편하지 않을 만큼 갖추는 것, 존경은 아니더라도 수긍하고 복
종할 수 있는 부모, 딱 그만큼만 누리며, 멈추고 싶을 때 멈출 수 있
는 삶이 부러웠다. 이제 마지막 순간이 눈앞인데 무슨 거짓을 말하
랴. 정말이다, 일등과 이등의 사이는 지겨웠다. 삼등이나 중간쯤으

로 좀 나른하고 널널한 삶이었으면, 수없이 꿈꿨다. 그거야말로 쪽
팔릴 것 없는 얼마나 즐거운 삶이겠나. 적당히 일하고, 사랑에 더 열
심이고, 가끔은 친구와 술에 젖어 작은 실수도 저질러보고, 아이들
손잡고 공원 풀밭에 나가놀다 나른한 오후에는 아무렇게나 누워
눈을 붙이기도 하고, 까치집 지은 머리는 모자를 눌러써 감추고 반
팔 셔츠에 반바지를 입고 슬리퍼를 끌며 아내의 손을 잡고 물기 질
퍽거리는 시장을 어슬렁거리기도 하고, 아파트 융자금 상환으로 짱
알거리는 마누라는 늦은 밤 호프집 맥주 한잔으로 달래 사랑도 나
누고.

그래, 안다. 마음만 먹으면 언제라도 할 수 있는 일이었다. 그런데
도 하지 못한 것은 아무래도 관성 때문이었던 것 같다. 달리는 자전
거 안장 같은 가죽의자 위에서 무작정 페달을 밟으며 생각했던 것
은, 멈추면 그대로 자빠져 무릎이 까지고 코피가 터질 것이라는 두
려움이었다. 어쩌면 그것은 나뿐만 아니라 곁에 있는 모두가 다르지
않다는 것도 큰 원인이었을 것이다. 멈추고 싶어 멈추고, 내리고 싶
어 내리는데도 황당하거나 아주 가엾다는 표정으로 어리석은 사람,
나약한 인간, 패배자 따위의 수사를 붙일 것이 뻔했으니 말이다. 결
국 창피하지 않으려고 미친 듯이 뛰다가 또 창피해질까 두려워 자신
은 버리고 타인의 삶을 살아버린 것이었다.

그렇게 어이없는 삶을 살았으니 자식이나 마누라 또한 갈피를 못
잡는 건 당연한 노릇 아닌가. 그들에게 부끄러운 부담을 주지는 않
았겠지만 비난조차 할 수 없는 무게로 부끄러움보다 더 큰 짐이 되

었을 것이다. 생각이 자유롭지 못한 삶은 아주 미세한 충격에도 깊고 어두운 도피처부터 찾게 된다. 마음을 열고 눈물을 흘릴 수 없으니 눈길을 피하는 침묵으로 거짓을 대신할 터이고. 결국 자신이 겪는 쓸쓸함과 고단함과 허망함은 모두 자초한 것이었다. 자식과 아내에게 단 한 줄의 글을 남기지 않은 것도 그런 까닭이다. 무슨 입이 있어 너불거릴 수 있겠는가 말이다.

참으로 갈 곳이 없었다. 그토록 부지런히 여기저기 숱한 곳을 쏘다녔지만 정작 자신이 필요할 때는 어떻게 단 한 곳도 마땅한 데가 없는 것인지. 호텔이라면 이제 신물이 나고, 차마 집에서 할 짓은 못되었다. 그렇다고 길거리에서 뭇사람의 입방아에 오르기도 싫고, 별장이 한 곳 있기는 하지만 여차하여 너무 늦게 발견되면 썩은 냄새가 진동하게 될 것이니 그 또한 너무 추할 것이다. 결국 짧지만 한 평생을 바쳤고, 많은 것을 얻었고, 가장 부끄럽지 않았던 곳이니 한 번쯤 신세를 져도 될 것 같았다. 잠깐 소동이 있기는 하겠지만 가장 조용하게 처리할 것이며 또 금방 잊기도 할 것이다.

처음에 잠깐 두려운 마음도 들었고, 순간의 고통도 있었다. 그러나 이제는 평온하고, 점점 밀려드는 졸음에 곧 모든 것을 잊게 되리라는, 놓치지 않으려던 의식도 자꾸 가물거리고 있었다. 다만 아까부터 흘러내리기 시작해 당최 멈춰지지 않는 이 눈물만은 거추장스러운데 그 또한 내일 아침이면 아무런 흔적도 남지 않을 것이니 내버려두어도 될 터였다.

이번에는 책상 위 전화기가 가물거리는 의식의 한 자락을 붙잡고 늘어지기 시작했다.

"임마 이상하다, 전화 안 받는다."

"어디 있는데?"

"조대리 말로는 할일없이 우리 가게 근방을 차로 빙빙 돌다가 늦게 회사 앞에서 내렸다고 하더라."

"사무실에는 해봤어?"

"응, 그런데 거기도 아무도 안 받는다. 이상하네."

"집에는?"

"안 왔단다."

이상한 생각이 들었다.

"왜? 니는 무슨 급한 일인데?"

"잠깐만!"

뒤늦게 서인희의 말이 떠오르며 마음에 걸렸다.

"회사 앞에서 내렸다고?"

"응. 다 퇴근한 거 알면서도 내려달라고 해서 보안상 중요한 일이 있는가 보다 생각했단다. 그런데 이상한 게 있다."

"뭐가?"

"아까 저녁시간 전에 여비서 둘을 데리고 우리 가게 왔더라. 자장면을 시켜 먹고 갔는데, 내일 건강검진 때문에 저녁을 금식해야 된다고는 하더라. 그런데 글마 좀 이상해 보였다. 갑자기 시답잖은 농담도 다 하고."

"빨리 레지던스 앞으로 와!"

"뭐? 왜?"

"사무실로 가보게! 빨리!"

인하의 비명 같은 고함에 대식도 번쩍 정신이 들었다.

"뭐? 아, 이런! 알았다!"

30

병원으로 옮긴 수혁이 아슬아슬하게나마 고비는 넘겼다는 의사의 이야기를 듣자마자 대식은 부리나케 집으로 돌아왔다. 의식은 몇 시간 뒤에나 깨어날 것이라니 아무런 이야기도 듣지 못했지만 장선호가 화근인 것은 분명했다. 그것은 수혁의 전화기에 열 번 가까이나 찍혀 있는 은행 계좌번호의 발신자가 장선호라는 것으로 알 수 있었다. 수혁의 아버지 일만이 아니라 수혁이도 무슨 꼬투리를 잡힌 듯 보였다. 하지만 수혁이 무슨 짓을 했든 대식에게는 오직 친구일 뿐이었다. 그리고 그만큼 이야기했고, 살길을 만들어주기로 약속했는데도 치졸한 협박으로 사람을 죽음으로 내몬 것은 결코 용서할 수 없는 일이었다. 다만 발목을 잡는 것은 아내 진숙과 아이들이었다.

진숙이 차려준 술상은 한 시간이 넘도록 거들떠보지도 않은 채 석상처럼 앉아 있던 대식이 마침내 입을 열었다.

"진숙아, 이리 온나."

"또 사투리!"

"시끄럽다! 이리 온나!"

집안에서 고함치는 경우는 거의 없는 일이었다. 진숙은 슬그머니 맞은편 의자에 엉덩이를 붙였다.

"술상 차리라더니 술은 안 마시고, 왜?"

"니, 내하고 몇 년 살았노?"

"뜬금없기는…… 그리고 보니 우리 벌써 이십 년도 넘게 살았다."

"이십 년이 넘게? 참, 징그럽게 오래 살았다, 그자?"

뭔가 심상치 않았다. 진숙은 문득 여자가 생겼나 하는 생각도 들었지만 그건 아니었다. 결코 뻔뻔한 사람은 못 되는 이였다.

"왜? 그만 살고 싶어?"

"아니, 그게 아이고, 우리 몇 년 보지 말자."

"뭐? 그게 무슨 소리야?"

"내 오늘 빌어묵을 놈 한 놈, 제대로 손 좀 봐야겄다."

"무슨 일인데? 누구를?"

"있다."

"죽이려고?"

"아이다, 미쳤나."

"그럼?"

"참말로는 패쥑이고 싶다만, 그라면 우리 애들한테 몬할 짓 될 끼고. 반만 쥑여 평생 내 이름만 들어도 오줌이 찔끔거리도록 맨들 기다. 그라이 넉넉잡고 한 삼 년이면 안 되겠나."

결코 허튼소리를 하는 것이 아니었다. 불거지는 성질에 수도 없이 식식거리며 죽이니 살리니 하는 소리를 입에 달기는 했지만 이건 느낌이 달랐다. 진숙은 가슴이 철렁했다.

"하지 마, 당신. 왜 그래? 참아."

"아이다. 니 수혁이 우에 된 줄 모르제?"

"수혁씨? 수혁씨가 왜?"

"글마가 자살을 기도했다. 인하 아니었으면 내일 아침에 우리 모두 방송에서 수혁이 부고를 볼 뻔했다."

진숙은 입이 딱 벌어졌다.

"뭐어? 왜? 도대체 수혁씨가 뭐가 부족해서?"

"니는 부족하면 죽나?"

"아, 아니, 그게 아니라……."

"어떤 놈이, 새까만 얼라놈이 갖은 협박을 다한 모양이다. 내가 카지 말라고 알아듣도록 캤는데도 말이다."

"그래서 그 어린놈을 반 죽인다고?"

"친구의 복수는 십년이 걸려도 해야 사나라 카더라. 그란데 고 쥐새끼 같은 놈이 바로 눈앞에 있는데 그냥 놔둘 수 없제. 그라고 진짜 중요한 건, 글마 그냥 놔두면 버르장머리 몬 고쳐가 우리 수혁이 또 찝쩍거릴 기다."

"지랄, 중국집 이십 년 하더니, 당신이 중국 놈이고 여기가 중국이야! 요즘은 중국 사람들도 그런 짓 안 한다더라!"

"시끄럽다! 하마터면 내 친구가 죽을 뻔했는데 그냥 둘 순 없다!"

"지금 홍콩 영화 찍어? 당신이 뭐, 주윤발이야!"

"진숙아……."

말은 마구했지만 가슴은 벌렁거리고 겁이 나서 죽겠는데, 지그시 이름을 부르는 대식의 눈에서 눈물방울이 굴러 떨어지자 진숙은 그만 목구멍부터 막혔다.

"내도 안다. 우리는 둘이 서로 없으면 몬 사는 거. 내 그동안 니 속은 쪼매 썩였다만, 그거 다 니 믿으니까 지랄도 한 기다. 우리 얼라들도 소중하고. 솔직히 내 이제는 니보다 우리 애들이 더 소중타. 글마들 시집 장가보내고 나면, 그때는 다시 니가 더 소중하겠지만. 글치만 니 한번 생각해봐라. 니는 우리 얼라들하고 내만 있으면 살수 있나? 내는 암만 캐도 안 그럴 것 같다. 니나 우리 애들이 더 중한 거 맞다. 그런데 내는 친구들 없으면 니하고 애들도 그리 소중하게 여기지 몬 할 것 같다. 하나가 빈다고 남은 하나가 다 가지는 기가? 그거는 아이다. 오히려 한쪽이 비면 다른 쪽도 금방 미끄러져 내리게 되는 게 이치 아이가. 생각해봐라, 저울 한쪽에 비슷하게 걸려 있는 걸 내려놓으면 반대쪽에 걸려 있는 건 우에 되겠노."

"그러니까 요즘은 양팔로 된 수평저울 안 쓰고 전자저울 쓰잖아……."

억지소리의 말대꾸는 했지만 진숙의 두 눈에는 눈물이 가득했다.

"한번만 봐도. 오래 안 걸린다. 내 사람 잘 패는 거 니 모르나? 쪼매만 있으면 나온다. 그 다음부터는 진짜 잘하게. 그때는 내 수혁이 앞에서도 진짜 사투리 안 쓴다."

"수혁씨가 당신한테 뭘 해줬다고! 왜 당신만 그렇게 수혁씨, 수혁씨 그래야 돼! 흐흑."

"그리 말하면 안 되는 거 알제? 그건 오늘 한번만 내가 봐준다. 그러니까 당신도 내 한번 봐도."

"정말 꼭 그래야겠어?"

기가 막히고 어이가 없었지만 막을 수 없다는 것을 진숙은 알았다.

무작정 놀기 좋고 사람이 좋고 술이 좋아서 친구라면 목숨을 거는 것은 아니었다. 사람이면 조건을 가리지 않고 마음을 열지만, 나름대로 원칙이 있어 아무나 친구로 받아들이는 것은 아니었다. 그렇다고 그 원칙이라는 것이 그렇게 까다로운 것도 아니었다. 그저 득이 되는지 해가 되는지 먼저 따지지 않고, 설령 얼마간 실이 있더라도 허허 웃어넘길 줄 아는 마음이면 되었다. 물론 무엇보다 대식의 마음에 들어야 하기는 했지만 말이다. 다만 대식은 자기 앞에서 남의 험담을 가리지 않는 이는 천금이 들어온다 해도 사람으로 여기지 않고 그 순간 외면했다. 그런데 참으로 웃기는 것이 여자인 진숙이 생각해봐도 별것 아닌 그 원칙에 들어맞는 사람이 거의 없다는 것이었다. 우정은커녕 오직 자신과 눈앞의 이익밖에 모르는 졸장부들의 세상에서 대식이 진숙의 우상이 되는 것은 어쩌면 당연한 일이었다.

사실 진숙에게는 수혁보다는 인하가 훨씬 마음이 가는 편한 사람이었다. 수혁은 어딘지 모르게 벽이 느껴졌다. 그래도 자신의 우상

인 대식이 죽고 못 사는 친구라니 어느 결에 가족이라도 되는 것처럼 익숙해졌다. 가족이라도 다 좋기만 한 것은 아니지 않은가.

어쨌거나 무슨 짓을 해도 듣지 않을 사람이니 말릴 방법은 없었지만 이대로 그냥 기다리고만 있을 수는 없었다. 망설이던 진숙은 인하의 전화번호를 찾았다.

겨우 의식이 돌아오는가 싶은데 전화벨이 울렸다. 대식의 집이었다. 인하는 병실에서 나와 전화기를 열었다.

"응, 대식아."

"저기, 인하씨."

"아, 진숙씨. 대식이 잠깐 집에 다녀온다고 들어갔는데요?"

"예, 들어왔다가 나갔어요."

"예, 그런데 무슨?"

"인하씨, 흐흑."

인하는 말문이 막혔다. 수혁이 깨어나기도 전에 서둘러 나가기에 무슨 일인가 싶었는데 그런 엉뚱한 생각을 할 줄이야. 하지만 인하는 아는 것이 별로 없었다. 바쁘게 병실로 돌아간 인하는 수혁의 전화기를 찾아 뒤졌다. 반복해 들어온 문자 보관함의 계좌번호가 이상했다. 인하가 통화버튼을 누르려는데 수혁의 처 연선이 더듬거렸다.

"여, 여보, 정신이 들어요?"

"수혁아!"

인하는 눈꺼풀을 들썩이는 수혁의 어깨를 잡고 흔들었다.

"으응……."

정신이 돌아오고 있었다. 실혈이 많았지만 수혈이 충분했으니 다른 탈은 없을 것이다.

"정신이 들어? 괜찮지? 그럼 미안한데, 장선호야?"

수혁은 아직 개운하지 않은 정신일 텐데도 두 눈을 크게 뜨며 놀라는 기색이었다.

"대식이가 누군가에게 무슨 짓을 하겠다고 나갔어. 누구야? 장선호 맞아?"

"미, 미친, 마, 맞어……."

인하는 다시 병실을 나와 수혁의 전화기로는 장선호를, 제 전화기로는 대식의 전화번호를 연거푸 눌렀다.

고민을 한 것은 진숙에게 먼저 이야기를 해줘야 할지 말지였다. 마누라라는 사람이 남편의 위험한 결심에 동의할 리는 만무했지만 그래도 얘기하기로 마음먹은 것은 그렇지 않으면 불똥이 수혁에게 튈 것이 뻔했기 때문이다. 다행히 진숙은 엉겁결에 붙잡지 않는 것으로 수긍한 셈이 되고 말았다. 벌써 인하가 불이 나도록 전화를 걸어대는 것으로 보아 그새 진숙이 정신을 차려 난리를 피운 모양이다. 어수룩하고 귀여운 마누라. 까짓, 길어야 삼 년이면 될 것이다. 어쩌면 그 사이 마누라 허리가 꽤 날씬해질지도 모른다. 어쩌겠는가, 저도 대신 황궁을 지켜내려면 직원들과 똑같은 제복은 못 입어도 비슷하게라도 맞춰야 할 테니 저절로 살이 빠지겠지. 그때 삼년 동안 저축했던 사랑을 불태우면 황당하고 기막히던 심정도 봄눈 녹듯 사라지겠지.

수혁이, 그 빌어먹을 놈이 왜 그렇게 좋은지 모르겠다. 사실 인하는 언제 만나도 마음 편하지만 수혁은 가시 돋친 고슴도치 같았다. 그런데도 그 가시에 찔리는 건 자신이 아니라 수혁인 것 같았다. 제 가시에 제가 찔려 날마다 아픈 이상한 놈. 그렇다고 동정을 하는 건 아니었다. 그 빵빵하게 잘나가는 놈에게 동정이라니, 말이 되는 소린가. 동정은 아니면서 마음이 가고, 마음이 가니 좋을 수밖에. 친구가 뭐 별건가. 좋건 싫건 마음이 가고, 까칠하거나 말거나 저도 무시로 신경을 쓰는 것이 보이면 되는 것이지. 그렇다고 제 놈에게 뭘 바라서 이러는 것은 결코 아니다. 아니, 바란다. 배고플 때마다 찾아와 돈 내고 자장면이나 먹어주면 된다. 그렇지만 오후의 그런 찝찔한 고객으로서는 정말 사양이다. 아무튼 그 자식이 아픈 까닭을 아는데, 그 자식은 점잔 떠느라 아무 짓도 못하고 당하기만 할 테니 내가 나설 수밖에 없는 것이다. 그놈은 내 팔 한쪽이다. 그놈이 아프면 내가 아프기 때문이다. 까짓, 목숨 내놓는 것도 아닌 이만한 일쯤이야.

문제는 인하다. 그 자식은 수혁과 달리 아픈 내색이 훤히 드러나는데도 말 한마디 붙일 수가 없다. 완전히 안 아픈 척 시침이라도 떼면 어떻게 건드려도 보겠는데…… 참 이상한 일이다. 어쩌면 내가 할 수 없는 일이기 때문인지도 모르겠다. 그럴 것이다. 나는 외과의사인 셈이니 내과 일은 알 수 없는 게 맞다. 내과의사는 수혁이 될지도 모르겠다. 인하는 언제든 필요하면 비뇨기과 의사가 될지도 모르고 말이다, 히히히.

진숙이는 지금 뭘 하고 있을까? 소파 등받이를 가슴에 안고 펑펑 울고 있을지도 모르겠다. 한 마디도 지지 않는 말대꾸에, 남편 사투리까지 길들이려고 눈을 부릅떠대는 골 때리는 내 마누라. 대식은 흘러내리는 대로 내버려뒀던 눈물을 손등으로 훔쳤다. 여관 간판이 눈에 들어왔다.

꿈쩍도 않던 최수혁이 계속 전화를 해대고 있었다. 무슨 뜻인지 알 수 없으니 받기가 두려웠다. 생각지 못한 무서운 구석이 있을 줄이야. 자신의 체면이 있으니 적당히 타협을 할 줄 알았는데.

우당탕 소리와 함께 문짝이 떨어져나갈 듯 벌컥 열리더니 이번에는 전설의 선배가 들이닥친다.

"이눔의 시키! 니 오늘 죽어봐라!"

벽력같은 고함과 함께 날아오던 발길이 허공에서 버둥거리다가 맥없이 바닥에 내려졌다.

"뭐, 뭐야? 니 우째 된 기야?"

겁에 질려 벌어진 입이나 황당함에 벌어진 입이나 찢어질 것 같기는 마찬가지였다. 전신이 피멍든 듯 시커멓고 아직도 군데군데 남은 핏자국이 선명했다.

"죄, 죄송합니다, 형님……."

"형님 소리 빼고 말해라!"

"모르겠습니다. 갑자기 두 사람이 쳐들어와서……."

대식은 방바닥에 나뒹굴고 있는 사진기와 사진들을 돌아보며 눈살을 찌푸렸다. 사진으로 협박했다는 것이 여실했다.

"저것들은 뭐야? 아니, 그보다도 누가 쳐들어왔다는 거야?"

"부회장님이 보냈겠죠."

"뭐야! 이놈의 시키가 아직 정신 몬 차리고! 수혁이가 그럴 사람이야!"

"저것 보십시오. 제 사진기와 부서진 메모리칩. 부회장님이 아니면 누가 가져가는 것도 아니고 저렇게 부숴버리기만 하겠습니까?"

"저 사진들은?"

"그건 저도 모르겠습니다. 저 사진들은 그대로 두고 제가 부회장님께 보내면서 몇 장 남겨둔 것만 욕실에서 불 태워 없앴습니다."

대식은 도무지 이해가 되지 않았다. 방바닥에 떨어진 사진을 주워 보니 웬 아이들과 엄마로 보이는 여자와 함께한 수혁의 사진들이었다. 술에 취한 수혁과 그 엄마가 포옹하는 사진도 몇 장 있지만 그리 대수로운 것도 아니었다. 여자와 아이들 얼굴이 어디선가 본 듯 낯이 익기는 했다.

"이건 또 뭐야?"

"부회장님이 가끔 찾아가는 여자분인데 그건 제가 찍었습니다. 그렇지만 다른 사진은 제가 찍은 게 아니고……."

복잡했다. 그냥 두들겨 패주는 일이라면 얼마든지 할 수 있겠는데 이런 건 정말 따져보기 싫었다. 대식은 방바닥에 뒹구는 사진들을 챙긴 뒤 장선호를 돌아봤다.

"그 사람들이 뭐라 카드노?"

"손 떼지 않으면 죽인다고……."

장선호는 다시 생각하기 싫다는 듯 온몸을 부들부들 떨었다.

"그 말밖에 없었나?"

"아닙니다, 저기 돈도……."

방구석 한 곳에 작은 가방이 내팽개쳐져 있었다. 수혁이 이런 일을 했다는 게, 그러고도 제 목숨을 끊으려 했다는 게 이해도 안 되고 말이 안 되는 일이었지만 굳이 자신이 따질 일은 아닌 듯싶었다.

"그래서 이제는 우짤 기야?"

"잘못했습니다, 다시는……."

"내도 있다는 거 명심해라!"

"예, 절대, 다시는……."

대식은 맥이 풀리는 것보다 헛웃음이 새나왔다. 이게 무슨 꼴인가, 잔뜩 똥폼만 잡은 게 됐으니. 그래도 기분은 나쁘지 않았다. 아니, 속 시원했다.

또 인하에게서 걸려온 전화가 벨을 울리기 시작했다. 좀 더 속을 태워줄까 싶었다. 제 놈은 여기가 어딘지도 모를 테니 옴짝달싹도 할 수 없지…… 대식은 히죽거리며 전화기를 들여다보기만 했다.

31

수혁은 그게 누가 한 일인지 알 수 있었다. 결국 서인희는 자신에게서 비롯한 일을 자신이 마무리한 것이다. 그런 사람을 섣부르고 모질게 대했으니.

삶이 고단하고 쓸쓸하고 허망했던 것은 어쩌면 당연했다. 오직 자기 눈으로만 세상을 보았다. 인연을 소중히 여기고 겸허하게 받아들였는가. 내 삶에 거추장스럽다고 여겨지면, 그 순간 모든 것을 버리지 않았던가. 아니, 지레 겁을 먹은 것인지도 모른다. 대단한 것을 가진 양, 끝이라고 생각하니 별것도 아닌 껍데기들에 목을 매었다니. 그렇다고 아내와 자식을 소중히 여겼던가? 얼마나 한심한 삶이었나. 그나마 변명하자면 그 모든 것이 이기심 때문이 아니라 부질없는 콤플렉스에 기인한 것이니 가엾게 봐달라는 정도일 것이다.

"회사에는 사표를 냈다고?"

창밖을 향한 수혁이 보일 듯 말 듯 고개를 끄덕였다.

"그래, 그동안 많이 피곤했을 텐데 쉬는 것도 괜찮겠다."

사표를 냈다는 소식에 연선은 수시로 까닭을 물으며 눈물바람이 었지만 인하와 대식은 그에 대해서는 그동안 한 마디도 꺼내지 않고 있었다.

"쉬어라. 난 대식이 오는지 나가 볼게."

인하가 돌아서려는데 수혁이 말을 꺼냈다.

"아무리 가려고 해도 갈 수 없는 곳이 있었다. 이제 그만큼은 가졌다, 생각하고 돌아보면 여전히 빈손이었고. 왜 그랬는지 모르겠다."

여전히 등을 돌려선 채였다.

"……"

"네게 또 신세를 졌구나. 도무지 빚이 안 갚아져서 마음이 무거운데."

빚이라 말한다면 더는 묻어두고 갈 일이 아니었다.

"우리…… 그냥 친구잖아. 죽을 때까지. 누가 먼저 죽든, 보내고 나서도 그렇게만 생각했으면 좋겠다. 솔직히 네게 채무의식 같은 게 느껴질 때가 있어. 불편했어."

"그런 채무감도 가지지 않는다면 내가 너무 염치없는 게 아닌가 하는 생각이 들어서."

"그 짐 이제 내려놔라. 처음부터 허상이었다."

"허상은 아니었지."

"아니야, 허상이었어. 너와 내가 친구라는 그것말고는 아무 의미가 없는 거잖아. 혹 우리 아닌 다른 누군가에게 빚이 있다면 그건 갚아

라. 네가 짊어진 그 허상에 나까지 짓눌리는 기분이었다. 나도 용기 없고 부실하기는 마찬가지야. 너와 대식이가 있다는 게 내 살아가는 데 큰 위안이 돼. 그것만으로 충분하잖아. 부탁할게."

긴 이야기가 필요한 것은 아니었다. 서로 속마음을 모르는 오해라면 많은 이야기가 필요할 테지만 그 속을 알면서도 묻어두고 꺼내지 않은 경우에는 오히려 말이 상처를 헤집어 피를 흘리게 할 수도 있었다. 둘은 서로의 속을 너무도 잘 알았다.

"야, 인하, 너는 이것 좀 받으러 내려와 있으라니까!"

벌컥 문이 열리며 대식이 양손에 보자기를 들고 들어섰다.

"아, 미안. 그런데 이건 다 뭐야?"

"수혁이 보신시키려고. 이거 전복찜하고 불도장하고……."

"또 전복찜하고 불도장!"

"또 전복찜하고 불도장!"

수혁과 인하의 입에서 동시에 터져 나온 소리에 셋은 웃음을 터트렸다.

"넌 그거밖에 할 줄 아는 게 없냐?"

"그러게. 더구나 병실까지 뭣하게!"

"어허, 이것들이! 너희들 병실에 숨어서 마시는 백주 맛 모르지? 내 마오타이도 한 병 챙겨왔다."

"뭐야! 술?"

"또 마오타이!"

"수혁이 너 어차피 이제는 백순데 병원에서 술 마시다 쫓겨나는 게 병원비 아끼는 길이다."

"뭐, 백수? 그래 맞다. 그런데 주윤발이 병원에 숨어서 술 마시는 건 어느 영화에 나오는 거냐? 당장 차에 갖다 두고 와!"

"야, 그 주윤발은 좀 빼라!"

진숙이 그날 일을 전했을 때 모두 가슴 뭉클한 중에도 폭소를 터 트렸고, 대식은 그날부터 주윤발 소리만 나오면 손사래 치기에 바 빴다.

사실 대식보다 더 고맙고 가슴 따뜻하게 하는 이는 진숙이었다. 비록 얼결에 붙잡지 못한 것이라고 했지만 그런 황당하고 두려운 결 정을 미리 말할 수 있게 만든 믿음의 토대는 그녀에게 있었다. 흠을 찾아 비난하고 미워하려 들자면 누군들 온전할 수 있겠는가. 더구 나 대식처럼 사람 좋아하고 술 마다하지 않는 성품이면 실수 또한 많아지는 게 당연한 노릇이다. 그럼에도 남자고 남편이기에 앞서 친 구고 함께 가는 동반자라는 생각에서 먼저 보듬어주었으니 상대도 매사 거리낌 없을 수 있었으리라.

"야, 우리 딱 한 병만 비우자."

가져온 음식을 펼쳐놓고 수혁에게 억지로 권하며 대식은 입맛을 다셨다.

"병원에서 술 마시겠다는 그 숭악한 발상 자체가 한심하다."

"한심할 것까지는 또 뭐 있어? 마시면 마시는 거지. 안 그래, 인하 야?"

수혁은 혀를 차는데 대식은 오히려 인하에게 동조를 청하며 능청을 떨었다.

"그건 한심 정도가 아니라 몰상식이다."

"허, 이것들이 별로 잘 나지도 못했으면서 사람 가르치려 드네."

인하의 대꾸에도 여전히 물러서지 않는 대식이 수혁은 이전과는 다르게 보였다.

"넌 갑자기 그 짬뽕처럼 뒤섞인 사투리는 어디다 내버리고 이제는 이상한 서울말이야?"

그리고 보니 대식의 말투가 확실히 변했다.

"이젠 사투리 안 써. 마누라하고 약속했어."

"쓸 거면 제대로 쓰던가. 무조건 끝만 올리면 서울말이냐?"

"그런가? 마누라도 속이 다 니글거린다고 하더라."

셋은 또 다시 한바탕 웃음을 터트렸다.

대식은 정색을 했다.

"이제 나 너희들 별로 대단하게 안 여겨 줄란다. 뭐냐, 이 꼴이?"

인하는 직설적인 대식의 말에 얼른 눈을 끔뻑였지만 수혁은 씁쓸한 웃음을 지으며 고개를 끄덕였다.

"그래, 뭐라 해도 할 말이 없다. 그런데 인하까지 걸고들어 갈 건 없잖아."

"혹시 알아, 저것도 사람 기함하게 할는지?"

"그런 소리하지 마. 인하는 나하고 달라."

"다르지 않더라도 다시 이런 일은 없어야지. 내가 왜 수혁이 너 대단하게 안 여겨주겠다는 건지 알아?"

수혁은 멋쩍은 웃음만 지을 뿐이었다.

"내한테는 그게 배신이기 때문이다. 친구라는 게 뭐야? 그냥 심심할 때 한번씩 얼굴이나 보는 게 친구야? 그건 아니잖아? 같이 살아온 세월이 길어서가 아니라, 나는 너희들 처음 볼 때부터 저건 내 꺼다, 생각했다. 나하고 똑같은 하나라고 생각했다는 말이다. 나는 수혁이 니가 한국정보 부회장 되기 훨씬 전부터도 자랑스러웠고, 니가 아무리 잘 돼도 부럽거나 샘나는 마음 같은 건 없었다. 니가 한 단계씩 승진할 때마다 마치 내가 승진한 것처럼 으쓱하기만 했다는 말이다. 그런데 살면서 속이 상할 수도 있고, 모든 게 허무하게 느껴질 때도 있겠지만 그럴 때 가족뿐 아니라 나나 인하도 한번쯤 돌아봐야 하는 거 아니야? 우리는 남남이 아니라 친구잖아. 그럼 절반은 못 돼도 니 살점 얼마쯤은 되는 거 아니야? 그런데 괴롭고 싫다고 살점한테는 물어보지도 않고 니 멋대로 하면, 그 살점은 덩달아 죽어야 되잖아. 아니면 친구가 아니라 그냥 아는 사람쯤으로 생각한 건지. 정말이다, 다시 그렇게 배신하거나 사람 기막히게 하지 마라. 설령 니는 날 친구로 생각하지 않는지 모르지만 내가 너 찜했다. 그러니까 다시 배신의 기미라도 보이면 그때는 내가 먼저 반쯤 죽여서 아예 배신할 엄두조차 못 내게 할 거다."

천장으로 시선을 향한 수혁은 묵묵히 있었다. 인하가 나섰다.

"그 반쯤 죽인다 소리는 그만해라. 진숙씨한테 그 소리 듣는데 나는 가슴이 철렁했다."

"그러니까 주윤발이지."

수혁이 편안한 얼굴로 농담을 했다.

"너, 그 소리 하지 말라니까!"

"친구 찾고 협박하는 건 주윤발 전용 대사 아니야?"

"뭐? 좋아. 그럼 난 어떤 사람이 암만 생각해도 가회동 주민 같던데, 골목골목 뒤져서라도 찾아낸다!"

"뭐? 야, 그건 진짜 주윤발이 할 짓은 아니다."

"또 주윤발!"

"아, 알았어. 다시는 주윤발 안 찾는다, 안 찾아. 약속해."

인하는 무슨 이야기인지 알지 못했지만 수혁이 쩔쩔매는 걸로 보아 뭔가 단단히 약점이 잡힌 모양이었다.

"진짜 약속하지?"

"그래, 정말이다."

"너 약속 어기면 그때부터는 내 동생이다."

오랜만에 가져보는 편안한 시간이었지만 인하의 마음 한구석은 여전히 답답했다.

문득 수혁이 쓸쓸한 낯빛이 되어 말을 꺼냈다.

"그래, 기왕 백수도 됐는데 난 당분간 여행이나 해야겠다."

"여행? 좋지. 어디?"

"아프리카나 방글라데시 같은 곳으로."

"뭐? 하필이면 왜 그런 곳으로?"

"여행이 아니라 봉사활동을 할까 싶어서."

"봉사활동?"

"응. 식구들에게 각자 필요한 만큼 준비해주고도 제법 돈이 남아서 기부를 생각했어. 그런데 너희 덕분에 이렇게 다시 숨 쉬게 되었으니, 아예 내 땅까지 나눌 생각이다. 내가 그렇게 쉽게 흔들렸던 건 결국 뿌리가 깊지 못한 탓이었어. 외양이 아무리 그럴 듯해도 그 뿌리가 약하면 실상은 모래성인 거지. 동철이나 보람이, 그리고 그 아이들의 아이까지 생각하면 이제 내가 할 일은 뿌리를 튼튼히 하는 일이란 생각이 들어. 이젠 위만 바라보며 버둥거리는 게 아니라 아래로 내려가야겠다."

"그거 좋은 생각이네. 그럼 나도 어차피 진숙이하고 한 삼년 떨어져 있기로 생각했던 거니, 같이 따라갈까?"

"뭐? 됐다. 넌 자장면이나 부지런히 팔아라."

"뭐야? 수혁이 너만 뿌리 깊은 나무 하겠다고?"

"그게 아니라 자장면 맛있게 만들어서 사람들 배불려 주는 것도 보시라는 뜻이다."

수혁과 대식이 티격태격하는데 인하의 전화기가 울렸다. 국제전화였다. 밖으로 나가려던 인하는 무슨 생각이 든 것인지 창턱에 기댄 채 전화를 받았다.

"가경이?"

"응, 괜찮아?"

수혁과 대식이 긴장하며 귀를 기울였다.

"난 괜찮아. 당신은?"

"그보다……."

차분한 어조로 시작하는 가경의 말을 인하가 가로챘다.

"그렇지 않아도 당신한테 양해를 좀 얻으려고 했어."

태연하고 가볍기까지 한 인하의 억양에 가경은 귀를 기울이는 듯했다.

"아무래도 당신 혼자 런던에서 좀 지내야겠어. 어차피 학기도 남았는데. 생각 같아서는 당장이라도 당신 보러 가고 싶지만 수혁이를 좀 도와줘야해. 모르지? 수혁이 회사 그만뒀어. 아주 기특한 생각을 했더라고. 아프리카나 방글라데시 같은 곳에 가서 봉사하고 싶대. 그 친구 스톡옵션도 받고 해서 자금은 꽤 여유 있나봐. 그런데 여태 벌 줄만 알았지, 쓸 줄은 모르잖아. 내가 같이 다니면서 좋은 생각 제대로 펼칠 수 있도록 도우려고. 뭐, 당신이 나 보고 싶다고 연락하면 그때는 아예 돌아가든지 잠깐 가든지, 당신 하라는 대로 할게. 우선 삼 년쯤 생각해. 너무 긴가? 허허. 아무튼 다녀보다가 당신 인류학 공부에 도움 될 만한 거 찾게 되면 알려줄게. 봉사활동 하는 친구에게 월급 달라고 할 순 없을 테고, 그래도 삼 년쯤 먹고 살 수는 있겠지? 모자라면 어머니나 장인어른께 좀 도와달라고 하자. 그러려면 언제 시간 내서 한국 잠깐 들어왔다 가. 눈도장이라는 거 필요하잖아. 한국 들리면 대식이한테 꼭 연락하고. 우리 연락처도 알겠지만 자장면 맛은 여전해. 당신도 벌써 군침 돌지? 가게 이름이 황궁이야. 삼청동에 있고. 다음번에 또 확장하면 황제, 아니 중국말로 황디라고, 황디로 개업하겠대. 어때, 전부 나쁘지 않지?"

아무 대답이 없었다. 인하는 속이 탔다.

"안 된다. 내도 너들하고 같이 갈 기다! 우리 마누라 만나서 자장면 묵고 놀다 가라 캐라!"

우렁찬 대식의 목소리가 전화기로도 전해졌을 것이다. 인하는 다시 목소리를 태연하고 가볍게 했다.

"하하, 대식이도 우리하고 같이 가겠다고 저러기는 하는데, 아마 어려울 거야. 진숙씨가 절대 허락 안 할걸."

"나쁘지 않네……."

인하는 목이 막혀 아무런 대꾸도 할 수 없었다.

"그래, 고마워. 기왕이면 아프리카로 가. 거기서 봉사만 하지 말고 인류학적인 관심도 좀 기울여. 나 지난 학기 제대로 공부 안 했어. 인하씨가 도와줘야 해."

"그, 그래……."

"그럼 나 인하씨 믿고 비행기 표 바꾼다? 아프리카로 가려고 했는데 그냥 런던으로 갈래. 아빠 엄마한테는 내가 연락할게, 어머님한테도."

"그렇게 해."

"집 청소 안 하고 왔지?"

"응, 좀 어지럽혀져 있어."

"그럼 어떡해! 벌이야, 내가 연락할 때까지 들어올 생각하지 마!"

"그래, 허허…… 왜 그 생각을 못하고, 내가 많이 바보다, 허허."

"아프리카에서 괜찮은 견문見聞보고서 내. 그럼 내가 한번 가봐줄게."

"그래, 꼭, 꼭 그렇게……."

인하는 자꾸 목이 막혀 더 말을 잇지 않았다. 가경도 그런 모양이었다.

수혁은 고개를 끄덕였고 대식은 천장을 바라보며 들리지 않는 안도의 숨을 내쉬었다.

36.5도

1판 1쇄 인쇄   2010년 7월 5일
1판 3쇄 발행   2010년 7월 15일

지은이   김정현
펴낸이   김병문

펴낸곳   역사와사람
편집   한경심
디자인   씨오디

주소   서울시 강남구 신사동 597-1 일신빌딩 2층
전화   02-956-0378
팩스   02-956-0379
이메일   kbm-001@hanmail.net
ISBN   978-89-964458-1-4 03800